靑春의 野望

第二部 上

· 사랑과 꿈과 그리고 이승과

圖書出版 德逸미디어

이 책을 出版 하면서

 2014年 10月 3日, 全國 漢字敎育 推進 總聯合會로부터 大韓民國 敎育史上 一大 變革을 豫告하는 發表가 있었습니다. 敎育部가 2018年度부터 初等學校 三學年以上 國語 및 社會 敎科書에 嚴選된 漢字 400-500字를 넣어서 敎科書를 만든다고 決定했다고 합니다. 混用이 아니라 倂用이긴 하지만 이는 곧 漢字敎育의 實施를 意味 합니다. 事實 늦은 感이 없지는 않지만 대단한 決定이라하지 않을 수 없습니다.

 半世紀 동안 한글 傳用 政策으로 發生한 不完全한 國語生活은 朴槿惠 大統領의 勇斷으로 그 終止符를 찍고 世宗大王의 본뜻을 살려 完全한 國語生活의 길을 열어 놓았습

니다.

 表意文字로서 가장 發達한 漢字와 表音文字로서 가장 科學的인 우리 한글은 함께 使用함으로 因하여 우리의 國語生活을 더 더욱 完璧하게 할 수가있게 되었습니다.

 事實 弊社는 언젠가는 이렇게 될 것이라고 앞을 내다 봤기 때문에 3年前에 서둘러 『한글·漢字』混用 小說册을 發刊하고 있었습니다. 現在까지는 아무런 갈채를 받지는 못했습니다만 앞으로 漢字工夫에 많은 도움이 되리라 確信하기때문에 그것으로 慰安을 삼으려 합니다.

 特히 이 册을 읽기 爲해서는 漢字辭典(玉篇)이 必要없습니다. 册 마지막에 收錄되어 있는 附錄에서 項目別로 漢字를 찾아 보시면 됩니다. 讀者의 漢字工夫에 많은 도움이 되었으면 합니다. 協助를 付託 드립니다.

德逸 미디어 拜

차례

【上卷】

아침에 찾아 온 少女 … 7
箱子속의 아가씨……… 23
不良輩 돌아오다 …… 39
숲속의 길…………… 55
僞　證 …………… 71
招　待 …………… 87
眞紅의 꽃………… 102
浴室의 스릴………… 118
여름날의 저녁………… 134
酒　宴 …………… 149
첫 經驗 …………… 165
밤에 부는 바람……… 181
新 學 期 …………… 197
흐트러지는 마음……… 213
노 래 會 …………… 229

♣

밤의 饗宴 ……………… 244
飮酒의 敎訓 …………… 259
暗夜의 行脚 …………… 275
背　信 ………………… 290
눈에는 눈 ……………… 305
再　會 ………………… 320
陶醉속으로 …………… 335
官能의 바다 …………… 351
密　通　者 …………… 367
마지막 學年 …………… 383
男女統合 ……………… 399
附　錄 ………………… 415

♣

1

아침에 찾아 온 少女

一

여름 放學이 되었다.

첫날부터, 료헤이는 가와우찌가 請負를 맡아 하고 있는 建築 現場에서 막 勞動꾼으로 일하기 始作했다.

아침 여덟 時 半에서 午後 다섯 時까지, 木材를 運搬하거나 세멘트를 配合하거나 삼태기로 돌을 나르거나 하는 일이다.

제법 重勞動에 屬한다.

몸을 鍛鍊시키는 일이다.

둘쨋날, 셋쨋날, 어깨와 허리가 아프기 始作했고, 다리를 들어 올리는데도 무거움을 느낄 程度다.

그렇지만 이를 참고 힘을 내는 것은, 結局에는 重勞動

에도 익숙해지고 무언가를 견디어 내는 忍耐心을 기르는 訓練도 된다는 것을 료헤이는 알고 있다.

아침에는 事務室로 出勤하는 兄과 함께 나간다. 저녁때에는 普通 일하는 人夫들과 함께 돌아오는 것이다.

곧바로 집으로 돌아오는 것이 아니다. 가와우찌 社長宅의 한바(飯場=勞務者 合宿所)로 가서, 沐浴을 하고, 젊은이들과 함께 食事를 한다.

가와우찌 집에는 大量의 幽靈人口를 登錄시켜 配給米가 남아 돌 程度로 받고 있기 때문에, 먹고싶을만큼 먹을 수가 있다. 그리고 漁夫들과 直接 契約하여, 每日 뒷去來 生鮮을 받고 있기 때문에, 말해서 珍羞盛饌(진수성찬)이 거를 때가 없다.

때로는 술도 마실 수 있다. 盞을 들지 않으면, 옆자리 마쓰자와들이 가만 두지를 않는다.

「쭈욱 드리켜 봐요. 술로 疲勞를 푸는거요. 그리고 내일 다시 힘을 쏟는거요. 마시지 않으면 어깨나 허리 痛症이 풀리지 않아요.」

알콜-에 그런 效力이 있는지 없는지는 알 수 없으나, 료헤이는 술 마시는 것도 함께 배우고 있다.

어느날, 來日은 쉬는 날이어서, 젊은이들은 허리띠를 풀고서 本格的으로 마시기 始作 했고, 료헤이도 함께 해야된다는 그들의 勸誘를 뿌리치지 못했다.

가와우찌가 말했다.

「오늘밤은 여기서 자고 가도 괜 찮어. 집에는 그렇게 일러 두었으니까. 한사람 몫의 일을 하고 있으니까, 한사람 몫의 騷亂도 피워 봐.」

醉한 젊은이들은 노래를 부르거나 淫談悖說(음담패설)을 하거나 하다가, 드디어 비틀거리며 한 사람씩 두 사람씩 어디엔가로 사라지고, 료헤이도 제법 醉했다는 것을 意識하고는 모기장을 내리고, 이부자리를 폈다.

그 속으로 들어가서 자려고 하는데 가와우찌가 들어왔다.

옆자리에 누우면서,

「어때? 견딜만 한가?」

하고 물었다.

「뭐라꼬.」

醉해 있었으므로, 누군줄도 모르고 냅다 소리를 지른다.

「그런대로 지낼만 하던데요. 어쩌면, 學校를 그만두고 노가다(肉體勞動일)를 해도 좋을 程度입니다.」

「하하하하. 그렇다면 安心이로군. 그래, 그렇지, 힘에 겨우면 適當히 쉬어 가면서 해도 좋아.」

아침에 찾아 온 少女

「네에.」

「그런데,」

가와우찌가 얼굴을 가까이 했다.

「자넨 親戚이니까 말해 두겠네. 자네 兄도 알고 있는지는 모르겠네만. 이 會社도, 그렇게 오래가지는 못할것 같아.」

「에?」

「쉬잇. 女子들은 아직 아무것도 모른다네. 그런네, 어러가지 失敗가 많아서, 난 견디지를 못하고 무너질는지도 모른다는거지.」

「그렇게도 어렵게 되었습니까?」

「아니다. 오늘 내일이 아니고, 좀더 훗날의 이야기다. 危險이 올때까진 어떻게 되어야 할텐데……. 이程度란다.」

「네에-.」

「자네, 유메가오를 記憶하나?」

「네.」

「유메가오에겐 男子가 있다.」

「…………」

「난 그것을 벌써 以前부터 알고 있었다. 그러나, 일부러 모르는척 하고 있었을 뿐이다. 男子라는 것은 말이다,

알고 있으면서도 모르는척 하지 않으면 안 될 때가 있는 것이다. 괴로울때도 웃지 않으면 안 될 때도 있는 것이거든. 그런데, 人間이란, 여러가지 面이 있다. 유메가오가 나를 背反하고 야꾸자(不良者)인 젊은 男子와 情을 通하고 있지만, 그렇다고 해서 그 女子가 나쁜 사람 이라고 斷定해 버릴 수는 없었단다. 人間이란 弱한 動物이거든. 但只 난, 나하고 같이 있을 때에 誠意를 다해 보여주면 그것으로 족하다고, 생각하고 있단다.」

「네에.」

「미찌 그 애가 생각나지 않더냐?」

「생각키워질때가 있어요.」

「아직도 그 애를 안고싶다는 마음이 없느냐?」

「가끔 생각할때가 있어요.」

「그 애가 훨씬 좋은 애 란다. 그러나, 그 女子에겐 男便이 있다.」

「妹兄께서는 그 사람을 귀여워 해 준 적은 없습니까?」

「없어. 이래뵈도 난 人義를 지킬 줄 아는 사람이야. 유메가오의 親舊이니까.」

료헤이에게는 오늘밤에 가와우찌氏는 元氣가 없어 보인다고 느꼈다.

二

 료헤이가 눈을 뜬것은, 東쪽하늘이 발가스럼한 아침 일찌기였다.

 옆에 자고 있던 가와우찌는 자리에 없었다. 醉해서 거리로 나갔던 젊은이들도 어쩐 일인지 한 사람도 돌아오지 않았다.

 료헤이는 부엌으로 가서 冷水를 한컵 마시고서 뒷門을 通해서 밖으로 나왔다.

 한여름이지만, 해가 떠오를때의 아침 空氣는 차갑고 시원해서 너무 爽快(상쾌)하다.

 눈앞에 펼쳐있는 大地을 向하여, 료헤이는 크게 深呼吸을 했다.

 헌데, 밭 저넘어 國道를, 게다소리를 내면서 걸어오고 있는 사람이 보인다.

 女子다.

 (이른 아침인데 어데를 가는 사람일까.)

 그런생각을 하면서 우두커니 서 있는데, 저쪽에서도 걸어가면서 이쪽을 보고 있다. 그리고선 손을 흔든다. 저쪽 信號를 보고서, 처음으로 그 女子가 다니무라 나오미 라는 것을 알았다.

료헤이는 밭두렁를 지나서 國道를 向하자, 나오미는 멈춰서서 료헤이를 기다린다.

「무슨일로 이런곳에 있나요?」

「親戚집에 머물렀지. 그보다, 當身은 무슨일이지?」

오래간만에 본 나오미는, 變함없이 머리를 길게한채, 얼굴이 하얗고 魅力的 이다.

「밤새껏 화투를 하다 왔어요. 후후후. 나 勝負에는 弱한가 봐요.」

「화투라고? 男子들과 말이지?」

「當身이 생각하고 있는 程度로, 난 男子를 좋아하지 않아. 그보다도, 아직 있을거에요? 함께 돌아가지 않을래요?」

「그럼, 좀 기달려 줘.」

료헤이는 가와우찌 집으로 돌아와서 옷을 바꾸어 입고, 부엌에서 아침 準備를 하고 있는 食母아주머니에게, 누님이 깨시거든 벌써 집으로 돌아 갔다고 傳해달라는 말을 남기고서 나오미가 기다리고 있는 길로 나왔다. 國道를 南쪽으로 向했다.

왼쪽으로 펼쳐진 바다가 붉게 반짝이고 있다.

「사까이가 執行猶豫로 곧 풀려날것 같아.」

「흐-ㅁ.」

그렇지만, 난 이젠 關係를 끊고 싶어.」

「흠.」

「關係를 끊으려면 난 여기 있으면 안 돼요.」

「그래, 그럴테지.」

「그래서, 하까다(博多)의 學校로 轉學 갈는지도 몰라요.」

「하까다에 가더래도 달라질게 없지. 第二, 第三의 사까이가 나타날거니까. 當身 自身의 生活을 整理히지 않는 限에는.」

「學校 先生님같은 말은 하지 말아요.」

「事實을 말한것 뿐이죠.」

「그렇네요.」

나오미는 한숨을 쉬었다.

「난, 틀렸는가 봐. 그 어떤 발버둥을 쳐 봤댔자 난 바로 날 뿐이야.」

「親舊들 모두와 關係를 끊는거요. 혼자서는 놀러 가지도 못하니까. 自然히 집에만 있게 되겠지. 집에만 있다보면 時間이 많으니까 무언가 마음에 드는 일을 하게 되지.」

걸어가자니 길은 밝아져 왔다. 하늘도 바다도 맑게 개어져있다.

「每日 아르바이트를 하고 있다던데?」

「그래, 今年 여름에는 工夫도 讀書도 접어두기로 했지. 한사람의 막일꾼으로서의 鍛鍊을 하기로 했어요. 나 自身을 試驗하는 中이죠.」

「부러워 죽겠어요. 난 글렀나 봐.」

나오미는 료헤이의 팔을 잡았다.

「亦是, 같은 짓을 되푸리 하려면 하까다로 轉學가는 거 그만 둘까 봐.」

「環境이 變하면 무언가 실마리를 잡을는지도 모르지.」

途中에 國道를 벗어나 오른쪽으로 꺾어 들었다. 풀이 길게 자라 있는 길이므로, 나오미의 맨발이 아침 이슬로 젖어있고, 발바닥에 풀이 감기곤 한다.

다리를 건너, 갈림길까지 와서 나오미는 멈춰 선다.

「요다음 천천히 만나고 싶어요.」

「봐서 놀러갈테니까. 그런데 亦是 집에 없겠지?」

「只今부터는 可能한한 집에 있을려고 해요.」

「믿을 수가 있어야지.」

「정말, 믿을 수가 없네요.」

나오미는 웃고 말았다.

「當身과 있을 때에는 奇特하게도 마음이 安定되는데

도, 불러내면 다시 흐느적 흐느적 따라 나서고 말아요.」

「그게 안 되는거야.」

「사까이가 돌아오면, 바로 나를 부르려 올텐데.」

「亦是, 따라 나서겠지?」

「없어지면 괜찮겠지. 執行猶豫 그런 거 없었으면 좋을 텐데.」

료헤이는 입을 다물었다. 더군다나 情夫였던 男子의 이야기다. 女子의 에고이즘을 느끼고선, 別로 좋은 氣分은 들지 않는다.

「이봐요.」

료헤이의 마음을 알아채었는지, 나오미는 語調를 바꾸어서 료헤이에게 다가선다.

「한가지, 물어 볼 말이 있는데.」

「음.」

「當身은 나를 싫어하나요? 아니면 좋아하나요?」

료헤이는 말이 끝나자마자 對答했다.

「싫어하는 部分도 있고, 좋아하는 部分도 있죠.」

「어느쪽이 많은데?」

「그거야 좋아하는 쪽이 많지.」

周圍는 完全히 밝은 아침이 되어가고 있다.

「그렇담 왜? 나를 안으려고 안 해요? 누구에게도 말하지 않을텐데.」

「글쎄요, 왜 그럴까? 이래뵈도 안고싶은 마음은 強해요. 어찌보면, 내 몸속에 潛在해 있는 當身을 싫어하는 分子가 그만두게 하는지도 모르겠군.」

나오미와 헤어져서 집으로 돌아오니까 부엌에 있던 형수님께서,

「누구와 이야기하고 있었어요?」

하고 물어왔다. 正直하게 나오미라고 이름을 말하고서, 함께 돌아온 自初至終을 말하니까,

「응, 그 계집애, 變함없이 놀아나고 있군요.」

하고 말했다. 그러나 그런 不良少女와 사귀면 안 된다는 말은 하지 않는다. 그 代身에,

「오늘은 쉬는 날이죠? 우리집 밭일을 하면 좋겠다고 아버님이 말씀하셨는데요.」

하고 말했다.

三

가메다가 찾아온 것은 그날 저녁무렵 이었다. 료헤이는 밭일을 마치고 돌아온 直後였으므로 아직도 作業服 그대로다.

생각지도 못했던 人物의 出現에 놀란 료헤이에게, 가메다는 말했다.

「"일하지 않는 者는 먹지도 말라", 진짜로 先輩님, 實踐하고 있군요. 새파란 文學少年이 아니야. 타자이를 좋아하지 않는 理由를 알것같습니다.」

료헤이는 苦笑를 禁치못했다.

「즐거워서 하는 일이 아니야. 말해서 貧困에 依한 强制勞動이지.」

료헤이는 가메다를 房으로 들게하고, 우물가에서 발가벗은채로 물을 뒤집어 쓰고 나서, 팬츠만 걸친채 가메다 앞에 앉았다. 여름 放學이 되기 前에 두간살이로 길게 세워져 있는 모델하우스의 반쪽에 살고있던 夫婦가 가와우찌組를 그만두고 딴곳으로 갔기 때문에, 료헤이의 一家는 이곳도 使用하게 되어서, 료헤이는 처음으로 自己房을 갖게 되었던 것이다.

「무슨 바람이 불어서 나를 찾아오게 되었나?」

「原稿 依賴 때문이죠.」

「호오.」

「原稿는 漸漸 모아지고 있어요. 그런데, 質이 좋지 않아요. 오구라의 수유관(修猷館)은 勿論이고, 큐우슈우 文學의 大家들이 읽어도 부끄럽지 않는 雜誌를 만들고 싶어요. 그렇게 되자면 와까스기 先輩의 原稿가 必要합니다. 또 하나는, 와까스기先輩의 短歌나 詩를 본 사람이 많아요. 그것까지는 慾心이 過한가요? 어떤 小說을 쓸것인가 아무도 모릅니다. 읽고싶어하는 애들이 많아요. 그러니까 三十枚程度나 二十枚程度라도, 小說이 必要합니다.」

「어렵겠는데.」

료헤이는 벌떡 드르누우면서, 수에마쓰의 얼굴을 떠올렸다.

「小說은 아이가와가 쓰겠지?」

「아이가와 것은 벌써 들어 왔어요. 勿論 싣게 될겁니다. 열다섯장 程度의 短篇입니다. 하나 더 必要합니다.」

「그럼, 수에마쓰에게 付託 해 봐. 그게 좋겠다. 文藝部에서 자네의 運動에 好意的이 아닌 사람은 수에마쓰 뿐이다. 그 사람 것을 싣게되면, 그 親舊도 마음이 돌아서겠지.」

「敢히 말씀드립니다만 저희들은 더 以上 文藝部의 協力은 必要 없습니다. 基盤이 確立되었으니까요. 저는 와까스기先輩 個人的인 協力을 바라고 있는 것입니다.」

「威勢가 堂堂하구먼. 글쎄, 그렇겠지. 그러나 小說은 無理다. 文藝部의 責任者인 내가 長篇의 小說을 쓴다. 이것은 자네, 文藝部가 자네들에게의 全面的인 降伏을 意味하는 셈이 되므로. 자넨 그것을 노리고 있는게로군. 그러면 못써.」

「그런게 아닙니다. 그런 意圖는 조금도 없어요.」

「하여튼 間에 部員들의 눈앞에서 小說은 안 돼. 詩 程度라면 寄稿하지.」

「어떻게 해도 안 되겠습니까. 이렇게 더운날 찾아온 誠意를 봐서라도 들어 주십시요.」

「글쎄, 어딘가에 들릴 豫定으로 왔다가 暫間 들린거겠지.」

「아닙니다 先輩님을 만나는 것이 첫번째 目的 입니다.」

「그럼 그렇지. 두번째 目的은?」

「只今부터 가는 겁니다. 와까스기 先輩, 알고 있죠? 이미나미하라에서 미야꼬 高女에 通學하고 있는 오가와 키시꼬(小川喜志子).」

「그 애도 加入했는가?」

「그럼요. 그 女에게 레코-드 콘서트의 일로 相議할 일이 있어서요.」

오가와 키시꼬와는 車中에서나 驛의 往復길에서 자주 얼굴을 對하였다. 키가 늘씬하고, 얼굴이 하얗고, 츄-립꽃을 聯想하리만치 淸純한 美少女이다. 미야꼬 女子高의 一學年生이다.

「재빠르게 눈을 돌렸구나.」

「하하하하, 眞實한 用件 입니다. 집을 알고 있으면 좀 아르켜 주십시요.」

료헤이는 가메다를 데리고 집을 나서서, 미나미하라의 길을 걸어갔다.

「이봐, 저기 담으로 둘러 쌓인 큰집이 그 집이다. 이 周邊에서는 唯一한 舊 사무라이 家屋이다. 미나미하라의 오가와 라하면 옛날에는 宏壯한 勢力家였던가 봐. 그 本家의 그 女는 외동딸 이란다. 貞淑한 優等生이란 말이다. 후우젠(豊前)線의 軟派무리들이 只今까지 數없는 글을 날렸어도, 全部 失敗했다. 難攻不落의 名城이야. 자네가 陷落시킨다면 대단한 功績이 될게야.」

「전 그런 野心은 없습니다. 비지네스 입니다.」

「그럼, 난 여기서 돌아가겠다.」

「함께 가시지 않으시렵니까.」

「참말같지않는 말을 하는군. 어디에라도 서슴없이 들어갈 수 있는 가메다 에이이찌로가 아닌가.」

가메다를 남겨두고 료헤이는 발길을 돌렸다. 途中에, 개가 짖어대는 소리가 들려서 뒤돌아 보니까, 오가와宅

의 門前에서 가메다가 쫓기면서도 다시 들어가려고 하고 있다.

2

箱子속의 아가씨

―

 료헤이는 서서 보고 있다. 가메다는 難處한 얼굴을 하고선 이쪽을 보고 있다. 개는 계속 짖어대고 있다. 능글맞은 가메다이지만 개앞에서는 어쩔 道理가 없는가 보다. 엉거주춤한 그 모습이 可觀이다.
 료헤이는 손을 들어 보이고는,
「들어 가 봐.」
하고 재촉하자, 드디어 가메다는 안으로 들어 갔다.
 (헌데, 別일 없이 오가와 키시꼬와 만날 수 있을까.)
 오가와家의 格式이나 嚴格함을 들어서 알고 있는 료헤이는 솜씨한번 보자꾸나하는 心境이었다.
 길가 바위에 걸터앉아, 가메다가 나오는 것을 기다렸

다. 그냥 집안으로 案內되리라고는 생각하지 않았다.

豫想대로 가메다는 앞으로 엎어질듯 하면서 밖으로 나왔다. 그 背後에 한 사람의 男子가 따라 나왔다. 가메다가 뒤돌아 보면서 무언가 말한다.

「끈질긴 여석이로군. 꺼져 꺼져.」

그 男子는 이렇게 소리치면서, 다시 가메다를 밀친다. 오가와家에서 일하고 있는 사람 같다.

가메다는 다시 비틀거린다.

료헤이는 일어서서, 그쪽으로 急히 달려갔다.

가메다의 行動性은 때로는 度를 넘어서는 境遇가 있다. 그러나, 세 學校가 公認하고 있는 公的인 일때문에 이야기를 하려고 온것은 事實이다. 그 가메다에 對한 그 男子의 行爲에 對하여 료헤이는 憤怒를 느꼈다.

가메다는 우두커니 서있다.

「當身의 생각이 틀려먹었어요. 時代를 생각하세요, 時代를.」

하고 高喊을 치고 있다.

「시끄러, 개똥같은 理由만 지꺼리고서, 邸宅의 아가씨를 꼬득이려고 온 주제에. 자, 어서 꺼져 꺼져.」

兩팔을 휘저으면서 닭이라도 쫓는듯이 하고 있다.

료헤이는 그앞을 가로 막고서서, 가메다에게 말했다.

「왜 그러는거야?」

「아, 先輩님.」

가메다의 눈에 핏발이 서있다.

「이야기가 通하지를 않아요. 時代錯誤도 이만저만이 아닙니다. 文化會의 意義도 모르고 있어요.」

健壯하게 보이는 三十前後의 男子는 료헤이에게도 敵意에 찬 눈길을 보내고 있다.

「當身 親舊인가?」

「그렇습니다, 이 親舊 不良輩가 아니에요. 保證합니다.」

「當身은 알고있지. 흠, 當身에게는 感心하고 있단다. 그러나 요런 망난이는 안 돼. 아가씨는 요런 망나니와는 만나지 않아. 이 子息, 中學生인 주제에 뻔뻔스럽기 짝이 없어.」

「아주머니께서는 宅에 계십니까?」

「主人마님께서 그렇게 말씀하시는거야.」

「그럼, 저를 아주머님께 案內해 주세요.」

「들어 가 봐. 어어라!, 기다려, 너는 안 돼.」

료헤이를 들어가게 한 다음, 男子는 가메다를 막았다. 가메다는 더 한층 큰 목소리로 高喊을 친다.

「난 도요쓰의 가메다란 말씀이야. 이게 뭐야. 農家 계집애를 箱子속에 넣어 기르는 주제에, 오카사하라藩의 가메다에 對하여 이런 失禮되는 짓들을.」

료헤이는 놀라서 멈춰 선채로 가메다쪽을 돌아다 보았다. 이거야말로 時代錯誤도 이만저만한 말이 아니라고 여기자 말자, 곧바로 가메다의 意圖를 알아 채릴 수가 있었다.

無知한 農夫에게 自身은 士族의 孫子임을 强調함으로서 相對를 누그려 뜨릴려고 했다. 그러나, 미나미하라의 農夫에게는 그것이 通하지 않았다.

「흥, 士族인지 뭔지 모르지만, 그런거 간다의 人間들에게는 쓰잘데 없어. 넌 저기서 기다려.」

료헤이는 넓은 마당으로 들어갔다. 많은 樹木으로 둘러쌓인 邸宅이다. 左右로 半二層의 곳간이 있고, 正面의 實家는 玄關의 넓이만도 三間程度가 된다.

개가 있다. 그런데, 왜그러는지 짖지를 안는다. 열려있는 그대로의 玄關에 서서, 案內를 付託하자, 검으스레한 기모노를 입은 四十程度의 女子가 나타났다.

키시꼬와 닮은 端正한 모습을 하고있다.

(어머니인가.)

료헤이는 鄭重하게 人事를 했다.

「저는 이 미나미하라의 저쪽 구석에 살고있는 와까스

기라 합니다.」

하고 이름을 대었다.

女子는 고개를 끄덕이었다.

「네. 그런데 用件은?」

「조금 前에 저의 同僚가 따님을 만나려 왔다가, 玄關에서 拒絕 當하고, 쫓기어 나왔습니다.」

「저런, 當身의 親舊분 이었었나요?」

「그렇습니다. 그는 學校 先生님의 付託을 받고 찾아온 겁니다. 키시꼬氏 계시면 만나게 해 주십시요.」

「무슨 用務인지?」

「전 잘 모르겠습니다. 그러나, 眞實한 用務인것 같아요. 제가 保證 하겠습니다.」

「그런가요. 當身이 그렇게 말한다면 信用하겠어요. 키시꼬짱.」

女子가 딸애를 부르자, 今方 안쪽에서 對答을 하고서, 키시꼬가 나타났다. 유가다를 입고 있다.

마루에 무릎을 꿇고서,

「어서 오십시요」.

作法 그대로 료헤이에게 人事를 한다. 료헤이는 時代小說의 登場人物이라도 된것같은 氣分에 사로잡히는 느낌으로 答禮를 한다.

(기모노를 입고보니 한 段階 더 예쁘게 보이는군. 첫째, 이 애의 貞淑한 行動과 一致하고 있다.)

「文化會의 가메다가 當身에게 用務가 있는것 같아요. 만나보지 않을래요?」

「네.」

키시꼬는 母親을 쳐다 보았다. 母親은 고개를 끄덕인다.

료헤이는,

「그럼, 데리고 오겠습니다.」

하고 再次, 넓은 마당을 가로질러 門으로 갔다.

二

가메다는 男子와 입씨름을 하고있다.

「當身과같은 頑固하고 無知한 바보들이 있었기에, 日本이 戰爭에 졌단 말이야.」

「뭐라고 씨부렁거리는 거야. 쬐끄마한 중대가리 녀석이. 도오죠閣下에 對하여 辱을 하다니. 中學 쓰레기의 不良輩놈. 자, 어물쩡거리지말고 싸게 싸게 꺼져엇.」

「일이 끝나면 가지말래도 간다.」

「아가씨는 말이야, 너같은 不良輩에게는 일 없어.」

료헤이는 그 男子의 등을 두드렸다.

「아주머니의 許可를 받았어요. 자, 가메다 들어 와.」

憤해서 어쩔줄 모르는 머슴을 뒤로하고, 료헤이는 가메다를 데리고 안으로 들어갔다.

母親은 그대로의 姿勢로 기다리고 서 있다.

「데리고 왔습니다. 도요쓰高 一學年, 舊 오카사하라藩의 武士 가메다 에이노신의 孫子 가메다 에이이찌로君 입니다.」

紹介를 하고나서,

「그럼, 전 이만.」

료헤이는 전혀 키시꼬쪽은 보지도 않고 母親에게만 人事를 하고 밖으로 나왔다.

門을 나서려는데, 부르는 소리가 들렸다. 아까 그 머슴이었다. 큰걸음으로 곁으로 닥아오는 男子의 왼손에 삽이 들려 있었다.

「잘 들어, 와까스기氏. 그 개똥子息, 아가씨에게 異常한 짓거리만 해 봐, 내가 살려두지 않을테니까. 그렇게 일러 줘.」

「알겠어요. 當身이 이 오가와家에서는 없어서는 안 될 사람이라는 것을 난 벌써부터 알고 있었어요.」

「그래? 모두가 그렇게 말하던가?」

箱子속의 아가씨 29

男子의 愚直스런 눈동자가 빛나고 있다.

「말하고 말고요.」

「난 말이야, 小學校 高等科를 나와서부터 只今까지, 이집에서 일하고 있다. 아가씨는 내 등에서 키워졌단다. 저런 不良輩에게 誘惑 當한대서야, 내버려 둘 수 없지.」

「當身의 마음 잘 알아요. 그런데, 정말 예쁜 아가씨더군요.」

「간다 第一이야. 아니지, 미야꼬 第一이지. 얼굴뿐만이 아니야. 마음씨도 너무 곱거든.」

男子의 硬直된 얼굴이 풀어지고, 료헤이도 首肯해 주었다.

「정말 그런것 같아요.」

이야기를 하고있는데 가메다가 나왔다.

「끝났나?」

「아아.」

「어떻게 됐어?」

「제길 헐, 거드름만 잔뜩 피우고선 말이야. 어느집 누구의 무엇처럼 뻐기면서, 괘씸한 할망탕구.」

交涉이 失敗였다. 료헤이는 男子의 귀를 意識하고서,

「子息, 말이 너무 지나쳐.」

하는 수 없다. 여기서 한가지 가메다를 見習시키는 것

이다.

  하고 생각했다. 가메다의 팔을 붙잡았다.

「얼른, 잘못했다고 謝過 해.」

  男子가 얼굴색이 變하면서 삽을 고쳐잡는 것을 보았던 것이다.

「무얼 謝過하란 말입니까, 이런 멍텅구리 農夫에게.」

  男子의 憤怒의 爆發을 막는 것은 단 한가지밖에 없다. 료헤이는 반발자욱 後退하고서, 주먹을 불끈지고서, 六割 程度의 힘으로 날렸다. 그것은 가메다의 뺨에 的中했고, 가메다는 옆으로 쓰러졌다.

  료헤이는 큰 목소리로 말했다.

「미나미하라에 와서 그런 暴言을 하는 거 容恕 못해.」

  그리고선, 男子쪽을 돌아다 보았다.

  가메다를 襲擊하려고 하던 男子는, 目標를 잃어버린채 우두커니 서있다.

「내가 잘 타일러서 알아 듣도록 말 해 놓겠어요.」

  그렇게 말하고서 료헤이는, 가메다를 일으켜 세워서, "자, 걸어."하고 소리쳤다.

  暫時 걷고난 後, 료헤이는 가메다에게서 손을 놓았다.

「너에겐 相對가 되지 않아. 그 男子의 殺氣를 느끼지 못했나?」

箱子속의 아가씨

「未安 합니다.」

가메다는 悲痛한 소리를 내었다.

「저런것들을 對하고 보면 욱하고 치밀어 오른단말야. 내겐 上級武士의 피가 흐르고 있거든요. 뭐야. 이렇게 큰 집에 살고 있으면서. 옛날에는 말입니다, 一般 百姓은 門앞이나 玄關에도 들어 가지를 못했어요. 藩主는 城을 짓지도 않고 育德館을 세웠죠. 쬐그만한 집에서 살면서, 우리 할아버지는 熱心히 살으셨어요. 藩의 武士들은 全部가 그랬어요. 武士의 名譽와 生命을 犧牲해서까지 가쓰야마 山城을 불지르고 無條件 降伏한 德分에 百姓들은 無事安逸 했던 겁니다.」

「어이 어이.」

료헤이는 가메다의 어깨를 두드렸다.

「잠꼬대는 그만 해. 사까다에게 많이 배워야만 쓰겠다. 네가 거느리고 있는 미야꼬文化會, 그런 精神狀態라면 아무것도 되지않아. 레코-드 콘서트 어떻게 되었나?」

「아무것도 하고싶지 않다는구먼. 이름만 빌려 줬다는군. 저런 콧대가리만 높은 계집애.」

「건방지다고?」

「건방지죠.」

「그러나, 예쁘지?」

「正直하게 말하자면요. 예쁘다고 들었기 때문에 만나려 왔던 겁니다. 音樂 愛好家라고도 들었구요. 그러나, 이젠 別 볼 일 없어요.」

「너도 冷靜을 잃을때가 있군그래. 다시 봐야겠는데. 學校에서 만났으면 좋았었다.」

三

다음날, 료헤이가 하루의 日課를 끝내고 疲勞해서 다리를 끌면서 돌아와 보니, 가메다가 기다리고 있었다.

「또 찾아왔나?」

「그렇습니다. 줄곧 생각해 보았죠. 다시 한번 攻擊하겠습니다. 未安하지만, 한번 더 가 주십시요.」

「이젠 別 볼 일 없는거 아닌가?」

어이없어하는 료헤이에게, 가메다는 눈을 반짝거리면서 얼굴을 가까이 하고서, 낮은 목소리로 말했다.

「전 그 계집애를 物件으로 만들겁니다. 어제밤, 그 얼굴이 아물거려 잠을 못잤다니까요.」

「후까이 스스꼬는 어쩌려고?」

「스스꼬는 스스꼬고요.」

「아니, 그건 안 돼. 그렇군, 이렇게 하자구. 난 사까다의 親한 親舊다. 그는 나의 아우와도 같아. 사까다는 스스꼬를 사랑하고 있다. 네가 스스꼬를 斷念한다면 協力하지.」

「알겠습니다. 斷念하죠. 오가와 키시꼬에 比한다면 太陽과 별과의 差異지.」

두 사람은 오가와집으로 向했다.

서쪽하늘에 太陽이 검붉게 타오르고 있다.

門을 들어서니까, 오른쪽 헛간에서 어제의 그 男子가 나타났다. 료헤이는 兄嫂님에게 물어 그 男子의 이름이 후지야(藤八)라는것을 알았다.

「야아, 후지야氏.」

머리를 끄덕하고 가까이 다가갔다.

「오늘은 謝過를 시키려고 데리고 왔어요.」

후지야는 고개를 저으면서,

「謝過는 必要없어. 자네도, 이런 不良輩와 어울리지 않는게 좋아. 이때껏 이뤄놓은 評判에 먹칠을 할테니까.」

「하여튼 아주머니를 만나게 해 주십시오. 謝過할 만큼 謝過를 시킬테니까.」

「그럼, 들어 가 봐, 난 몰라.」

료헤이는 가메다와 함께 玄關으로 들어갔다.

「案內를 請하자 키시꼬의 母親이 나왔다. 어제처럼 거

무스레한 기모노를 입고 있다.

「아-, 와까스기氏.」

료헤이는 事實을 이야기하고, 가메다를 앞으로 내세우자, 가메다는 말하기 始作했다.

「어제는 정말 失禮 많았습니다. 그 길로 先生님들과 만났고, 미야꼬 高女의 야마노우찌(山之內) 先生님과도 여러가지 相議한 結果, 亦是 어떻게 해서라도 키시꼬氏가 앞장을 先導해 주는 것이 보다 더 좋겠다고 말씀하셨고……..」

가메다는 以前의 가메다로 되돌아 왔다. 例의 抑揚이 없는 語調로 이야기 하고 있다.

母親은 키시꼬를 불렀고, 키시꼬는 바로 나타나서 무릎을 꿇고 앉았다. 어제와 똑같이 人事를 한다. 가메다는 키시꼬에게 鄭重히 人事를 하고, 똑같은 말을 되풀이 했다.

몇번이고 『야마노우찌 先生님』이란 말이 그의 입에서 나오고 있다.

듣고 있자니, 가메다는 야마노우찌라는 先生님의 付託을 받고 온것처럼 錯覺하기 쉽상이다.

途中에서 료헤이는,

「그럼, 전, 이만.」

하고 말하고서 母親에게 人事를 하고선, 마당으로 나왔다. 文化會의 會員으로 誤解받는 것이 싫었기 때문이다.

집에 돌아와 있으니까, 가메다가 滿面에 웃음이 가득차서 돌아왔다.

「先輩님도 조금만 더 있다가 가셨으면 좋았을텐데. 수박을 먹을 수 있었거든요.」

「수박을 내 왔더라고.」

「그럼요. 좋은 아이야, 수박을 먹는 風情에도 品位가 있어.」

어저께 말한것과는 完全히 다르게 稱讚(칭찬)까지 한다.

「쏘아 떨어뜨렸단 말이지?」

「當然하죠. 전 세치 혓바닥으로 天下를 움직이는 男子에요. 계집애 한 두 名 쯤이사, 鳥足之血이지요.」

「그럼, 約束했다. 후까이 스스꼬에게 쬐끔이라도 異常한 言動을 해 봐. 그만큼 가만두지 않을테니까.」

「헤헤헤헤. 알고 있어요. 그런데, 萬一 그렇게 못하겠다면 어쩌실래요?」

「너하기 나름이지, 두들겨 패더래도 別 수 없으니까. 어제의 욕바라지 雜言을 키시꼬에게 傳할 수 밖에.」

「우왔-. 그건 제발입니다. 그건, 사랑하면 反對로 미움은 그 百倍라고하는 表現일 뿐입니다.」

가메다가 돌아가고난 後, 房에 들어누워 저물어가는 저녁하늘을 바라보면서, 키시꼬와 스스꼬와를 생각하면서 比較해본다.

(알만 하구먼.)

가메다의 어제의 興奮해 있던 말들을 綜合해 보고서, 이 早熟한 少年의 心理의 斷面을 알 수 있다고 료헤이는 생각했다. 스스꼬는 將軍의 사랑스런 딸이었고, 키시꼬는 豪農의 箱子속의 아가씨이다. 새로운 文化의 推進者를 自負하고 있으면서, 이 少年, 傳해오는 옛날의 家門앞에 엎드리는 낡고 쾌쾌묵은 것을 품고 있는 것이다. 후까이 大將에게 反抗을 하면서도 스스꼬의 可憐함에 빠져버린 사까다와는, 커다란 差異가 있는 것이다.

(그렇다. 이게 바로 그치의 아킬레스腱이다.)

그렇게 首肯하면서 自然스레 생각이 요시꼬를 向하여 흘러갔다.

여름 放學이 되고나서 한번도 만나지 못했다.

(비가 와서 일을 하지 못하는 날이 오면 꼭 만나려 가야지.)

야마가미 노부쓰께는 아직까지도 요시꼬를 斷念하지

않고 있다. 이시이 가쓰노리도 눈독을 드리고 있다. 사까다는 戰略家이므로, 目的을 爲해서는 이시이의 요시꼬에 對한 興味를 利用하지 않는다고 누가 保障하겠는가.

만나고 있지 않기 때문에 不安 또한 그만큼 커져만 갔다.

♣

3

不良輩 돌아오다

一

 어느날 아침, 눈을 뜨자말자 빗소리 같은것이 들렸다. 료헤이는 벌떡 일어나서 窓門을 열었다.

 天地는 어둑컴컴, 세찬 비가 내리고 있다.

 (萬歲다. 도요쓰에 갈 수 있다.)

 졸음끼는 날아가 버렸고, 료헤이는 冊을 읽기 始作했다. 漸漸 窓門 밖은 밝음이 더해지고 있는데도, 세찬 비는 수그러들 줄 모른다.

 집을 나선것은 열 時頃 이었다. 비는 바람을 同伴하고 내리기 때문에, 료헤이는 우산을 푹 눌러쓰고 驛을 向하여 걸어갔다.

 驛에 到着하여 마음을 가라앉친 료헤이의 눈에, 사까

이의 얼굴이 비쳤다. 사까이는 료헤이가 모르는 少女와 이야기를 하고 있다.

료헤이를 보자말자 다가왔다.

「오래간 만이구먼.」

눈을 치켜뜨는 모습으로 료헤이의 얼굴을 드려다 보는 態度는, 사까이가 生活姿勢를 고치지 않았다는 것을 말해주고 있다.

「언제 돌아왔나?」

「最近에. 나도 이젠 별을 하나 달게 된거야. 기다니가 제아무리 덜렁댄다고 하더래도, 그치들은 아직 拘置所에는 가보지 않았으니까.」

「苦生이 많았겠구나?」

「苦生이라는 말로는 不足이지. 그는 그렇고, 어이.」

사까이는 료헤이의 어깨를 슬쩍 밀면서,

「나오미가 어데로 갔는지 모르겠나?」

「없어졌나?」

「능청떨지말고, 너는 알고 있지?」

「모르는데.」

「몇일 前까지만해도 있었는것 같아. 내가 돌아 온다는 것을 알고서, 어디엔가로 逃亡쳐 버렸다.」

「난 全然 만난 일이 없는데.」

「거짓말 누가 믿어.」

「거짓말 아니다. 난 여름 放學이 되자마자, 쭈욱 아르바이트(Arbeit=獨)를 하고 있단다. 너무 비쁘기 때문에, 누구와 만날 틈도 없어.」

「뭐라꼬, 난 이젠 그 계집애한테는 別 볼 일 없어. 그러나 但只, 내게서 逃亡쳤다는 것이 氣分 나쁜거야. 나의 새 愛人을 紹介시켜 주지.」

사까이는 아까까지 이야기를 하고 있던 少女를 부른다. 어느 高女의 學生인지, 얼굴이 하얗고 귀여운 얼굴을 하고 있다.

「나의 귀염둥이다. 유리(瑠璃)라고 부른다.」

유리는 正面에서 료헤이를 큰눈으로 바라보고선,

「安寧.」

하고서 고개를 까닥한다. 服裝은 華麗하고, 若干 化粧을 하고 있는것 같다. 그러나 나오미보다 少女다운 느낌이 들었고, 혼자 서 있는 것을 본다면 不良輩의 情婦로는 보이지 않는다.

「유리는 말이야,」

사까이의 얼굴에, 어떤 殘忍한 微笑가 떠오른다.

「宏壯한 몸을 가지고 있단다. 넣기만 하는데도 이쪽은 恍惚에 빠져버린다니까.」

하자, 유리는 사까이의 팔을 붙잡고, 몸을 떠는 시늉을 한다.

「그만해요. 이런데서요.」

아양끼있는 목소리다. 清楚한 少女가 마침내 多情한 女子로 變貌(변모)함을 느낄 수 있다.

「괜찮아. 어이 와까스기, 너만 좋다면, 한번쯤 이 애를 빌려 줄 수도 있단다.」

료헤이는 천천히 고개를 흔들었다.

「그만 두겠어. 그런 다음에 반죽음이 되기 싫으니까.」

「핫 핫 핫 핫.」

사까이는 즐거운듯이 웃자, 유리는,

「나도 싫어요. 이런 사람과는.」

하고 말한다.

료헤이는 유리의 그 말에 侮辱을 느끼지 않았다. 틀림없이 사까이의 陰凶한 氣質을 알고 있기 때문에 操心하는 말이라고 理解했다.

(이 女子, 나오미보다 능글스럽군.)

이렇게 생각했다.

그러나 사까이는 刑務所에서 멍청해 졌는지, 그 女子의 말을 額面 그대로 받아 들였는지 다시 즐거운듯이 웃는다.

「힛 힛, 들었지. 나오미와는 달리 이애는 强直하단다. 나오미를 만나거든 이 애의 이야기를 들려 줘. 이젠 關心도 없으니까, 避하지 않아도 된다고, 말이야.」

「만날 수가 없겠지.」

「만나거든 말이다. 난 말이야, 싫어서 逃亡친 계집애를 쫓아다닐 程度로 零落하지는 않았다는거야.」

드디어 上下線의 改札이 同時에 始作되었기 때문에, 료헤이는 홈을 나섰다. 사까이와 유리는 서로 붙잡고서 上行 홈으로 갔다. 유리는 흘끔흘끔 료헤이쪽을 돌아다 본다.

오가와 키시꼬가 改札口를 빠져 나온 것은 사까이들이 멀리 가고 난 後였다. 乘客들은 비가 오고 있기 때문에, 改札口를 빠져나와서는 그 앞에 모여 서 있다. 료헤이도 그렇게 서 있었다. 그래서, 키시꼬와 얼굴을 마주치게 되었던 것이다.

키시꼬는 료헤의 얼굴을 보자, 상냥스럽게 人事를 한다.

료헤이도 答禮를 하고선,

「요전번에 失禮가 많았습니다.」

하고 말했다.

「아니에요, 이쪽이야말로.」

키시꼬는 낮은 소리로 對答한다. 료헤이는 사까이의 눈을 意識했다. 유리도 귀여운 얼굴을 하고는 있지만, 키시꼬와는 比較가 되지 않는다. 더군다나 키시꼬는, 不良輩인 사까이들에게 있어서는 손길이 닿을 수 없는 存在인 것이다.

「오늘은 어디에?」

「學校에요. 크라스의 會議가 있어서요.」

「文化會의 일은 잘 進行되고 있나요?」

「에에, 그럭 저럭.」

이야기를 하고 있는데, 사까이가 유리를 남겨둔채 이쪽으로 오는 것이 보였다.

「안 되지.」

료헤이는 재빨리 말했다.

「사까이를 알고 있겠죠? 當身과 이야기를 하고 있으니까, 이쪽으로 오고 있어요. 홈-저쪽으로 얼른 가세요.」

키시꼬는 敏感했다. 表情을 굳히고 고개를 끄덕이고선, 雨傘을 펼쳐쓰고서 빗속으로 걸어나갔다. 료헤이는 손에 들고 있는 冊을 펼쳤다.

「어이.」

사까다가 료헤이의 앞에 섰다.

「오오, 어쩐일이야?」

「너, 저 女子와 이야기 하고 있었지.」
「아아.」
사까이는 홈을 걸어가고 있는 키시꼬의 姿勢에 눈을 돌렸다.
「오가와 키시꼬지?」
「그렇다.」
「알고 지내냐?」
「아니 別로 잘 알지도 못해.」
「이야기를 하고 있었잖냐?」
「그 女가 들어있는 모임에 關한 일로 물어본 것 뿐이다. 個人的으로는 잘 모른다.」
「紹介해라.」
「아니야.」
「뭐라꼿!. 난 유리를 紹介했잖나.」
「사람을 紹介할 程度로 親하진 않아.」
「이야기를 하고 있었잖나.」
「人事 程度야.」
「괜찮아. 紹介시켜라. 그 계집애가 男子와 이야기를 한다는거, 재미있구나. 자, 가자.」
사까이는 료헤의 소매를 이끈다.
료헤이는 그손을 밀쳤다.

「안 돼. 그리고, 저 애는 너희들과는 因緣이 먼 애야.」
「잔말 말고 내가 시키는대로 해.」
「싫다. 그 女 집에 후지야라는 젊은 男子가 있다. 紹介받고싶거든 그 男子에게 付託해 보렴.」
「너, 나를 侮辱하는게냐?」
「아니야. 난 사람을 紹介할 程度로 그 女와 親하지 못해.」
「빌어먹을, 그럼.」

사까이는 키시꼬쪽으로 걸어갈려고 했다. 이번에는 료헤이가 사까이의 팔을 붙잡는다.

「어쩔려고 그래. 列車가 곧 들어올거야.」
「시끄러. 넌 몰라도 돼.」

學校에 다닐때 부터 사까이는 키시꼬를 알고 있었는지도 모른다. 가까이 해 볼 틈이 없었다. 그런 키시꼬가 료헤이와 이야기를 한다. 사까이에 있어서는 생각지도 못했던 光景이었을테지. 그리고 그곳에서, 나도 한번, 라는 氣分이 들었는지도 모른다.

「그만 둬.」
「시끄러. 너보다, 내가 前부터 그 女를 알고 있었단 말이다.」

二

사까이는 키시꼬를 쫓아 갔고, 료헤이는 그냥 쳐다만 볼 수 밖에 없었다.

사까이는 키시꼬를 막고 서서, 무언가 말을 걸었다.

키시꼬의 雨傘이 돌려졌다.

그렇게 함으로써 사까이가 말을 거는 것을 拒絕하고 있는 것이다. 이쪽으로 오고 있다. 사까이는 그 곁에 나란히, 그리고 짖궂게 따라 오면서 말을 걸고 있다. 線路 길 건너서의 上行列車 홈에서는 유리가 그런 모습을 보고 서 있다.

키시꼬는 되돌아 왔다. 雨傘을 접고서 列車를 기다리고 있는 乘客들 속으로 들어갔다.

일부러, 료헤이 곁으로 오지 않았다. 그 얼굴에는 火를 머금은 威嚴이 있었다.

(정말 예뻐. 저 계집애는 이런 不良輩에게 말을 걸게했다는 그 自體, 그女가 가볍게 보여졌다고 생각하는 것이다.)

사람들이 周圍에 많이 있었기 때문에, 그 地方 사람인 사까이는 斷念하고 돌아서겠지. 료헤이는 그렇게 생각했다.

그러나, 사까이는 키시꼬의 앞에 서서, 그 긴 키를 수그리는듯하면서 繼續 말을 걸고 있는 것이다.

키시꼬는 들은체 만체하고 있다.

입을 한일자로 굳게 다물고 있다.

그런것을 알아채린 周圍의 사람들이, 非難의 눈을 사까이에게 던지기 始作했다.

列車는 아직도 上下 함께 오지를 않는다. 若干 延着을 하는것 같다.

사까이는 繼續 말을 걸고 있고, 키시꼬도 들은체 만체하고있다.

료헤이는 사까이의 앞을 가로막고 섰다.

「어이, 사까이.」

「시끄럿. 난 이 사람에게 用務가 있단 말이다.」

「알려줄 말이 있다. 나오미에 對해서다.」

「아니, 뭐라꼬.」

사까이는 험상궂은 얼굴로 료헤이를 바라본다.

「나오미가 어쨌다는거야?」

틀림없이, 나오미와 키시꼬는 小學校時代에는 同窓生임에 틀림없다.

「너, 아무것도 모른다고 했잖냐?」

「생각키우는게 있다. 잠깐 이리로 와 봐.」

료헤이는 사까이의 팔을 끌었다. 사까이는 비틀거리는 듯이 보이면서, 그렇게 보이는 것은 스타일을 구긴다고 여겼는지 료헤이를 바로보고 섰다. 료헤이는 사까이를 改札口쪽으로 끌고갔다.

「자, 말해 봐. 사람을 妨害하고선.」

사까이의 얼굴에는 狂氣가 배어져 왔다.

「實은 요전번에 나오미氏와 만났다.」

「흐-ㅁ-.」

「그 女, 眞實한 生活에로 되돌아 가고싶어 했다.」

「손을 씻는다는 意味냐?」

「그렇다. 그래서, 너나 너희 同僚들과 交際를 끊고서, 眞實로 高校生다운 나날을 보낼 수 있도록 努力하고 있다.」

「흥. 될것같애? 그 계집애는 노는 맛도 男子의 맛도 알고 있는 애다.」

「아마도 그 애는 이 거리에는 다시 돌아오지 않을 껄.」

「어디에 갔단 말이가?」

「그건 잘 몰라. 미야꼬인지도 모르고, 히로시마인지도 모르지.」

「아까 그 할망탕구 한테 물어보면 알겠군.」

「그냥 내버려 둬.」

「쓸데없는 親切이다. 개새끼. 마에오까는 후꾸오까 高에 들어갔다고 들었다. 그 계집애 하까다로 갔구나?」

「............」

「하까다겠지? 그럼 그렇지. 나와같은 야꾸자는 그만두고, 마에오까와같은 怨讐새끼와 사귀겠다 이거로군.」

「마에오까와는 그 後로 만나지 않는것 같아.」

列車의 汽笛소리가 들려왔다.

「汽車가 왔다.」

「이새끼, 妨害를 놓고선.」

사까이는 료헤이의 가슴을 밀었다.

「진짜 쥐어 패주고 싶었다. 재수덩어리 없는 子息아.」

「빨리 가 봐. 유리氏가 걱정하고 있겠다.」

사까이는 입으로는 財數없니 뭐니하고 말했지만, 實際로는 感謝하고 있는게 틀림없다. 키시꼬에게 말을 걸어 보았지만 全然 相對를 해 주지 않았고, 萬一 료헤이가 부르지 않았다면 그만 둘려는 참이었다. 그렇게 생각하는 때에, 료헤이가 불렀던 것이다.

사까이가 上行홈으로 가버린 뒤에, 료헤이는 安心한 듯이 키시꼬를 돌아다 보았다.

上行列車가 먼저 到着했다. 사까이와 유리는 列車에 올랐다.

드디어 下行列車도 홈으로 들어오고, 료헤이는 키시꼬와는 다른 入口로 다가갔다.

그런데, 列車를 타고서 無心코 돌아다 보니까, 바로 뒤에 키시꼬가 서 있었다.

키시꼬는 머리를 숙였다.

「아까는 罪悚했어요.」

「아니, 當然한 일이죠.」

「그런 사람에게 말을 걸어오게한 거, 처음이에요.」

「그렇겠죠. 氣分 나쁘겠지만, 注意 하셔야 해요.」

「와까스기氏는 나오미를 알고 있나요?」

「若干은.」

「나오미를 그렇게 만든 것은 그 사람 이에요. 저와 같은 班이었어요. 머리도 좋고, 着實한 애였는데.」

「只今, 간다에는 있지 않는것 같아요.」

「하까다로 갔어요. 아까 그 사람. 끈질기게 나오미에 關해서 물으려 했어요.」

사까이가 어떤 口實로 키시꼬에게 말을 걸려고 했는지 료헤이는 모른다.

(亦是나, 나오미의 일을 물었었구나.)

료헤이는 웃었다.

「目的은 다니무라 나오미의 일이 아닙니다. 當身과 이

야기를 하는것 그것이 目的 이었습니다.」

 列車는 유꾸하시驛에 닿았고, 홈에서 료헤이는 키시꼬와 헤어졌다. 키시꼬는 여전히 貞淑한 動作으로 머리를 숙였다.

 다가와線 列車는 벌써 三番線 홈에 와 닿아 있었다. 貨物車가 아닌 普通客車 였다.

 그 앞칸에 탄 료헤이는 느닷없이 야마가미 노부쓰께와 얼굴을 마주쳤다. 야마가미는 료헤이가 잘 모르는 二十 程度의 男子와 함께였다. 료헤이는 알은체만을 하고선 그앞을 지나치려 했다.

 헌데,
「어이, 와까스기.」
 야마가미가 큰소리로 불러세운다.
「네.」
 료헤이는 멈추어 섰다.
「요시꼬氏를 만나려 가는 中인가?」
「아니요.」
 료헤이는 머리를 저었다.
「사까다를 만나려 갑니다.」
「헷.」
 야마가미는 어깨를 으쓱하고선, 同行하는 男子를 돌아

본다.

「이 學生입니다. 사까다 요시꼬에게 매달려 놀고 있는 不良輩는.」

「호오.」

男子는 얼굴을 들고서 眼鏡 넘어로 료헤이를 바라본다.

「그렇군. 普通 애로는 보이지 않는데.」

「헌데, 어떻게 되어서, 그렇게까지 휘말려 들었는지. 先生님도 記憶해 두셔도 좋을겝니다.」

「失禮했습니다.」

야마가미의 挑發的인 말에 憤怒를 느끼면서, 료헤이는 지나 가려고 했다.

「기다려.」

야마가미가 소리친다.

「紹介 하지. 二學期부터 도요쓰의 先生님이 되실 분이다.」

하는수 없다. 깊숙히 머리를 숙인 료헤이는 걸어가서 빈자리에 앉았다.

하자, 窓門쪽에 앉아 있던 女子가,

「앗.」

하고 놀란다. 료헤이는 그 얼굴을 보았다. 후까이 스스꼬의 언니인 후까이 노리꼬가 눈을 동그랗게 뜨면서 료헤이를 쳐다본다.

4

숲속의 길

一

료헤이는 人事를 하고서, 노리꼬 곁에 앉았다.

「只今 이 時間에 어쩐 일이세요?」

背後의 두 사람이 마음에 걸렸으나, 相關할 일이 아니라고 생각했다.

「郵遞局 일로 유꾸하시에 갔었어요.」

「요전번의 册 대단히 고마웠습니다. 재미있게 읽었어요.」

「興味가 있으시면, 아직도 여러가지 文獻이 있어요. 빌리려 오세요.」

「네, 아버지, 健康하시죠?」

「네, 前과 如一. 이따끔씩 當身에 對하여 말씀을 하시

곧 해요. 오늘 學校?」

「네, 學校에도 들릴 참입니다.」

「그리고선 사까다氏의 집으로 가시는군요.」

「네, 여름 放學이 되고나서, 사까다와 한번도 만나지 못했어요. 오늘은 비가 오는데 얌전히 집구석에 쳐밖혀 있었으면 좋을텐데.」

「거짓말?」

장난끼어린 눈으로, 노리꼬는 료헤이의 얼굴을 들려다 본다.

「實은 사끼다氏는 어떻게 되더라도 相關없지 않으세요?」

「왜 그렇게 생각 하십니까?」

료헤이는 노리꼬를 바라보았지만, 意志에 反해서, 얼굴이 달아 올랐고, 발개진 얼굴을 숨길 수도 없이, 쓴 웃음만 지을 뿐이다.

「놀리지 말아요.」

「놀리는 거 아니에요. 事實을 指摘하는것 뿐이세요.」

「요시꼬氏는 사까다의 누님으로서 잘 待해주고 있는 것 뿐입니다.」

「거짓말.」

노리꼬는 고개를 左右로 흔든다.

「그렇지가 않아요.」

목소리를 낮추면서, 얼굴을 료헤이쪽으로 가까이 가져온다.

「그 사람은 當身을 사랑하고 있어요.」

化粧 냄새를 풍긴다. 秘密이라는듯한 목소리다.

「그전날 내가 그의 집에 當身을 찾아 갔을때, 그 사람의 當身을 對하는 態度가 若干 異常 했어요.」

「그런일 없어요.」

「아니요 그런게 있어요.」

노리꼬는 고개를 저었다.

「난 같은 女子니까 그런 것은 敏感하게 느껴져요. 그 사람은 내가 當身을 뺏어 갈가봐 警戒하고 있어요.」

「설마.」

「정말이세요. 후후후후. 뺏고싶어. 그렇지만 當身은 그女를 사랑하고 있죠?」

「親舊의 누님 입니다.」

「그럼, 저녁때, 우리집으로 놀러와 주겠어요? 아버지가 기뻐하실 거에요. 가쓰나리氏와 함께 오셔도 좋아요.」

「可能하면 가겠습니다. 가쓰나리는 스스꼬氏를 사랑하고 있습니다.」

「들었어요. 그렇지만 스스꼬는 아직 어린애에요. 結婚

인가를 申請했다구요. 바싹 緊張하고 있어요. 가쓰나리 氏도 정말 서툴러요.」

「한 길밖에 몰라요. 本人은 自身을 策略家라고 생각하고 있지만, 그렇지를 못해요. 策略家로서는, 가메다 에이이찌로가 한 手 내지 두 手 程度 위 입니다.」

「가메다氏, 어저께도 우리집에 왔었는데. 文化會의 일로 스스꼬와 이야기 하던걸.」

료헤이는 놀랬다는듯이 노리꼬의 얼굴을 쳐다 보았다.
「정말 입니까?」

「저런, 뭔가 잘못됐군요?」

「그 子息, 約束을 깨뜨려 버렸다.」

「約束? 무슨 約束?」

「그 子息, 자주 자주, 스스꼬氏와 이야기를 하려고 찾아온단 말이죠?」

「이따끔씩요. 여하튼 스스꼬는 雜誌의 編輯 일을 도우게 되었는가 봐요.」

「있을 수 없는 일이다.」

「무슨 일인데요?」

「사까다 가쓰나리를 爲해서, 가메다는 스스꼬氏에게 個人的으로 接近하지 않겠다는 것을 제게 約束 했었습니다.」

료헤이는 스스꼬의 귀에 들어가리라는 計算下에, 가메다가 미야꼬 女子高의 오가와 키시꼬를 訪問했을 때의 모습을 詳細하게 이야기 했다.

「저런, 그 男子, 그렇게도 끼가 많아요? 간다의 오가와 家라면, 나도 알고 있어요. 그의 아버지, 우리 아버지와 親하게 지냈어요. 戰時中의 일이지만.」

「괘씸한 녀석.」

료헤이는 팔장을 낀다.

「어떤 式으로 골탕을 먹여 줄까.」

「그렇지만 安心해도 좋아요. 스스꼬는 가메다氏에게 異性으로서의 魅力을 느끼고 있지 않으니까요.」

「그렇게 말하던가요?」

「에에, 姉妹之間이니까, 그 女도 他人에게는 말하지 못하는 것을 우리 사이에는 말 해요.」

아까부터 列車는 빗속을 달리고 있다. 이마가와의 河川을 따라 上行하고 있다. 익숙해 있는 車窓 밖의 風景이지만, 여름 放學이라는 氣分도 氣分이려니와 時間도 다르기 때문에, 갑자기 新鮮한 氣分이 드는 것이다.

「재미있고 負擔없이 가볍게 이야기를 할 수 있는 사이, 라고 하더군요.」

「그것이 바로 가메다의 作戰입니다. 그 子息, 그런 態

度로 女子들에게 接近해서, 漸漸 巧妙하게 說服시키는 겁니다.」

「그럼, 오가와 키시꼬氏에게는요?」

「關心이 대단하죠.」

「當身과는 別로 親하지 않는것 같네요.」

「그런 三流俳優같은 녀석, 마음이 맞을 理가 없잖습니까.」

約束을 顔色하나 變하지 않고 깰 수 있는 사람이라는 것을 알고서, 료헤이는 가메다에게 强한 憤怒를 느꼈다.

二

하자,

「三流俳優라는 것은 자네를 두고 한 말 아닌가?」

이렇게 말 하면서, 야마가미가 두 사람 앞에 걸터 앉는다. 빙긋빙긋 웃고 있다.

노리꼬는 얼굴을 굳히고선, 車窓 밖으로 얼굴을 돌렸다.

「놀라운데. 사까다 요시꼬를 꼬득이고 있다고 생각했는데, 只今은 軍閥戰犯(군벌전범)의 딸과 사이좋게 놀고 있다. 게 게 게 게.」

「저쪽으로 가 주세요.」

「아니, 여기가 자네 자리이던가? 어디에 앉든 말든 自由라고 생각하는데, 그렇지 않다는 건가?」

「그럼, 여기 있던 말던 相關하지 않을테니까, 내게 말을 걸지 마세요.」

「알겠다. 그럼, 自由롭게 이야기들 하라구.」

사람을 바보 取扱 하는듯한 웃음을 입가에 흘리면서, 야마가미는 료헤이와 노리꼬를 번갈아 바라본다.

료헤이는 그 얼굴에서 嫌惡感(혐오감)을 느끼면서, 손에 들고 있는 册을 펴 들었다.

列車는 마냥 달리고 있다.

沈默을 깬것은 노리꼬 였다. 얼굴을 야마가미를 向하고서,

「氣分 좋겠네요. 後輩를 괴롭히고서 氣分이 그렇게도 좋으세요?」

「괴롭힌 적은 없는걸로 아는데. 戰犯의 딸은 每事를 비뚜름하게 보는 것이 탈이란 말씀이야. 日本의 進路를 바꾸어 놓고, 數 많은 人民을 죽이고서도, 잘도 뻔뻔스럽게 살아가고 있구먼.」

야마가미는 비웃음을 흘린다. 父親에 對한것을 들어내어 그 딸을 攻擊한다. 이런것이 進步的인 생각을 가졌다

고 自負하는 人間들이 하는 行動인가.

료헤이는 목소리를 높혔다.

「말을 걸지 말라고 分明히 말했죠?」

「아니 말을 걸어온 것은 이 女子쪽이야.」

「후까이氏,」

료헤이는 일어섰다.

「저쪽으로 갑시다. 이런 作者들하고 이야기를 하면 귀도 입도 더러워져요.」

「그렇네요.」

노리꼬도 일어섰다.

「흥, 戰時中에는 꾸벅꾸벅하던 주제에, 戰後에는 時代에 便乘하여, 어느틈에 共産主義者가 된다. 언제든지 날개짓을 잘하는 쪽에 붙어 깃발을 흔든다. 난 斷言할 수 있어요. 當身이라는 사람, 언젠가는 틀림없이 主義나 思想을 바꿔요. 이번에는 무슨 主義로 바뀔지는 모르지만. 말해 두지만, 난 말이에요, 當身같은 사람보다 아버지쪽이 훨씬 尊敬스러워요.」

「흥.」

야마가미는 嘲笑를 한다.

「當身들에게 尊敬받는 사람이 되고싶지 않네요.」

료헤이는 노리꼬의 팔을 붙잡고서, 두 사람은 다음 칸

으로 옮겼다.

료헤이는 말했다.

「저치, 내게 敵意를 품고 있어요.」

「우리집에도요. 집을 뛰쳐나와 그런 일을 한다는 것, 스탠드 풀레이(Stand+Play)이니까요. 本心은 卑劣하게도 打算的이에요.」

※【Stand+Play=Grandstand Play=觀客의 人氣를 끌려
는 演技者의 誇張된 動作】

노리꼬의 눈에 눈물이 고여있다.

「그 子息이 했는 말 마음에 둘것 없어요. 난 아무렇지도 않게 여겨요.」

「요시꼬氏가 싫어할 게 뻔해요. 思想은 훌륭한지 모르지만, 逆겨운 子息.」

「진짜의 思想이 아니기 때문이죠. 요즈음 사까다도 그점을 알고 있어요.」

「그렇지만 모르고 있는 사람이 더 많은걸요.」

드디어 列車는 도요쓰 驛에 到着하였고, 두사람은 내렸다. 나란히 도요쓰의 거리로 向하였다. 鐵路위의 다리를 건느면서 뒤돌아 보니까, 야마가미와 二學期부터 도요쓰의 敎師가 된다는 眼鏡잡이 男子가 이쪽을 보면서 걸어 오고 있다.

다리를 건느자 노리꼬는 雨傘을 펼쳐서 료헤이를 雨傘속으로 들게했다.

료헤이는 背後의 두사람의 눈을 意識해서,

(難處한데.)

하고 생각했다.

(한번 보여줘버려!)

그런 생각도 들었다. 비는 그렇게 세차지는 않기 때문에 그냥 雨傘속으로 들어 가는것만으로 充分했다.

노리꼬는 료헤이의 팔을 붙잡았다.

「할 수 있으면 글쎄가 아니라 꼭 오세요.」

「네, 그렇게 約束하기로 하죠.」

「그리고, 오늘밤은 우리집에서 주무시는거에요.」

「자게된다면 밤에 숨어 들어 갈는지도 몰라요.」

自身에 어울리지 않는 弄談도 해 본다. 하니까, 노리꼬는 붙잡고 있는 료헤이의 팔에 힘을 준다.

「좋아요. 자지 않고 기다리고 있을테니까요.」

그 목소리에는 료헤이의 가슴을 설레이게 하는 秘密스런 餘韻이 있었다. 고개를 오르락 내리락 한다. 途中에 오른쪽으로 꺾어들면 햇-페고개로 사까다의 집으로 가는 지름길이다.

그러나 郵遞局으로 가는 노리꼬를 바래다 주려면 곧

바로 길을 가야한다. 료헤이는 곧바로 걸을려고 했다.

「이쪽으로 가도록 해요.」

하고 말한것은 노리꼬였다.

「於此彼 요시꼬氏 宅으로 가는거죠.」

「네.」

農家 사잇길을 걸으면서, 료헤이는 뒤돌아 보았다. 야마가미는 곧바로 간것같다. 山길로 접어든 료헤이들을 두 사람은 어떻게 생각하였을까. 틀림없이 야마가미와 함께 있던 新任敎師가 료헤이에게 좋은 印象을 갖지 않았다는 것은 分明한 事實 이겠다.

農家 사이를 빠져서, 行人을 지켜준다는 길 神의 碑石을 지나면 헷-페고개는 若干 가파르게 되고, 村落속으로 들게된다. 길위를 상수리나무와 떡갈나무가 덮혀 있어 비가 와도 젖지를 않는다.

커다란 물방울이 雨傘위에 후드드득 소리를 내게한다. 길의 왼쪽으로 물이 세차게 흘러 내려 간다. 들어가면 갈수록 어둑컴컴해져 왔다.

三

이 헷-페고개, 男女 두 사람이 지나가고 있는 그 自體,

뭔가 秘密스런 냄새를 풍긴다. 秘密스런 만남의 길이기도 하다.

노리꼬에게 팔을 붙들려서 걷고 있는 료헤이의 가슴에는, 뭔가 罪意識이 있었다.

그 罪意識에 矛盾하면서, 료헤이는 숨이 맥혀오는 것을 느꼈다. 노리꼬는 보다 密着 해 왔다.

「그렇게 빨리 걷지 말아요.」

「네, 未安해요.」

료헤이는 멈춰 서서, 女子의 걸음걸이를 마춰 주지 못한 어리석음을 謝過하는 意味에서 한숨 돌리려 했다.

瞬間, 노리꼬의 몸뚱이가 쏠리어 왔다. 돌맹이를 밟아서 귀웃뚱거렸는지, 료헤이는 그의 등을 바쳤다. 노리꼬의 한쪽팔이 료헤이의 등을 안았다. 얼굴이 다가왔다.

「키스 해 줘요.」

避할 틈도없이, 그의 입술이 료헤이의 입술을 덮쳐왔다.

(안되지, 避한다면 이 사람에게 傷處를 주게되는 것이다.)

료헤이는 豫感이 的中했음을 놀라워 하면서, 노리꼬의 입술을 받았다.

노리꼬는 처음부터 세차게 빨아 들였다.

이 숲속을 들어설때 부터, 료헤이의 사타구니는 부풀어 있었다. 그것이 다시금 부풀어 올라 뜨겁게 단단해 지면서, 끄덕거렸고, 료헤이를 안고 있는 노리꼬의 下腹部를 세게 누르고 있다.

(이사람 느끼고 있을거야.)

긴 키-스 後에, 입술을 뗀 노리꼬는 계속 료헤이를 안고있는 姿勢로, 뺨과 뺨을 密着시켜왔다.

「오늘밤, 진짜 우리집에 머무는거죠?」

하고 말했다.

「될 수 있으면 그렇게 하도록 하죠. 사까다가 뭐라 할지.」

「가쓰나리氏가 아니라, 요시꼬氏가 두렵겠죠?」

「그런 点도 있구요.」

「그렇지만,」

노리꼬는 허리를 살짝 돌린다. 그것은 료헤이의 단단한 몸이 닿고 있는 허리 그 部分이므로, 료헤이의 몸을 愛撫해 주는 動作 이었다.

(이 사람 틀림없이 느끼고 있다. 그리고 處女가 아니야. 달라고하면 許諾할게 틀림없어. 아니야, 나보다 이 사람이 그것을 바라고 있다.)

「요시꼬氏는 너무 단단하죠?」

「…………」

「난, 그 女와 달라 完全한 女子에요. 알겠어요?」

「알겠어요.」

다시금 노리꼬는 입술을 要求한다. 료헤이는 그것을 받아 들인다.

(이 길에서 요시꼬氏와도 키스한 적이 있다.)

罪를 느끼면서, 키스에 應하고 있다. 노리꼬는 혀를 료헤이의 입속으로 밀어 넣었다.

그러자 어떤 기척을 느끼고서, 료헤이는 숨을 죽였다.

(누군가가 보고 있구나.)

一瞬, 료헤이는 노리꼬의 혀의 놀이를 中止 시켰다.

姿勢 그대로 周圍를 휘둘러 보았다.

고개의 이십메-터程度 떨어진 아래쪽에서, 야마가미와 같이가는 男子가 우뚝 서 있는 것이 보였다. 이쪽을 빤히 쳐다보고 있다.

(이건 대단한 일이 벌어지고 말겠다.)

료헤이는 살짝 입술을 뗄려고 했다. 노리꼬는 고개를 살래살래 저으면서 싫은 내색으로 다시금 혀를 밀어왔다.

그것을 强制로 밀치고서, 료헤이는 노리꼬에게 속삭였다.

「자, 어서 걸어요.」

「왜 그러세요?」

「글쎄, 곧바로 걸어가요.」

료헤이는 노리꼬의 어깨를 밀면서 곧바로 걸어갔다.

「뒤돌아보면 안돼요. 곧 바로, 될 수 있는대로 빨리.」

「누군가가 있나요?」

「後에 말 할테니까요. 괜찮아요. 놀랄 일은 아니니까요.」

(입술을 슴치고 있을때를 들켰다고 말한다면 이 사람, 부끄러운 나머지 까무러칠는지도 모르는 일이다.)

두 사람은 걸어갔다.

(야마가미 子息, 곧바로 걸어갔던 것은 제스츄어 였구나. 完全히 尾行을 當하고 말았다. 陰險한 子息. 요시꼬氏에게 일러 바칠게 틀림없어. 더군다나, 다른 또 한사람은 가을부터 도요쓰의 敎師가 된다고.)

드디어 고개는 느슨하게 되었고, 길도 밝아져 왔다.

(이제부터 어떻게 한다지.)

동네 안으로 들어가서 두 사람을 먼저 보낼것인가, 아니면 이대로 계속 걸을 것인가.

노리꼬는 낮은 목소리로 물어왔다.

「아마도. 하여튼 우리는 繼續 걷는 겁니다.」

「아는 사람?」
「야마가미들 입니다.」
「어머.」
료헤이는 노리꼬를 안고 있는 팔을 떼지 않았다. 더욱 세게 끌어 안았다.

♣

5

僞 證

一

길은 平坦하게 되었고, 두 사람은 발걸음을 빨리했다.

조금 後에, 료헤이는 살짝 뒤를 돌아다 보았다. 사람 그림자가 보이지 않는다.

(어디로 가버렸지?)

료헤이들의 秘密을 엿보고서, 이젠 끝났다는 氣分이 되었는지도 모른다.

「이젠 괜찮아요.」

「憤해 죽겠어요.」

노리꼬는 료헤이의 손을 꽉 쥐어왔다.

「좀 더 천천히 오래오래 하고 싶었는데.」

「그보다도 그치들, 當身을 攻擊 할 수 있는 資料를 쥐게 되었어요.」

「난 괜찮아요. 當身이 在學中이므로 困難하겠죠. 그보다, 그 男子와 關係되는 일이므로, 요시꼬氏에게 말 할는지도 몰라요. 어떡해요?」

「하는 수 없죠. 否定 할 수 밖에. 어림 斟酌으로 잘못 본거라고 말해두죠.」

「그렇지만……」

「눈으로 본 것 뿐이니까요. 寫眞을 박은것도 아닙니다. 證據가 없어요. 逆으로, 헛所聞을 퍼뜨렸다는 罪目으로 그들을 告發 하겠습니다.」

「그렇네요. 그러는 편이 좋겠어요.」

헤어질때,

「저녁때쯤 꼭 와야해요.」

하고 노리꼬는 말했다.

노리꼬는 곧바로 걸어갔고, 료헤이는 사까다의 집으로 갔다. 사까다의 父母들은 只今 막 外出하려는 準備를 하고 있었다. 요시꼬는 그것을 거들고 있었고, 사까다는 마루에서 라디오를 매만지고 있다.

「오구라(小倉)에 나의 從兄弟가 살고 있다. 오늘밤 結婚式을 한단다. 그래서, 아버지 어머니는 주무시고 오실거야.」

그말을 듣고서 료헤이는,

(오늘밤 노리꼬氏의 집에는 갈 수 가 없게 되었구나. 가더라도 빨리 돌아오지 않으면 안 돼.)

하고 생각했다.

조금 後, 사까다의 兩親은 나가셨고, 요시꼬는 葉茶를 準備했다.

「健築現場에서 아르바이트를 하고 있다구요?」

「네.」

「많이 탓군요. 健壯한 느낌이 드네요.」

「우직스런 男子들과 함께 해요.」

옆에서 사까다가,

「오늘밤 자고가도 괜찮겠지?」

하고 말했다.

「아아.」

비는 只今도 繼續 내리고 있다. 요시꼬는 료헤이의 얼굴을 들려다 본채로,

「只今까지 왜 한번도 오지 않았죠? 어느 만큼 아르바이트를 하고 있다 해도, 쉬는 날은 있었을 게 아니에요?」

「쉬는 날에는 밭일도 해야하고, 여러가지로 바빴어요.」

요시꼬의 눈에 따스함이 넘쳐 있는 것을 느낄 수 있었

다. 숲속의 길에서 노리꼬가 보여 주었던 것과 같은 눈이었으나, 그 눈 보다도 더 진한 熱望을 느낄 수 있었다. 그러나 사까다가 있기 때문에 료헤이는 모르는척 할 수 밖에.

야마가미가 함께하는 男子를 데리고 나타난 것은, 료헤이가 到着하고나서 한 時間쯤 後였다.

료헤이는 처음부터 覺悟하고 있었다. 三十分이 지나고 한 時間이 지날즈음,

(다음에 올려는가보지.)

하고 생각하고 있었는데, 途中에 다른 곳에 들렷다가 오는 모양이다 .

야마가미는 玄關에 들어오지도 않고, 마당을 돌아 료헤이들이 이야기 하고 있는 곳에 直接 모습을 나타내었다.

요시꼬는 冷情한 表情으로 變했지만,

「야아, 어서 오십시요.」

사까다가 歡迎의 목소리를 보냈다.

「지루한 비로군. 어머니는?」

「나가셨는데요.」

「그래, 아무래도 좋아.」

야마가미는 료헤이를 無視하고, 데리고 온 男子를 사

까다와 요시꼬에게 紹介했다.

「이번 가을부터 도요쓰의 先生이 되실 아오야마(靑山) 先生님이셔. 나의 先輩님이시다.」

아까 료헤이에게는 이름을 말하지 않았다.

「도요쓰의 先生님? 이거 큰일났네. 잘 付託 드리겠습니다.」

사까다는 머리를 숙였다.

「무엇을 가르치시는데요?」

「數學이다.」

「우왓, 그렇다면 只今부터 付託드려야 겠군요.」

人事가 끝나자 요시꼬는 안으로 들어가 버렸다.

료헤이는 그 뒤를 따라 안으로 들어갔다.

「저 두 사람 뭣 때문에 왔는지 알고 있습니다.」

그렇게 말하면서 료헤이는 다가서서 요시꼬의 어깨에 손을 얹었다.

요시꼬는 고개를 左右로 흔들면서 료헤이에게 안겨왔다.

「그런것 아무래도 좋아요. 그보다, 오늘밤 정말 자고 가도 되겠죠?」

「네, 자고 가게 해 주세요. 그런데, 야마가미氏들이 온 理由, 매우 좋지 않는 일 입니다.」

「무슨 일인데요?」

얼굴이 가까워진다. 正面에서 료헤이의 눈을 바라보는 눈이, 急速히 동그래진다.

(아까 노리꼬氏와 키-스한 바로 直後란 말이다.)

罪스러움을 느끼고 있지만, 료헤이는 그 입술에 自身의 입술을 눌렀다. 요시꼬의 눈이 自然스럽게 감기어 졌고, 바로 빨기 始作 했다.

그런데, 窓門도 열려져 있고, 陶醉하기에는 마땅치 않다. 얼른 두 사람은 떨어졌다.

「오는 列車안에서, 저 두 사람과 만났습니다.」

「그랬었나요?」

「스스꼬氏의 언니도 만났어요.」

요시꼬는 얼굴을 들었다. 료헤이는 繼續 말했다.

「列車안에서 야마가미氏는 노리꼬氏를 嘲弄하곤 했어요.」

「노리꼬氏라고, 누구?」

「스스꼬氏의 언니입니다.」

「그건 알고 있어요. 그런데, 自己는 그 사람의 이름을 부를 程度로 親한가요?」

「아닙니다. 困難한데, 그런 심술궂은 말을 한다면. 그리고, 그…….」

「좋아요,」

요시꼬는 웃는다.

「그렇게 正色을 하고 辯明하지 않아도요.」

火를내고 있는 것이 아니다. 살았구나 하는 氣分이었으나 료헤이는, 가슴 아픔을 느끼지 않을 수 없었다.

「그것이 매우 恥事한 일로서, 그 後에 난 언니와 함께 헷-페고개를 걸어갔던 겁니다. 그뒤를 繼續 저 두 사람은 尾行을 하고 있었어요. 只今까지 어디에 있었는지 난 곧바로 여기로 왔습니다만.」

計算이 서 있다. 尾行 當하고 있다는것을 以前부터 알고있었다는것, 이렇게 해 두기로 했다. 尾行 當하고 있다는것을 알면서 키스를 한다는 것은 있을 수가 없는것이기 때문이다.

틀림없이 야마가미는, 自己들이 보고 있다는 것을 료헤이들은 눈치 채지 못했었다고, 생각하고 있음에 틀림없다.

「헷-페고개? 누가 먼저 가자고 말했나요?」

「언니가요. 이리로 오는데 가깝기 때문이겠죠?」

「글쎄, 그런것 뿐이었을까요? 그 길, 돌맹이들이 많은데. 그 女, 비틀거리지 않던가요?」

「네에.」

료헤이는 우물거리며 對答한다.
「亦是, 비틀거려 보였군요?」
「한번 뿐이었어요. 정말 돌을 헛디딘것 같았어요.」
「야마가미氏에게 感謝드리고픈 心情이네요.」
료헤이는 요시꼬를 껴안았다.
「내가 사랑하는 것은 요시꼬氏 뿐입니다.」
「그렇지만, 그 女는 예뻐요. 그리고, 스스꼬氏와는 달리, 어린애가 아니에요.」
「나에겐 예쁜것은,」
꼭 껴안는다.
「요시꼬氏밖에 없어요.」
普通때라면, 이런 輕薄하고 역겨운 말은 할 수가 없다. 노리꼬와는 아무런 일도 없었다는 것을 强調하고 싶은 一念에서 이다. 그런데 너무 여기에만 얽매이고 보면 오히려 異常하게 여겨질는지도 모르는 일이다.

료헤이는 입을 마추려 했다. 요시꼬는 얼굴을 뒤로한 채 그것을 拒否한다. 진짜로 拒否하는 것이 아니다. 拒否하는것처럼의 姿勢를 取함으로서, 人跡없는 헷-페고개를 노리꼬와 함께 걸어갔던 료헤이의 行動을 非難하고 있는 것이다.

그때에,

「요시꼬氏, 좀 보실까요.」

하고 부르는 야마가미氏의 소리가 들려왔다.

二

야마가미와 아오야마는 마루턱에 걸터 앉아 있다.

나타난 료헤이들을 意味를 內包하는 웃음을 띄우면서 번갈아 바라 보았다.

「아까 헷-페고개에서 생각지도 못했던 宏壯한 光景을 보았습니다.」

요시꼬는 다다미위에 正坐해 있고, 료헤이는 사까다 곁에 앉아 分解되어 있는 라디오의 部品을 만지작거리고 있다.

「네가 라디오의 修理를 한다는것 意外로군.」

야마가미의 말을 마음에 두지않는다는 시늉이다.

「무슨 말씀, 라디오 程度야, 簡單하지.」

사까다는 修理를 繼續한다.

「어떤 場面을 보았는지, 헷헷헷.」

야마가미는 奇妙한 웃음을 흘리면서,

「이봐요, 아오야마氏」

아오야마의 同意를 求한다.

「아아.」

아오야마는 무거운 語調로 말했다.

「도요쓰의 學生이 墮落(추락)하고 있는 것을, 確實히 보았죠.」

사까다가 얼굴을 들었다.

「어떤 意味입니까? 누군가, 우리 學校 學生이 담배라도 피우고 있었습니까?」

「담배 程度라면 問題도 되지 않아. 요시꼬氏, 想像이 가십니까?」

「무슨 일입니까?」

요시꼬는 빙긋도 하지않고 야마가미를 노려본다. 야마가미는 벼란간, 료헤이를 가리킨다.

「이 學生입니다.」

료헤이는 천천히 야마가미를 쳐다본다.

(沈着해라. 冷情히 處理해야만 해.)

「내가 무슨 일이라도 저질렀습니까?」

「호오, 포-카 페이스(=無表情한 얼굴)로군. 정말 놀랍다. 흠, 누구도 보지 않았다고 생각하고 있겠지? 그러나, 헷-페고개도 길이란 말씀이야. 操心 했어야지.」

「무슨일인지 도무지 알 수가 없군. 勿論, 헷-페고개도 길이니까요. 刑事처럼 尾行하는 사람이 있더라도 뭐라 말할수 없겠죠.」

「어쩔 수 없는 子息이로군. 그런 길에서 女子를 끌어 들여서, 요시꼬氏.」

다시 요시꼬를 부른다.

「이 子息 무슨 짓을 했는지 아시겠습니까?」

「무었을 했는데요?」

「그렇지, 그 戰犯을 謀免한 人民의 敵이 있다는 것을 알고 계시죠? 그 絞首刑을 시켜도 좋을 軍人의 딸과 키스를 하고 있었어요.」

「저런.」

요시꼬는 움직이지도 않았다.

「이 사람, 누구와? 人民의 敵이라고만 하니까 알 수가 없네요.」

「후까이의 딸 中 언니 말입니다.」

「노리꼬氏?」

「그래요, 고개 中間쯤에서 서로 끌어 안고서.」

「그것을 當身께서 보았단 말씀인가요?」

「그럼요, 確實하게 말이죠.」

요시꼬는 료헤이를 돌아다 보았다.

「當身도 操心性이 없군요. 注意를 하지 않으면 안 되잖아요?」

「놀라운 일이로군.」

료헤이는 歎息을 吐해 보였다.

「亂視인 사람을 나무랄 수도 없고. 나란히 걷고 있는 것을 끌어안고 있다고 한대서야.」

「거짓말 하지 마.」

야마가미는 火가 치미는 소리로 말했다.

「우리 두 사람이 確實히 보았단 말이야.」

「테마(엉터리 소문)도 그럴듯 하구먼요. 當身들의 人民裁判은 그런 뿌리도 잎도 없는 테마를 根據로 하는 겁니까?」

「능글맞기 짝이 없는 子息이로군.」

「잠깐 기다려 줘요.」

요시꼬가 일어섰다.

「그것이 어떻다고 일부러 여기까지 와서 이야기 하는 겁니까? 設令 그것이 정말이라 합시다. 모르는 척 해 주는 것이 禮儀가 아니던가요? 이 사람과 노리꼬氏, 서로 사랑하는 사이라면, 아무런 相關이 없는 일 아닌가요. 그런 이야기, 나 더 以上 듣고싶지도 않아요.」

그대로 요시꼬는 안으로 들어가 버렸다.

야마가미는 료헤이를 쏘아 보고 있다.

「요런 軟派 不良子息..」

「그런거 누구도 信用하지 않아요. 그러나, 確實히 해두고싶어서 하는 말인데, 途中에 그 사람이 발을 헛딛어서 비틀거리면서 내게로 넘어져 오길래 내가 재빨리 안아서 바로세워 준 일은 있었어요. 그런 事實만을 가지고 키-스로까지 連結시킨다는 것, 想像도 쬐끔 지나친 것 아닌가요.」

「난 보았단 말이야.」

「하지도 않은 것을 어떻게 본단 말입니까.」

「아아니, 아오야마氏.」

야마가미는 아오야마를 돌아다 보았다.

「이런 子息입니다. 잘 記憶해 두시면 좋을겁니다.」

아오야마는 고개를 끄덕인다.

「제법 엉뚱한데가 있는 者로군. 이러한 生徒가 다루기에 힘이 들어요.」

사까다가 료헤이의 등을 두들긴다.

「너 진짜로 키-스 했냐?」

「이 사람이 그렇다고 말했잖니. 나도 人氣가 있는 게로군.」

「난 믿을 수 없거든. 네가 그렇게 人氣가 있을 理가 없어. 야마가미氏, 이건 當身이 잘못 본겁니다.」

「잘못 본게 아니야. 자네도 요시꼬氏도, 이치한테 嘲

弄 當하고 있는거야.」

「야마가미氏.」

료헤이는 말했다.

「이것을 말해 주려고 예까지 왔단 말입니까? 난 말이에요, 當身들이 尾行하고 있다는 것을 알고 있었어요. 아까, 요시꼬氏에게 그것을 말 했던 겁니다. 내가, 무언가를 했다면, 이러 이러해서 當身이 여기로 올것이다. 벌써 알고 있었어요. 마침내, 當身들이 온겁니다. 나를 해 치운다고 해서 요시꼬氏가 當身의 프로포즈를 받아 들일거라고 생각 했던가요. 어림도 없습니다. 自身의 品性을 卑下시킨 結果밖에 되지 않았어요.」

「이 子息, 무슨말을 뇌까리고 있는거야.」

「火를 낼 쪽은 이쪽 입니다. 못된 想像만을 하고 있으니까 그렇게 보이는 겁니다. 않그러면, 故意的인 中傷입니까? 百步를 讓步해서 키-스를 한다고 칩시다. 비가 오고 있었어요. 우산을 펴들고 있었구요. 當身들이 있다는 것을 알고 있으면서, 雨傘으로 가리지도 않고서 그런 것을 할 바보가 어디 있던가요. 小學生 程度라도 알만한 일 입니다.」

「입 다물엇. 무슨말로 속이려 한다해도, 내가 본 事實은 지울 수가 없단 말이다. 아오야마氏가 證人이야. 아오야마氏?」

「나도 보았지.」

요시꼬가 다시 나왔다.

「야마가미氏, 未安하지만 돌아가 주시지 않을래요? 萬一 事實이라 해도, 當身에게는 關係가 없지 않으세요?」

嚴한 얼굴이다.

아오야마가 일어섰다.

「갑시다. 이 女性은 아까의 女性과 똑 같아요. 이 學生에게 온전히 빠져 있어요.」

「요시꼬氏.」

야마가미는 感情에 넘치는 목소리로 소리쳤다.

「난, 眞實을 말하고 있는 겁니다. 이 子息, 부끄러워 할 줄 알았는데, 도리어 치고 나오는군요. 이런것이 도요쓰의 學生이라고 생각하니 정나미가 뚝 떨어집니다.」

야마가미들이 돌아간 뒤, 요시꼬는 료헤이를 무서운 눈으로 노려 보았다.

「와까스기氏.」

「네.」

「정말로 들킨 것이 아니란 말이죠?」

「들키고 말고가 어디있어요. 그런 일 하지도 않았는데.」

「後에 自己가 한 말이 거짓이라고 判明되었을 때에는 어쩔래요?」
「絕對로 그런 일 없었다니까요.」
료헤이도 눈을 돌리지 않고, 요시꼬의 눈을 正面으로 바라보았다.
暫時 後에, 요시꼬는 고개를 끄덕인다.
「그렇다면 좋아요.」
하고 중얼거린다.

6

招 待

一

　午後, 료헤이는 가메다 에이이찌로를 訪問했다. 사까다를 데리고 가야하나하고 생각했지만, 그렇게되면 이야기가 惡化될 念慮가 있기 때문에 료헤이 혼자서 갔다.

　마침 가메다는 있었다.

「야아, 先輩님. 이거 정말, 잘 와 주셨습니다. 요전번에는 정말 고마웠습니다.」

　료헤이를 맞으면서, 前과 如一 가메다는 相對편 言動에 잘도 맞추어댄다. 료헤이는 그러나, 웃는 얼굴을 하지 않았다.

「그『요전번 일』에 關聯해서 찾아 온거다.」

「네에?」

「넌 나와의 約束을 깨어버리고 있지 않는가…」

「約束? 어떤 約束 이었는데요?」

「후까이 스스꼬와 가까이 하지 않겠다는 約束이다. 잊어버렸다고는 말 않겠지.」

「아, 그것 말입니까. 記憶하고 있어요. 그래서 지키고 있습니다.」

「거짓말 하지 마. 아까, 노리꼬氏와 만났는데 이야기를 해 주더구나. 때때로 스스꼬와 만나려고 후까이宅에 가곤 한다고 하던데.」

「때때로라구요, 그건 거짓말입니다. 그거야, 간 일은 있어요. 그러나, 그건 어디까지나 文化會의 일 때문이었어요. 프라이베트(Private=私的)한 目的이 아닙니다.」

「속여봤자 곧이들리지 않아. 스스꼬는 말이 적고 溫順한 애지만, 언니에게는 뭐든지 이야기를 한단 말이다. 네가 스스꼬에게 한 말은, 노리꼬氏에게 全部 털어 놓는단 말이다.」

「와까스기 先輩, 그 언니와 親하게 지내십니까?」

「親하고 말고.」

료헤이가 가메다에게 말하자, 가메다는 視線을 돌리고서,

「그건 뭔가 잘못 傳해진 겁니다. 정말로 전, 公用으로

찾아간것 밖에, 더 以上 그 女에게는 野心도 없어요.」

「그것이 거짓이라는 거다.」

「글쎄, 例를 들어, 好意의 말 한두마디는 했었지만, 그것은 어디까지나 예쁘장한 女子애를 對하는 에티켓과 같은 것입니다. 다른 뜻은 없어요. 어찌보면 그 姉妹, 嚴한 軍人의 家庭에서 자란 때문에, 나의 西歐風의 儀禮的인 말을 다른 感情으로 誤解한것 같군요.」

「넌, 사람을 속이는 것이 能手能爛 해. 세치의 혀끝으로 이 世上을 건너 가고 있는 사내야. 그러나, 나까지 속이려 들지 말거라.」

「困難하군요.」

하고 말하면서도, 가메다는 困難스러워하는 表情이 아니다. 늘 하듯이 사람을 바보 取扱 하는듯한 웃음을 흘리고 있다.

갑자기 료헤이는 그 넉살스럽고 뻔뻔한 쌍판이 밉살스럽게 느껴졌다.

「하여튼,」

잘라 말했다.

「이렇게 찾아 온 것은, 너의 辯明을 듣자고 온것이 아니다. 넌, 約束을 지키지 않았다. 그래서, 너의 그 行爲를, 난 키시꼬에게 傳해 주겠다. 그 애도 自尊心이 强하니까,

다른 女子애에게 모-숀을 걸고 다니는 너같은 男子에겐, 더 以上 關心을 가지지는 않겠지. 이 말을 傳하려고 왔던 거다.」

「기다려 줘요. 그렇게 一方的으로 宣言 하신다면, 저가 설 자리가 없지 않습니까.」

「그런건 아니겠지. 넌 어디에서나 설 수 있는 人間이다. 자, 그럼 失禮했다.」

「와까스기 先輩.」

「…………」

「와까스기 先輩는 어째서 사까다를 감싸고 도는 겁니까?」

「親舊이기 때문이다.」

「그렇지 않겠죠? 先輩님과 그 누님과 親하다는 것은, 이 도요쓰 거리에서는 모르는 사람이 없어요.」

「親하다. 그런데 어쩌란 말이지?」

「그러니까, 저가 불쌍하지 않으세요? 사까다氏와 저가 對等한 立場에서의 라이벌로 足한데도, 先輩님은 妨害를 놓고 있어요. 不公平 합니다.」

「하는 수 없어. 너의 親舊였다면 너를 감싸고 돌겠지.」

「하여튼 오가와 키시꼬氏에게는 말하지 말아 주십시요.」

「아니, 말 하겠어.」

「좋아요.」

갑자기 가메다는 눈을 치켜 뜨고서 료헤이를 노려 보았다.

「先輩님이 그렇게 나온다면, 이쪽도 이쪽입니다. 이시이 가쓰노리와 요시꼬氏와의 사이를 맺어 주겠어요.」

「호오!」

「이시이는 말입니다, 獨身 입니다. 新婦를 찾고 있어요. 그리고, 以前부터 요시꼬氏에게 눈을 돌리고 있어요. 요시꼬氏 쪽에서도, 이시이에 對하여 그렇게 싫은것만도 아닌것 같아요, 헤헤헤헤.」

「요시꼬氏가 이시이를 싫어하지 않는다고? 그건 어떤 意味?」

「헤헤헤헤, 글쎄, 난 先輩님과 敵이된 以上, 아무말 않겠어요, 고꾸분사(國分寺)의 塔이 알고, 연못의 물이 알 걸랑요. 게게게게, 先輩님은 말입니다, 그 女에게서는 年下이고, 어디까지나 同生의 親舊이지만, 이시이는 確實한 社會人이고, 生活基盤도 確實한 獨身의 青年敎師 입니다.」

「허긴 그래. 너와 난 敵이 되었다는 거다.」

「當然하죠. 이시이는 제법 感情의 起伏이 甚한 先生으

로서, 어떻게 보던 間에 先輩님이 不利하죠. 擔任先生 이라면서요? 헤헤헤헤.」

「글쎄, 좋아. 너의 잠꼬대같은 소린 듣기 싫어. 하여튼, 키시꼬에겐 너의 行動의 事實을 報告한다.」

「괘씸한 上級生이로군요. 하는 수 없죠. 密告者에겐 當할 수가 없군요.」

「密告者가 아니지. 確實이 네게 이렇게 일러 두었으니까.」

「그 女가 先輩님이 말한다고 信用할것 같아요? 아니, 信用해도 좋아요. 反對로 逆效果가 될는지도 모르겠군. 라이벌을 意識한다면, 女子쪽에서 더욱더 熱을 올린다고 하지않던가요.」

二

료헤이는 사까다의 집으로 되돌아 왔다. 사까다는 라디오 修理를 끝내고 폽을 調節하면서 듣고있다.

「가메다 쪽에 무슨 用件이 있었는데?」

「쬐끄만한 일.」

「그 子息, 雜誌發行의 準備도, 착착 進行되고 있는것 같아.」

「가을쯤에 나올것 같더라.」

「너, 쓰는거냐?」

「쓰지 않아.」

「쓴다면 文化會의 一員이라고 錯覺할거야.」

「一員이 아니니까.」

「그러나, 사람들은 그렇게 생각 안해. 그 子息은 그 效果를 노리고서 네게 써 달라고 조르는거야. 마에오까나 야마모토가 卒業한 只今, 넌 文藝部의 象徵처럼 되어 있으니까. 네가 들어가면, 도요쓰의 文藝部도 加入한것처럼 돼 버려. 學校의 機關의 一部로서의 文化會의 地位가 確固해 진다니까.」

「내가 加入하지 않는다는 것은 校長도 校監도 알고 있다.」

「글쎄, 어떨까 나. 校長 그네들, 어림斟酌으로 밖에 事物을 생각하지 않으니까.」

료헤이는 요시꼬의 房으로 들어갔다. 요시꼬는 바느질을 하고 있다.

그앞에 正坐를 하고 앉았다.

「가메다氏의 집에만?」

「그럼요.」

「노리꼬氏의 집에는 밤이 되어서 가나요?」

「사까다가 가고싶어 한다면 갑니다.」

「그렇게 말하는 거 뻔하지 않으세요. 난 오늘밤에는 나갈 수가 없어요. 집을 보지 않으면 안 되니까요. 나 혼자만을 두고서, 놀러 갈 참이세요?」

「전 사까다를 데리고 가서 곧 돌아 오겠어요.」

「믿을 수가 없는 사람들이로 군요.」

「그는 그렇고 가메다가 妙한 소리를 하더군요. 그 親舊, 文化會를 設立한 以後, 이시이 가쓰노리와 親하거든요. 이시이 先生님과 만난 일이 있습니까?」

요시꼬는 고개를 들고서 료헤이를 바라 보았다.

「만난일이 있어요.」

「나가료(長養)의 연못가를 散策도 하구요?」

「그럼요.」

요시꼬는 微動도 하지 않는다. 놀란 눈으로 료헤이를 바라보면서 首肯했다.

「가쓰나리와 함께요.」

「네에.」

료헤이는 김이 빠져버렸다. 사까다와 함께라면, 사랑의 散策이 아닌 것이다.

요시꼬는 웃고 말았다.

「十日前 쯤이에요. 學校 宿直을 마치고 돌아 가는 길

이라 하면서 들렸었어요. 그리고선 가쓰나리와 둘이서 고꾸분사의 오래된 書類를 보려 간다기에, 전 그 절의 딸을 알고 있으므로, 함께 가 준것 뿐이에요. 그것 뿐.」

「이시이 先生님 무언가 말씀하셨겠죠?」

「弄談만 잔뜩 하셨어요. 弄談이니까, 나 마음에 두지 않았어요.」

여기에 사까다가 들어왔다. 요시꼬는 사까다를 쳐다보면서,

「이 분, 가메다에게서 나와 이시이 先生님과에 對해서 무언가 듣고 온것 같아.」

「그 子息, 테마의 名人이니까. 어이 와까스기, 걱정할 것 없어. 누나는 이시이 先生님을 좋아하지 않아. 그런 뇌꼴스런 타자이 팬, 말만 들어도 등어리에 冷氣가 돈다니까.」

「그 程度 까지는 안되더래도,」

요시꼬는 료헤이를 바라 보았다.

「別로 아무런 생각도 없어요.」

「만난 것은 그때 뿐이었나요?」

「勿論이죠.」

사까다는 료헤이의 어깨를 두드린다.

「招待 받았다고 했지? 스스꼬의 집에 가자꾸나.」

「음.」

료헤이는 時間을 본다.

세 時 였다. 아직 노리꼬는 勤務處에서 돌아오지 않은 時刻이다.

요시꼬가 말했다.

「가려면, 빠를수록 좋아요. 저녁때가 되면 서로가 不便스러우니까요.」

「그건 그렇군.」

가려면 노리꼬가 돌아 온 後에 가고 싶었지만, 요시꼬도 그 点을 생각하고 있는것 같다.

료헤이는 궁둥이를 들었다.

「가 보자꾸나.」

비는 거의 그치고 있다. 두 사람은 黃土의 진흙탕을 비켜가면서 후까이 宅으로 갔다.

玄關에서 맞이한 것은 스스꼬 였다. 두 사람을 보고서, 수줍은 모습을 보이면서 "어서 오세요."하고 鄭重하게 머리를 숙인다음 료헤이쪽을 바라본다.

「아까, 조금 後에 언니가 돌아오겠다고 했어요. 아버지께서 기다리고 계세요.」

이렇게해서 집을 訪問한 以上, 스스꼬만을 만난다는 것은 그럴 수 없는 것이다 두 사람은 후까이 大將 앞에서 人事를 드렸다. 將軍은 庭園을 向해 앉아서 冊을 읽고 있었다.

「오오. 잘 와 주었구나.」

웃는 모습으로 료헤이를 본다. 그런 後, 사까다쪽을 본다.

「오오, 자네도 왔는가.」

두 사람은 나란히 앉아서, 人事를 드렸다.

「只今은 여름 放學이랬지. 每日, 어떻게 보내고 있느냐?」

「전 建築現場에서 아르바이트를 하고 있습니다.」

「그래, 感心할 程度로군. 그런데, 그런데서 일하는 者들은 精神狀態가 좋지못한 者들이 많아요. 影響을 받지 않도록 操心하지 않으면 안 되는거다.」

「네, 잘 알고 있습니다.」

「아까, 야마가미, 빨갱이子息이 여기 왔다가 갔다.」

「네에.」

「무언가 쓸데없는 말을 玄關에서 떠들다가 갔다. 자네, 노리꼬와 키-스 했다더군.」

「當치도 않습니다. 그 두 사람, 사까다의 집에도 그것을 말하려고 왔었습니다. 잘못 본겁니다.」

「글쎄 좋아. 그들은 미친개처럼 날뛰고 다니는 者들이

니까, 이것 저것 가리지 않고 물어 뜯는거다.」

여기서 후까이 大將은 날카로운 눈으로 사까다를 바라본다.

「아직도 야마가미와 사귀고 다니는가?」

사까다는 벌써 요전번의 일 때문에 잔뜩 얼어 있다.

「아니요, 그렇게 親하게 지내고 있지 않습니다.」

「그런 무리들이 앞서 달려 나가면서, 일들을 混亂스럽게 만들고 있단다. 戰爭을 일으킨 무리들과, 性格이 매우 恰似하거든.」

「閣下께선 戰爭을 反對하셨군요?」

「只今에사 누구든지 그렇게 말할 수 있지. 또한, 自身이 정말로 그랬었는것처럼 그럴듯한 言辭로 속이고들 하지.」

三

大將과 이야기를 하고있는 中에, 노리꼬가 돌아왔다.

「오늘은 두 분 모두, 저녁을 잡수시고, 천천히 놀다 가요. 아까 스스꼬와도 相議했지만, 닭을 한마리 잡기로 했어요. 우리는 할 수 없으니까 當身들이 잡아 주겠어요?」

「그것이, 그, 안 되겠어요. 오늘밤, 사까다집에는 兩親

이 계시지 않아요.」

「아니요.」

사까다가 료헤이의 말을 中間에서 끊었다.

「집은 아무일 없어요. 辭讓하지 않고 먹겠습니다. 닭 말이죠, 제가 死刑을 執行하죠.」

「어이, 그렇게되면 困難하잖니?」

「누님 말인가. 뭐야, 누난 어떻게 돼도 相關없어. 도요쓰에는 强盜가 없거든. 설마 쥐에게 끌려 가는 일은 없겠지.」

「두 사람이 승강이를 하고 있자, 노리꼬가 말했다.

「요시꼬氏 혼자라면, 門團束을 하고, 요시꼬氏도 오시게하면. 그렇죠, 아버지. 오래간만의 손님이니까, 떠들석하게 해도 괜찮겠죠?」

大將은 고개를 끄덕이고선,

「자네들 술 마실 줄 아는가?」

하고 말했다.

「네.」

怯도없이 료헤이가 對答한다.

「좋아, 그렇다면 保管해 둔 스캇치를 내어 오도록 하지. 英國大使가 膳物로 가져온 것이 한병 남아 있을거다.」

　※【스카치(Scotch):Scotch Whisky의 준말, 스코트랜드
　　産의 위스키.】

招待

結局, 모두가 저녁 招待를 받게되자,

「그럼, 스스짱, 요시꼬氏를 데리려 갔다 와. 只今 오시지 않아도 돼. 저쪽에도 用務가 있을테니까, 한 時間 程度 있다가 오시도록 해요.」

「네.」

스스꼬는 자리에서 일어섰다. 그것을 본 사까다는,

「그럼, 나도 같이 가죠.」

하고 일어섰다. 往復의 時間 만이라도 두 사람 끼리가 되고싶었던 것이다.

두 사람이 나가고 난 뒤, 近處의 老人이 大將을 찾아와서 서로 이야기를 하고 있었기 때문에, 료헤이는 다른 房으로 案內 되었다.

노리꼬가 다가오면서 뒤에서 료헤이를 껴안았다.

「아까 두 사람, 사까다집에 갔었죠?」

「왔었어요.」

「어떻게 됐어요?」

「테마라고 거짓말 했죠.」

「여기에도 왔던것 같아요.」

「들어 알고 있습니다.」

「무슨 일이 있더라도 認定하면 안돼요. 確實하게 보인 것도 아니잖아요?」

「그렇습니다. 모양만 보고서 推理해서 말하는 것이니까요.」

노리꼬는 료헤이의 앞으로 돌아와서, 妖艶하게 흔들리는 눈을 가까이 했다.

「거짓이다 거짓이다 하면서 진짜로 아무일도 없었다고 생각하면 싫어요.」

입술이 닥아온다. 키-스의 再現을 要求하는 것이 分明하다.

료헤이의 가슴의 鼓動이 빨라져 왔고, 사타구니가 뜨겁게 달아 오른다.

一瞬間, 노리꼬의 얼굴은 재빠르게 움직이면서, 그 입술은 료헤이의 입술위로 덮쳐왔다. 同時에 료헤이는 強하게 안기어졌다.

료헤이는 避하지 않았다. 요시꼬의 일을 생각한다면, 避하는게 道理이다. 그러나, 노리꼬와도 더 親해지고 싶은 欲望쪽이 그것보다 強했던 것이다.

두 사람은 서로 껴안고, 입술을 꼭꼭 눌렀다. 노리꼬의 呼吸이 거칠어져 갔다.

♣

7

眞紅의 꽃

一

　노리꼬의 積極性은 그의 成熟함을 말해주고 있다. 花柳界의 미찌꼬와도 다른, 그 積極性에는 재미는 없지만, 보다 生生하게 느껴졌다. 같은 年上이라고는 하지만 今年에 女學校를 갓 卒業한 아직 十代인 요시꼬와는, 分明히 다른 点이 있다.

　두 사람의 입맞춤은 繼續 되었다. 秒를 더하면서, 노리꼬의 키-스는 漸漸 거칠고 濃厚해져 갔다. 情熱 그 自體를 쏟아붇고 있는듯이 느껴졌다.

　야마가미가 재빠르게 고자질하고 다닌 것이, 도리어 노리꼬를 刺戟(자극)시킨 것 같다. 헷-페고개의 좁은 길에서 雨傘을 쓰고서의 키-스와는 다른 끈적끈적함이 있었다.

사까다와 스스꼬는 方今 집을 나섰다. 往復의 距離를 計算하고, 틀림없이 사까다는 될 수 있는 한 천천히 걸을 것을 생각해 본다면, 제법 時間이 걸린다. 돌아 오더라도, 玄關에서 여기까지 오는데도 時間이 걸린다.

將軍께서는 손님과 이야기에 熱中해 있다. 노리꼬의 母親께서는 무슨일로 外出中에 있다.

그런데도 료헤이는 亦是, 將軍이 손님을 맞고있는 座席이 마음에 걸렸다.

途中에, 입술을 떼고서,

「아버지께서.」

하고 말했다.

「걱정없어요.」

노리꼬는 료헤이의 귀언저리에다 소근거렸다.

「저 할아버지만 오시면 이야기에 精神이 없으셔요. 그리고 여기로 오시는 일은 絕對로 없으세요.」

두 사람은 다시 입술을 포개었다.

짧은 期間內에, 노리꼬, 요시꼬, 다시 노리꼬와 연달아서 키-스를 하게 되어버렸다.

이 일에 對하여 료헤이는 自己自身 어이가 없을뿐더러, 요시꼬에의 罪를 느끼는 한편,

(하는 수 없지 뭐. 이 사람에게도, 난 以前부터 魅力을 느끼고 있었으니까. 사랑의 相對로는 생각지 않지만, 女子로서의 魅力을 느끼고 있다.)

그러한 辯明을 마음속에 간직하고 있다.

그래서 마음 깊숙이에는, 아직도 純潔한 요시꼬는 그냥 그대로 所重하게 두어 두고싶은 心理가 숨겨져 있는 것이다.

事實로 말하자면 요시꼬의 全部를 알고 싶었다.

그러나, 그렇게 된다면 聖少女로서 純潔한 그대로 두고싶은 료헤이 自身의 센치멘타리즘을 스스로 破壞하게 되는 것이다.

그래서, 本來, 요시꼬에만 向하여야할 欲望을 누군가에게서 處理하고 싶다. 미찌꼬는 많은 男性을 알고 있는 花柳界 女人이자, 倫落의 世界에 살고 있는 女子다. 나오미도 亦是 危險한 要素를 지나치게 많이 가지고 있다. 그러니까, 結果的으로 료헤이는 망서렸던 것이다. 危險은 좋아하지 않기 때문이다.

그 点, 노리꼬는 安心해도 좋은 사람 아닌가. 더군다나 나이도 제법 年上이니까, 같은 나이또래와 같은 責任感을 느끼지 않고서 끝낼 수가 있다.

노리꼬의 뜨거운 입맞춤에 應하고 있는 료헤이의 心

理에는, 그러한 要素를 안고 있다. 그런 關係로, 애초부터 性的인 뉴-앙스(Nuance-프=말의 뜻·감정·빛갈·소리 등의 미묘한 차이)를 짙게 풍기고 있는 것이다.

但只 료헤이가 受身의 位置에 있는 때문에 앞서서 進行시키려 하지 않았다.

아까부터 료헤이의 몸은 뜨겁게 달아 올라 끄덕이면서도 키스에만 熱中하고 있는 것이다.

「아, 아.」

입술을 떼고서 뺨과 뺨을 密着시키면서, 떨려오는 呼吸으로 료헤이를 强하게 끌어 안는 노리꼬는,

「아무도 없는 곳으로 가고싶어, 단 둘이서만.」

「저두요.」

「그럼 오늘밤.」

말하면서, 그 豊滿한 乳房을, 繼續 밀어오면서, 몸부림을 친다. 료헤이의 가슴에 젖꼭지를 固定시키고 부벼주는 姿勢로 되었다. 료헤이의 머리속이 昏迷해져 왔다. 發作的으로 노리꼬를 다다미위에 뉘어 누르는 可能性도, 머리를 스쳐간다.

「우리집에서 자요.」

「그러면, 사까다가 火를 낼겁니다.」

「사까다氏보다 요시꼬氏가 두려운게죠?」

「…………」

「억울해 죽겠어.」

노리꼬는 다시 료헤이의 입술에 세찬 키-스를 퍼부었다.

「나같은 사람, 交際上 道理로 이렇게 하고 있는거죠? 이렇게 하고 있으면서도, 요시꼬氏를 생각하고 있는거죠?」

「그럴 理가 있습니까.」

「아니야, 안 돼, 거짓말하면. 當身은 只今 冷情한 氣分으로 나를 보고 있는 거에요.」

「그런 일은 絕對 없습니다.」

벼란간, 료헤이에게 大膽한 생각이 떠오른다.

(옳지, 해 볼거나.)

(놀래 자빠지겠지.)

(그 瞬間에 냅다 밀려나가 떨어질는지도 모른다.)

(그때는 그때다. 나로서도, 때로는 飛躍하지 말란 法은 없지않은가.)

(요시꼬氏에게 꼬아바칠는지도 몰라. 그것도, 그때는 그때다. 싫어진다해도 原点으로 되돌아가는 것 밖에 없지않은가.)

瞬間的으로 그렇게 생각한 료헤이는 처음으로 스스로

노리꼬에게 키-스를 했다. 强하게 짧게 빨아준다.

「當身도 좋아해요.」

하고 말했다.「도」라는 助詞를 쓴것은 말만으로라도 요시꼬를 背信하고싶지 않았기 때문이다. 行動으로서는 이미 背信行爲를 繼續하고 있는 矛盾된 心理이긴 하지만, 眞實이니까 하는 수가 없다.

二

다음으로 료헤이는 自身의 등을 안고 있는 노리꼬의 손목을 붙잡고 끌어서, 재빠르게 그 손바닥으로 自身의 부풀어있는 몸을 눌렀다.

瞬間, 노리꼬는 全身에 痙攣을 일으켰다. 反射的으로 료헤이의 손을 뿌리치고서 떨어지는 事態를, 료헤이는 豫測했었다.

그러나, 그렇지가 않았다. 노리꼬는 낮게 말이아닌 목소리를 내면서, 료헤이를 꽉 쥐어주는 것이다.

료헤이는 그 손의 나긋나긋함과, 나긋나긋함속에 담기어있는 노리꼬의 自主的인 意志를 느끼고서, 冒險이 成功했음을 알고서는, 한층 더 欲望을 더해 갔다.

「와까스기氏,」

헐떡거리면서, 노리꼬가 말했다.
「오늘밤, 무슨일이 있더라도 자고 가요. 안그러면, 둘만이 散策이라도 나가요.」
「可能하면, 그렇게 하고 싶어요.」
「可能하면이 아니에요. 꼭 그렇게 해야해요.」
노리꼬의 손을 붙잡았던 손을 뗀 료헤이는 그 손을 노리꼬의 사타구니 사이로 밀어 넣으면서, 위에서 쓰다듬었다.
노리꼬는 避하지 않았다. 오히려, 몸의 方向을 바꾸어서 료헤이의 손을 받아드리는 姿勢를 取했다. 료헤이의 손은 스커-트의 속으로 들어가서, 땀으로 촉촉히 젖어있는 사타구니로 다시 가서 속옷에 닿았다. 속옷위로해서 둥그렇게 튀어나온 언덕을 누른다.
노리꼬는 한쪽손으로는 료헤이를 끌어안고 또한손으로는 리드미칼한 움직임을 始作했다.
(처음이 아니로구나.)
아까부터 豫想은 하고 있었지만, 다시금 그것을 確認했다는 생각이 드는 것이다. 따라서 료헤이는, 그것에서 失望과 安心 兩쪽을 느꼈다.
한편으로는, 처음이 아니라는 것을 감추려고도 않는 노리꼬에게, 그어떤 信賴비슷한 感情을 느끼기도 했다.

將軍의 딸이면서도 언제 어떤 機會가 있어서 그런 關係를 했는지, 그에 對한 興味도 함께 느꼈다.

노리꼬의 손의 움직임은 奇妙했다. 그러나, 미찌꼬보단 技巧가 없고, 노리꼬 自身의 재미로 움직이고 있다는 느낌이다.

료헤이의 손은 따스함을 느끼고 있다. 그건 女子의 皮膚의 따스함이 아니고, 皮膚 깊숙히 숨겨져있는 어떤 따스함처럼 느껴졌다.

쓰다듬어 준다.

(이것봐라!)

이렇게 엷은 천위로, 요시꼬를 쓰다듬었고, 미찌꼬도 쓰다듬었다. 꺼실꺼실한 感觸을 느꼈었다.

그런데 그런 感觸이 없다.

그러나, 氣分때문인지도 모른다. 료헤이는 쓰다듬으면서 위로 移動해서, 고무끈에 닿았다. 고무를 지나서 허리를 直接 만져준다. 그곳은 매끄럽고 차가운 느낌이 들었다.

노리꼬는 조금도 抵抗을 하지 않는다. 上體의 무게中心을 료헤이에게 기대는듯이 했다.

고무끈은 제법 팽팽했다. 료헤이는 뒤집듯이 하면서 손을 집어 넣었다. 그리고 아래로 내려갔다.

眞紅의 꽃

(그렇구나,)

노리꼬의 풀숲은, 貧弱했다. 密度도 짙지않고, 짧고, 부드러웠다.

노리꼬는 속삭이는 소리로 그것을 부끄러운듯이 말했다.

그와 同時에, 노리꼬의 손은 료헤이로터 일단 떨어지더니, 단추를 끌르기 시작했다.

「魅力的인데요.」

료헤이는 그렇게 속삭이면서 노리꼬의 손의 움직임에 協力하면서, 自身의 손을 다시 進行시켰다.

부드러운 살갗을 미끄러지듯 내려간 손은, 드디어 溪谷속으로 빠져 들었다.

뜨거운 熱湯이 흘러넘치는 溪谷 이었다.

한편, 노리꼬는 그렇게 망설임도없이, 료헤이를 붙잡고서 밖으로 끌어 내었다.

「아아.」

떨리는 목소리와 함께, 세게 꼭 쥐었다. 그것을 느끼고서, 료헤이의 몸은 敏感한 反應을 보였다. 이렇게하여 密度가 진한 愛撫가 始作되었고, 그러는 中에 노리꼬는,

「벌써부터 요시꼬氏도 이것은 알고 있나요?」

하고 質問하는 것이다.

「아니요.」

료헤이는 머리를 저었다.

「그럼, 손으로만?」

妙한 質問이다.

설마하니 다른 사람에게 말을 하지는 않겠지만, 료헤이는 操心했다.

「그것도 아직입니다.」

「왜죠?」

「…………」

「未安해요. 더는 質問 안 할께요. 다만 나와 이러고 있을때만이라도, 그 女 일은 생각하지 않았으면 좋겠어요.」

「생각하지 않아요. 말을 꺼낸것은 노리꼬氏 입니다.」

「그렇네요. 더는 말 안 할께요.」

료헤이의 손가락은 노리꼬의 複雜한 花園의 작은 周圍를 맴돈다.

그것은 갈피를 잡지 못할 程度로 複雜했다.

(난 언제나, 여기까지가 限界다. 더 以上 進行하지 않아. 그러나, 이 사람의 境遇는 辭讓하지 않아도 괜찮겠지.)

여기서 료헤이는, 이미 이렇게 하고 있는데도 더구나 밤의 散策으로까지 誘惑 當하고 있었기에 더 以上 確認

할 必要가 없다고 생각하고, 노리꼬의 귀언저리에 속삭인다.

「넣고싶어.」

그러자, 노리꼬는 키-스를 한다.

「알고 있어요. 이렇게 旺盛해 있는걸요. 기뻐요. 손이 윙윙 울리고 있어요.」

「하고싶어.」

「다음에요.」

「只今 하고싶어.」

이것은 거짓말이다. 아니, 只今 하고 싶은 것은 事實이지만, 그건 不可能한 일이라는 것은 理解한다. 自身의 情熱이 얼마나 强한가를 表示하기 爲함 이었다.

豫想한대로,

「只今은 안 돼요.」

하고 對答하는 노리꼬의 목소리에는, 年下의 男子의 보챔을 責하는 語調를 풍긴다.

「나중에요.」

바로 그때, 玄關에서,

「只今 다녀왔습니다.」

고 하는 스스꼬의 목소리가 들려왔다. 두 사람을 떨어졌다. 료헤이는 재빠르게 손을 끌어내고서, 自身을 집어 넣었다.

「다녀왔니. 어떻게 되었니?」

큰목소리로 對答하는 노리꼬의 소리는, 아까까지의 달콤한 속삭임과는 달리, 언제나 하는 말투 그대로 였다. 료헤이는 그 点에서 安心이 되었고, 또한 不滿스럽기도 했다.

三

「이야기가 안 通해.」

들어 온 사까다는 고개를 흔들면서 부어오른 얼굴을 한다.

「그렇게 못알아주는 누나라고는 생각지도 못했다.」

「왜 그러는데?」

「료헤이는 우리집 손님이랜다. 우리집 소님에게 딴곳에서 저녁을 먹게 한다면, 사까다 家의 羞恥라고 말 한단다. 自身이 直接 와야겠지만, 어떻게 해서든 료헤이는 집에서 먹어야 한다고 한단다. 그렇게 主張하면서 絕對 讓步를 하지 않아.」

「그래-요-오-.」

노리꼬는 료헤이를 쳐다본다. 눈섶을 찡그리면서 걱정

스런 表情이지만, 눈 깊숙이에는 反對로 반짝임이 였보인다.

「어떻게 하실래요?」

료헤이가 對答하기 앞서, 사까다가 덧붙였다.

「여섯時 半까지 돌아 오랜다. 나는 어떻게 돼도 相關없다는 투다. 그러나, 너만 돌려보내고 나만 남는다는 것은 있을 수 없어. 너가 돌아간다면, 나도 가지 않으면 안돼.」

「으-음.」

료헤이는 對答이 窮해졌다. 조금 아까까지만해도 뜨거운 愛撫를 展開하고 있었던 노리꼬에게, 아무렇게나 말할 수가 없다.

스스꼬가 妙하게도 意見을 披瀝한다.

「우리집에서 위스키를 마시고, 다음에 食事는 사까다 氏 집에서 하시면 어때요?」

「아니야, 여섯 時半이라면 천천히 마실 時間이 없단말이야.」

「그렇담 할수 없네요.」

노리꼬가 反對를 한다.

「結局 그 분의 일이니까 먹지않고 기다릴 게 뻔 하니까, 마음이 가라앉지 않아요. 좋아요. 스스짱, 부엌일을

進行 해. 사까다氏, 닭을 付託해요. 난 只今, 요시꼬氏에게로 가서 이야기를 하고 올께요.」

「아니, 기다리세요.」

료헤이가 붙들어 세웠다.

「제가 다녀오겠어요. 닭 모가지 비트는 거 보고싶지도 않구요.」

료헤이는 후까이宅을 나섰다.

노리꼬가 門까지 따라 나와서 료헤이에게 다가갔다.

「꼭 돌아오는거죠?」

「돌아오겠어요.」

「아버지께서 기쁘게 기다리고 계세요. 當身은 귀를 기우려 들어 주니까, 여러가지 이야기를 하는것이 즐거운가 봐요.」

「알겠습니다.」

말 以上의 것을, 젖어있는 눈이 말 해주고 있다. 그 눈을 마주보고 있는것 만으로도 아랫도리가 후끈거리면서 부풀어 올라왔다.

료헤이는 사까다 집의 나무 大門을 밀치고, 마당으로 들어섰다.

요시꼬는 沐浴湯의 아궁이 앞에서, 煙氣에 휩싸여 있다. 뒤돌아보는 얼굴에 끄름이 묻어있다.

예쁜 뺨에 묻어있는 그 끄름을 보는 瞬間, 료헤이의 가슴이 아파왔다.

노리꼬와의 情事에 甚한 自責의 念을 느껴야만 했다.

「비가와서,」

요시꼬가 말한다.

「가지나 잎이 젖어 있어서요.」

「비켜요, 내가 할께요.」

「付託해요.」

요시꼬와 자리를 바꾸어, 아궁이 앞으로 다가앉아 대나무로 만든 불통을 분다.

겨우 불이 붙기 始作했다. 꺼지지 않도록 다룬 다음 일어서서, 요시꼬를 돌아다 보았다.

요시꼬는 끄름이 붙어있는줄도 모르고, 아까 그대로의 얼굴로 료헤이의 곁으로 닥아와서 팔에 손을 얹었다.

「스캇치 위스키를 마시게 된다구요?」

「그런가 봐요. 只今껏 保管해 둔 것이래요.」

「마시고 싶으세요?」

「네에」

「그것 뿐?」

「勿論, 그렇습니다. 사까다의 일에 協力도 있긴 하지만.」

료헤이는 바지 주머니에서 손수건을 꺼내어 요시꼬의 얼굴의 끄름을 딱았다. 요시꼬는 움직이지 않고, 눈을 감고서 얼굴을 료헤이에게 맡겨 두었다.

8

浴室의 스릴(Thrill)

一

沐浴湯의 아궁이가 氣勢도좋게 타고있는 것을 確認하고서 두 사람은 누가 먼저라기보다 집안으로 들어갔다.

只今, 이 집안에는 두 사람밖에 없다. 스스꼬에 熱中해 있으면서 닭의 解剖를 떠맡고 있는 사까다가 돌아 온다는 것은 생각할 수도 없다. 밖에서 훤히 보이는 마당에 있을 必要가 없는 것이다.

집안에서 료헤이는 요시꼬를 끌어 안았다.

요시꼬는 上體의 重量을 료헤이에게 맡겨버리고선,

「만나고 싶었어요.」

하고 말한다.

「저도 그랬어요.」

긴 입맞춤의 사이, 료헤이는 아무것도 생각하지 않았다. 어떻게 해서 요시꼬를 說得 시킬까, 이것만이 神經이 쓰인다. 그러나, 只今은 그런것은 생각하지 말고 오로지 요시꼬의 입술을 맞보면 되는 것이다. 그것이 最小限의 요시꼬에 對한 謝罪가 되는 것이다. 그렇게 생각하였다.

亦是, 아까의 노리꼬와의 키-스에서는 료헤이의 가슴에 와 닿는 感動이 없었다.

노리꼬와의 키-스는 틀림없이 그 自體 가슴이 울렁거리는 点은 있었지만, 키-스 그 自體를 맞보는것보다, 보다 더 性的인 冒險에로 進一步하는 段階로서의 價値쪽에 比重이 더 있는 것이다.

그런 点으로 봐서, 요시꼬와의 키-스는 다른 것이다.

(아아 나는 只今 이 사람과 키-스를 하고 있다.)

라는 感動이 가슴속으로 울려오고 있는 것이다. 그래서 료헤이는 兩손으로 요시꼬를 끌어 안고서, 또다시 입맞춤에 熱中 하였다.

조금 後에, 살짝 입술을 떼고서 뺨과 뺨을 맞대고 부빈다.

「가지 않으면 안되나요?」

「사까다가 즐거워하고 있어요. 只今, 勇氣百倍 닭을 死刑시키고 있습니다.」

「그 애는 그 애, 自己는 여기 있어 줘요.」

「그보다, 요시꼬氏도 같이 가요.」

「난 집에 있어야 해요.」

「한 三十分만, 어때요?」

「안 돼요.」

「무슨일이 있어도?」

「에에, 그리고요, 나 노리꼬氏와 만나고 싶지 않아요. 야마가미氏들, 誇張해서 말한것이지만, 아니땐 굴뚝에 煙氣가 날 理 없잖아요.」

「全然 根據없는 말입니다.」

「거짓말.」

「아냐요. 정말입니다. 그 사람 훨씬 年上이거든요. 뭔가가 있을 理가 없잖아요?」

「저의 直感이에요. 年上이긴 하지만, 그 사람 自己에게 關心을 품고 있어요.」

「錯覺 입니다.」

「自己는 年上의 女人들이 좋아하는 타입이에요.」

「그럴 理가 없어요.」

「어떻든 間에 난 가지않을래요.」

「그럼, 어떻게 할까요?」

「스캇치, 마시고 싶죠?」

「마셔 본 일이 없거든요.」

「좋아요. 沐浴을 하시고, 내가 만든 유가다를 입고, 다녀오세요.」

「…………」

「그 代身, 일곱 時까지는 돌아와야 해요.」

「일곱 時?」

「에에, 너무 오래 있으면 좋지 않아요. 후까이氏 宅에서도 不便스럽구요. 나도 외롭거든요.」

「그렇게 빨리, 사까다가 오려고 하지 않을텐데.」

「그 애는 어떻게되든 相關 없어요. 願한다면 그쪽에서 자고 와도 좋구요. 自己는 반드시 돌아와야 해요.」

「여덟 時면 않되겠어요?」

「그때까지 나를 혼자 내버려 둘 셈?」

「그러니까 요시꼬氏도 같이 가면 좋잖아요?」

「싫어요.」

「難處한데.」

「그럼, 좋아요, 여덟 時 定刻이에요.」

「네.」

요시꼬는 沐浴湯 불을 보려고 밖으로 나갔고, 료헤이는 다다미위에 벌렁 드러 누웠다.

沐浴을 하고서 유가다 차림으로 후까이 宅으로 간다.

浴室의 스릴(Thrill)

료헤이에게 그렇게 하도록 시키는 것은 요시꼬의 노리꼬에 對한 데몬스트레이션(Demonstration)이다. 료헤이가 어디까지나 요시꼬의 손님이라는 것을 일깨워 주기 爲한 것이다. 요시꼬가 되돌아 들어 와서는, 료헤이를 위에서 눌러 안았다. 료헤이는 두팔을 벌려 끌어 안았다.

「위스키를 마시면 많이 醉해요.」

「醉할 程度 마실까 어쩔까는 아직 몰라요.」

「마시겠죠. 그런데도 괜찮을지 몰라?」

「무엇이?」

「뭐긴요. 그 사람이지. 危險해요. 걱정이 되네요. 亦是, 함께 갈까부다.」

「같이 가요.」

「어떻게 할까. 여기에 쭈-욱 있어 주리라 생각했었는데.」

「사까다는 매우 즐거워 하고 있어요.」

「그 애도 칠칠맞지를 못해. 自己의 도움없이는 아무것도 못한다니까.」

「純眞해서 그래요. 다른 일에서는 대단한 策士 거든요.」

이야기를 하는 사이 사이 입맞춤을 한다. 요시꼬의 눈은 뜨겁게 타오르고 있다. 료헤이는 그 乳房을 주무른다.

노리꼬것보다 단단하고, 젖꼭지도 작은것 같다.
「커진것 같은데.」
「자기가 만져주고난 뒤부터.」
「나 혼자만이?」
「勿論이죠. 다른 사람이 쳐다 보는것마져도 싫어요.」
「沐浴 물, 더워지면 같이 해요.」
「안 돼요. 그런거.」
「사까다는 絕對 돌아오지 않아요.」
「이웃사람이 올는지도 모르구요.」
「그때에는 요시꼬氏 혼자 하고 있는 걸로 하면 돼요. 사까다가 돌아온다 해도, 於此彼 바로 그쪽으로 갈테니까, 내가 暫間 밖에 나갔다고 하면 되구요. 沐浴湯 안을 들려다 보지는 않을 거 아니겠어요?」
「그렇지만, 두려워.」
「함께 하고싶어.」
이야기를 하면서, 료헤이는 요시꼬의 부라우스의 단추를 끌르고, 브래지어를 벗겼다. 요시꼬는 부끄러워 하면서도 拒絕하지 않았다.
터질것같은 팽팽한 乳房을 直接 만져준다.
「아아, 너무좋아.」
「부끄러워요.」

暫時동안 료헤이는 乳房全體를 쓰다듬어 주었다. 만져주면 단단함이 풀려서 부드럽게 될텐데, 그 反對로 더 단단해진다. 젖꼭지도 불쑥 솟아오른다.

그 젖꼭지를 쥐고서 세손가락으로 부벼준다.

「이봐요.」

「뭔데.」

요시꼬의 목소리가 달콤해져왔다.

「이렇게 하는것과 이렇게 하는것과,」

乳房 全體를 만지고나서, 젖꼭지만을 비벼주면서,

「어느쪽이 좋아요?」

「나중쪽이요.」

「이쪽?」

「응, 응.」

료헤이는 젖꼭지의 愛撫를 繼續했다.

사이사이에 요시꼬는,

「아-아-!」

하고 呻吟한다. 呻吟을 吐하면서 몸을 비꼰다.

료헤이는 沐浴湯의 불이 걱정스러워서,

「이대로 가만히 있어요. 아궁이를 보고 올테니까.」

비는 벌써 完全히 그쳤고, 하늘에는 사이 사이 푸른 하늘이 보인다.

아궁이에 새 장작을 지피고서, 湯의 물을 살피고난 後에 돌아와 보니, 요시꼬는 료헤이가 말한 그대로의 姿勢로 다다미위에 누워서, 두손으로 自身의 乳房을 감싸고 있다.

나란히 옆으로 누워서, 안아 주었다.

「그럭저럭 물이 데워졌어요.」

「그럼, 들어가요.」

「함께 들어가고싶다.」

「危險해요.」

「아까 말한 그대로 하면 돼요.」

「브끄러워서요.」

「이렇게 아름다운 몸매를 하고서, 부끄러워 할 必要가 없어요. 그리고, 전 只今껏 女子의 발가벗은 모습을 본 일이 없어요. 맨 첫번째로 요시꼬氏를 보고 싶어요.」

이 말은 료헤이의 失言 이었다. 요시꼬는 턱을 끌어드리면서 료헤이를 바라보았다.

「그거, 어떤 意味?」

「네에?」

료헤이는 아직도 斟酌을 못한다.

二

「맨처음이 나라면, 나 外에 다른 사람도 볼 참 이군요.」

「아니요.」

겨우 失言했다는 것을 알아 차렸다. 唐慌해서 否定하면서 안고있는 팔에 힘을 주었다.

「그런 意味가 아닙니다.」

「그렇지만 그렇게 들리는걸요.」

「萬一 그런 일이 있더라도, 라는 意味 입니다. 하여튼 只今은, 요시꼬氏 以外는 생각하지도 않습니다.」

요시꼬의 氣分이 곧 풀렸다. 그런 뒤에 료헤이는 說得해서, 드디어 함께 沐浴하기로 承諾을 받았다.

「그래도, 두려워요. 누가오면 나 唐慌해질것 같아.」

「沐浴湯 안을 들려다 볼 사람은 없겠죠. 當身이 沐浴을 하면 들킬 일이 없어요.」

沐浴물은 더워졌고, 요시꼬는 玄關이나 窓門들을 닿았다.

료헤이는 발가벗고서, 벗은 속옷이랑 바지를 개어 들고서 沐浴湯 안의 선반에 얹었다. 이렇게 한다면 사까다가 脫衣場까지 오더라도 료헤이가 들어있다는 것을 알

턱이 없다.

옛날式 沐浴湯 이다. 밑바닥의 바란스를 取하면서 물 속으로 들어갔다.

요시꼬가 脫衣場에 나타났다.

「네, 료헤이氏.」

「빨리 들어와요.」

「亦是 두려워요. 그만두어도 괜찮겠죠?」

「안돼요. 約束 했잖아요.」

김이 서린 유리 저편에서 그림자가 움직이고, 벗는 기척이 난다. 稀微하게 요시꼬의 裸像이 비쳐 보인다.

살짝이 門이 열린다.

요시꼬의 얼굴이 보인다. 발갛게 달아 오른 얼굴이다.

「어서 와요.」

「뒤로 돌아 앉아요.」

「네, 알겠습니다.」

어차피 들어오면 充分히 感想할 수가 있다. 들어 올 때를 보지않으면 들어오기가 쉬운거다.

말대로 료헤이는 뒤로 돌아 앉아서, 門이 열리는 소리를 들었다.

요시꼬가 들어왔다.

몸에 더운물을 끼얹고 있다.

浴室의 스릴(Thrill)

「이젠 됐어요?」

「아직요, 아직.」

「네, 네.」

기다리고 있는데,

「그대로 조금 비켜줘요.」

이번에는 상기된 목소리가 들려왔다.

료헤이는 돌아앉은 채 한쪽으로 붙는다. 요시꼬가 들이섰다. 물이 넘쳐 흐르고, 요시꼬의 몸이 료헤이의 등에 密着되었다.

료헤이는 돌아 앉았다.

요시꼬는 몸을 웅크리고 물속으로 들어오면서, 두손으로 가슴을 안고 있다.

「드디어 들어왔다.」

료헤이는 몸의 方向을 바꾸면서, 물속의 요시꼬의 몸을 껴 안았다. 요시꼬도 팔을 벌려, 껴안는다. 보이는것보다 껴안는 편이 부끄러움이 덜할것 같아서 겠지.

료헤이의 가슴에 요시꼬의 두개의 乳房이 눌리어져왔다.

아까부터 료헤이의 몸은 凜凜(늠늠)하게 커져서 끄덕거리고 있다. 더한층 세게 껴안으며, 무릎위로 요시꼬를 올려 앉치고보니 료헤이의 그것은 요시꼬의 허벅지 사이에 끼워졌다.

그 높이만큼 요시꼬의 몸은 떠올라, 가슴 半程度가 물위로 나와 보였다. 복숭아色의 아름다운 皮膚이다.

「드디어 함께 沐浴을 하게 되었군요.」

「누가 오기라도 한다면 어떡허죠?」

「괜찮아요. 난 움쩍하지않고 있을테니까.」

등을 어루만져준다. 매끄러운 등이다. 등어리에서 허리쪽으로 내려오다가, 손을 앞으로 내렸다.

「싫어.」

요시꼬는 몸을 흔들면서 료헤이에게 찰삭 달아붙는다.

「이대로 가만히 있어요.」

「왜?」

「허지만 이런곳에서…….」

료헤이의 손은 다시 등어리로 돌아갔다. 요시꼬는 입술을 要求해 왔다. 입술과 입술이 슴쳐지자 바로 혀와 혀가 서로 얽힌다.

키-스를 하면서, 료헤이의 손이 다시 요시꼬의 몸을 문지르면서 내려온다.

풀숲에 닿는 瞬間, 입술을 떼고서 요시꼬는 료헤이의 손목을 붙잡았다.

「그만 둬 줘.」

「왜?」

「뭔가, 머리가 멍 해져와요. 眩氣症이라도 나는걸까요.」

「그럼, 그만두지. 등을 씻어 줄테니까.」

「아아니, 내가 씻을께요.」

두사람은 湯속에서 나왔다. 요시꼬는 료헤이에게 기대면서 섰다. 그리고, 료헤이의 등뒤로 돌아갔다.

「이대로 앉아요.」

그 손을 붙잡고, 료헤이는 自身의 앞쪽으로 끌어, 힘차게 솟아있는 自身의 몸을 쥐어 주었다.

「아아.」

요시꼬는 가느다란 呻吟을 吐하면서 다시 꼭 쥐어준다. 료헤이의 몸은 그 손바닥에 强한 餘韻을 남겨준다.

요시꼬는 료헤이의 등에 얼굴을 묻는다. 료헤이는 천천히 몸의 方向을 바꾸었다.

요시꼬는 쥐고 있는 그대로 있다. 그의 어깨를 안으면서 한쪽손으로 엉덩이를 쓰다듬어준다. 쓰다듬으면서, 손을 앞으로 돌린다. 요시꼬의 사타구니는 꼭 다무러져 있다.

그런데도 료헤이는, 沐浴물과는 다른 따사로움으로 젖어있는 것을 觸感으로 느꼈다.

「그만 둬 줘요.」
「아니, 그만두지 못하겠어.」
「두려워요, 누가오면 어떡해요.」
「오지 않아요.」
「제발요, 등을 씻어줘요. 여기선, 마음이 노이질 않아요.」
「그럼, 沐浴을 끝내고서?」

요시꼬는 말없이 고개를 끄덕이고선, 約束한다는 意味로 료헤이의 몸을 다시한번 세게 쥐어준다.

「조금만.」

료헤이가 이렇게 속삭이자, 사타구니가 부드럽게 열렸다. 따스함이 確實해졌다.

「언제나,」

료헤이가 말했다.

「이것을 생각하고 있었어요. 갖고싶어.」

「아아!」

요시꼬는 다시 꼭 쥐면서, 몸을 부르르 떨었다.

「나 어떡하면 좋을지 모르겠어요. 어지럽게 하지 말아줘요.」

바로 그때,

「사까다君 집에 있는가?」

하는 큰 목소리로 외치는 소리가 마당에서 들려왔다. 요시꼬의 몸이 굳어져 왔다.
「異常하군. 아무도 없는것 같은데.」
그렇게 중얼거리는 소리가 귀에 익었다.
(누구지?)
숨을 죽이면서 고개를 갸웃둥거리고 있는데, 다시,
「사까다君.」
하는 소리가 들린다.
(그치로군. 이시이다.)
료헤이는 요시꼬의 귀에다 속삭인다.
요시꼬는 고개를 끄덕인다.
「오기로 되었나요?」
「아니요.」
「가만히 있어봐요. 돌아 가겠죠.」
다시 이시이는 큰 목소리로 불렀다.
漸漸 목소리가 가까워져 온다.
「옳지. 沐浴湯 아궁이에 불이 타고 있군. 그렇지, 누군가가 沐浴을 하고 있군그래.」
발소리가 들려온다.
「누군가 안에 있습니까?」
료헤이는 요시꼬의 귀에 속삭인다.

「물속에 들어가서 對答해요. 그렇게 하지않으면 窓門을 열고 들려다 볼 危險이 있어요.」

요시고는 끄덕였다.

9

여름날의 저녁

一

요시꼬는 湯속으로 들어가 목만 내어 놓았고, 료헤이는 反對側의 구석으로 가서 壁에 붙어 앉았다.

이시이는 소리친다.

「누가, 沐浴하고 계신가요. 하지 않는다면 내가 들어가서 땀이라도 씻을까부다.」

分明히 그의 목소리는 醉해있는 소리다. 어딘가에서 燒酒라도 한잔 걸친것같다.

壁을 두드린다.

료헤이는 쭈그리고 앉아서 요시꼬를 재촉했다.

「얼른 對答을 하세요.」

요시고는 끄덕인다.

「아무도 없어요. 다음에 와 주세요.」

「야 야, 있다, 있다. 요시꼬氏죠?」

「네, 沐浴中이에요. 十分程度 後에 오세요.」

「가쓰나리君은?」

「후까이氏 宅에 갔어요.」

「호오.」

「후까이氏 宅으로 가 보세요.」

「아버지께서는?」

「오구라에 가셨어요. 當分間, 돌아 오시지 않아요.」

「호오, 그렇군요. 그렇다면, 當身 혼자서 집을 보고 있으면서 沐浴을 하시는군요?」

「…………」

「어떠세요? 내가 들어가서 같이 할꺼나.」

「弄談은 그만 두세요.」

요시꼬의 목소리가 높아져갔다.

「하하하하. 내게 그런 勇氣라도 있었다면, 終戰때에 배를 갈랐겠죠. 그럼, 十分程度 後에 오겠습니다. 아니, 천천히 끝내세요, 三十分 後에 올테니까요. 혼자계신다니 잘됐어요, 요시꼬氏에게 重要한 이야기가 있습니다.」

「다음에 듣겠습니다.」

「그럼, 천천히. 아아, 이 壁이 怨望스럽군요. 장작을 더

지펴 드릴까요?」

「아니요. 됐어요.」

「그럼, 조금 後에.」

亦是 敎師이므로, 沐浴湯 안을 들려다 보지 않고서 물러갔다.

마음이 홀가분한 료헤이의 귀에,

「야아, 先生님.」

라는 소리가, 若干 먼곳에서 들려왔다.

「아아, 자넨가.」

「先生님의 모습이 보이길래 뒤쫓아 왔습니다.」

가메다다.

「아무도 없던가요.」

「아니, 요시꼬氏 혼자서 沐浴中이더군.」

「헤에, 와까스기 료헤이氏는?」

「뭐라꼬? 와까스기가 와 있는거야?」

「그럼요.」

「그럼, 가쓰나리君과 함께 후까이氏 宅에 가 있겠구먼.」

「사까다氏는 후까이氏 宅에 갔다고 했습니까?」

「그렇대는군.」

두 사람은 마당에서 이야기를 주고받고 있는 것이다.

물속에서 조용히 있던 요시꼬가 료헤이의 눈을 意識하면서 살며시 물속에서 나오려고 했다.

바로 그때,

「그건 異常한데요.」

가메다의 큰 목소리가 들려왔다.

「와까스기氏는 요시꼬氏에게 흠뻑 빠져 있거든요. 도요쓰에 온 것도, 사까다를 만나려 온 것이 아닙니다. 그런 요시꼬氏를 그냥 내버려 두고 후까이氏 宅으로 갔을 理가 없어요.」

「그렇지만, 여긴, 아무도 없거든.」

「先生님, 와까스기氏도 함께 沐浴湯 안에 있는것 아닙니까?」

「뭐-뭐라꼬?」

「이건, 재미있는데, 어찌보면, 그럴는지도 모르겠는데.」

「설마. 그 女는 浴湯 속에서 對答했단 말이다. 그런 失禮千萬의 想像을 하면 못써. 溫順한 處女를 冒瀆하는 것이 되는거야. 자, 함께 어딘가에가서 얼음이래도 먹자구나.」

「아닙니다. 전 確認하고 싶습니다. 전 말입니다, 와까스기氏에게 侮辱을 當했거든요. 흐-ㅁ. 이 沐浴湯 안이란

여름날의 저녁 137

말이지.」

漸漸 가메다의 목소리가 가까와져 온다.

「와까스기氏 계십니까?」

(저 子息)

뱃속에서 료헤이는 呻吟을 삼켰다. 요시꼬는 두려움에 찬 얼굴로, 湯속에서 옴싹도 못하고 있다. 료헤이는 목을 길게뽑아, 요시꼬의 귀에다 속삭였다.

「뭔가 말을 하세요. 가만히 있으면 疑心을 사게 되어요.」

요시꼬가 고개를 끄덕였다.

「누구인가요?」

날카로운 소리를 질렀다. 료헤이는 그 소리에 安心했다. 弱点을 안고 있는 者의 목소리가 아닌, 의젓한 목소리었기 때문이다.

「아, 누님이시군요.」

가메다의 例의 사람을 깔보는듯한 목소리이다.

「가메다 입니다. 혼자이십니까?」

「失禮되는 말을 함부로 하는군요. 女性이 沐浴하는 浴湯周邊을 徘徊하는짓, 못나도 이만저만. 재빨리 없어져요.」

「가깝다 해도 들려다 보는 것은 아니지 않습니까. 이

시이 先生님도 와 계십니다.」

「繼續 그렇게 어정버정 하고 있으면 이웃 사람을 부를 테니까요.」

「가겠습니다, 간다니까요. 와까스기氏는 어데 있습니까?」

「후까이氏 宅에 갔어요. 재빨리 없어져요.」

「간다니까요.」

뻔뻔스런 가메다도 亦是 드려다 볼 勇氣는 없는듯, 이시이와 이야기를 하면서 밖으로 나간것 같다.

드디어 요시꼬는 료헤이를 돌아다 보았다.

「아아, 十年減壽했지 뭐에요.」

하고 말했다.

이렇게 함께 沐浴을 하자고 조른 것은 료헤이 였다. 료헤이는 容恕를 請했다.

「未安해요. 저가 너무 無理하게…….」

「아아니.」

요시꼬는 웃으면서, 乳房을 가리우고 湯속에 우뚝섰다.

료헤이는 그 湯속으로 뛰어 들면서, 요시꼬를 안았다.

「스릴이 있네요.」

「그러나, 들키지 않아서 多幸이다. 허기야, 들킬 理가

여름날의 저녁 139

없지만도.」

「나,」

료헤이를 꼭 껴안으면서, 요시꼬는 確實한 態度로 말했다.

「들키더라도 相關없다고 생각했어요. 우리들, 서로 사랑하니까. 누구에게도 부끄러워 할 理由가 없어요.」

두 사람은 입맞춤으로 들어갔고, 료헤이는 요시꼬의 손을 끌어당겨 自身의 팽팽한곳으로 이끌었다. 요시꼬의 손은 途中에서 스스로 움직여 주었다. 료헤이의 손은 요시꼬의 몸을 어루만져준다.

그러나, 천천히 노닥거리고 있을 때가 아니다. 스스꼬에게 野心을 품고 있는 가메다는 이시이와 함께 있을뿐만 아니라, 후까이氏 宅으로 갈 것이다. 료헤이가 없다는 것을 알면, 異常하게 여길 것이다. 누군가가 곧 돌아올 念慮가 있는 것이다.

더운물로 서로를 번갈아 씻어주거나 하면서 놀고 싶었다. 特히 크게 膨脹해있는 료헤이의 몸을 요시꼬의 손으로 비누를 묻혀서 씻어주기를 願했고 료헤이도 요시꼬의 뜨거운곳을 自身의 손으로 씻어주고 싶었다.

그것이 될 수 없게된 것을 억울하게 여기면서, 료헤이는 湯을 나가는 요시꼬를 바라볼 뿐이다. 요시꼬는 재빨리 원피스를 입고서 집 周圍를 돌아보고나서 료헤이에게 소리를 보냈다.

「아무도 안보여요.」

그런 後에 료헤이가 나왔다. 재빨리 옷을 입었다. 요시꼬는 도어나 窓門을 활짝 열었다.

「그럼, 危險하니까, 난 후까이氏 宅으로 가겠습니다.」

「싫어요.」

요시꼬는 고개를 저었다.

「어덴가, 이 周圍를 한 二十分程度 걷다가 오세요.」

「아, 그런가요. 이시이 先生님이 되돌아 오는 겁니까?」

「그럼요, 醉해 있는것 같고, 혼자서는 싫어요. 왔을때 自己가 있으면 그것도 異常하고, 先生님이 오시고 나서 바로 自己가 들어오는 것이 理想的 인데.」

「그럼, 그렇게 하죠.」

료헤이는 사까다 집을 나서서, 暫時 동안 散策을 하면서, 숲속으로 들어가, 나무아래 앉아서 大門쪽을 바라보았다.

二

豫想대로 二十分程度 지나서 이시이가 自轉車를 타고

서 나타났다. 自轉車가 左右로 흔들거리는 것을 보면 醉해 있다는 것을 알 수 있다.

門 앞에서 내리자, 自轉車를 팽개치고 門 안으로 들어갔다. 自轉車는 나둥그려졌지만 돌아보지도 않는다.

「좋아.」

료헤이는 일어섰다.

넘어져 있는 自轉車를 세워 끌고서 마당으로 들어선 료헤이는, 마루턱에 앉아서 이시이를 應對하고 있는 요시꼬를 바라보았다.

이시이는 요시꼬의 앞에 서서 비틀비틀거리며, 무언가를 말하고 있다.

요시꼬는 료헤이를 보자,

「어서 와요.」

하고 말했다.

이시이도 뒤돌아 보고서는,

「어떻게 된거야? 어데갔다 오는거야?」

「散策 갔다 오는길 입니다. 도요쓰의 저녁무렵은 情趣가 있으니까요.」

「흐-ㅁ, 뭔가 異常하단 말이야.」

고개를 갸웃등거리며, 무었을 찾아 내려는듯한 눈으로 료헤이를 보았다. 료헤이는 그런 態度를 無視하고선,

「그보다도, 벼란간 自轉車를 내던져버리면 않되잖습니까. 自轉車를 도둑맞게 되어요.」

「그런거 어떻게 돼도 괜찮아.」

이시이는 가까이 다가와서, 료헤이의 발을 내려다 본다. 료헤이는 다른 高校生들과 마찬가지로 맨발에 게다를 신고 있다.

이시이는 몸을 굽혀, 발톱을 눈여겨 본다.

「자네, 매우 큰 발을 하고 있구먼. 흠, 너무 깨끗하지 않는가.」

「저기 숲 뒷편의 연못에서 沐浴하고 왔어요. 어린애들도 헤엄치고 있거든요.」

「沐浴湯에 있었던게 아니고?」

「沐浴湯요? 어느 沐浴湯 말입니까.」

「이봐, 저기 沐浴湯. 요시꼬氏.」

이시이는 요시꼬에게 다구쳐본다.

「아까, 이 學生과 함께 있었던거 아닙니까.」

요시꼬는 躊躇함이 없다.

「그랬었는지도 몰라요.」

「그런게 틀림없어. 비가 갠 저녁무렵, 연못에서 헤엄칠 理가 없어.」

「아닙니다 헤엄치고 왔다니까요.」

「그렇다면, 팬티가 젖어있단 말이지.」

「맨몸으로 헤엄쳤어요. 젖은 팬티를 입으면 氣分이 좋지않걸랑요.」

「글쎄, 좋아. 자넨 信用 못해. 난 요시꼬氏는 信用하지. 그런데, 나 요시꼬氏와 이야기가 있다네. 자네, 未安하지만 자리를 좀 비켜주겠나.」

「네에.」

료헤이는 요시꼬를 바라보자, 요시꼬는 고개를 저었다.

「와까스기氏, 가지 말아요. 이시이先生님, 술 醉하셨어요.」

「아니야, 醉하지 않았어.」

「아니에요, 醉하셨어요. 무슨 이야기인지는 모르겠지만 이사람이 있는게 더 좋아요.」

「學生에겐 들려주고 싶지않아서.」

「그렇다면 저도 듣고싶지 않는걸요.」

「왜 그렇습니까? 전, 오늘은 어떻게 해서라도 當身에게 꼭 들여 드려야겠다고 생각하고, 이렇게 달려 왔는데요.」

「그럼, 말씀 해 보시죠.」

「좋아.」

이시이는 몸을 료헤이쪽으로 돌리고서,

「자네는 나의 要請을 拒絕하는겐가.」

「學校 일이 이니겠죠? 들어드릴 수 없군요. 그보다 전, 요시꼬氏의 말에 따르겠습니다.」

「그렇다면 할 수 없지. 자네 맘대로 하게나.」

이시이는 요시꼬쪽으로 方向을 바꾸고는,

「난 當身에게 結婚申請을 하려 합니다.」

「亦是, 弄談을.」

요시꼬는 웃는다.

「아니요. 弄談이 아닙니다. 只今은 申請을 하는것이 아닙니다. 술에 醉해서 結婚申請을 한다는 것, 이런 禮儀도 없는 흉내는 내고싶지 않습니다. 申請하고 싶다는 마음을 傳하려 온것 입니다.」

「그럼, 저도 말씀드리지요.」

「음·」

「申請하시지 않는것이 幸福할거에요. 내게는 이미 約束한 사람이 있으니까요.」

「설마.」

「아니요 정말입니다.」

「야마가미 입니까?」

「틀려요. 그런 사람이 이니에요.」

「누구죠?」

「말 할 수 없어요. 다만 있다는 것은 事實이에요. 그러니까, 더 以上 이런 말씀은 하시지 마세요.」

「斷念 할 수 없어요.」

이시이는 요시꼬에게로 다가가서는 마루에 나란히 걸터 앉았다. 요시꼬는 살짝 비켜 앉는다.

「잘 생각해 주십시요. 요다음에 아버지께 確實하게 申請해 놓겠습니다.」

요시꼬는 머리를 저었다.

「所用 없어요.」

「當身은 내가 弄談으로 이런 말 하고 있는 줄 아세요?」

「弄談이건 眞談이건 내게는 똑 같아요. 先生님을 尊敬하고 있습니다. 그렇지만 그것 뿐이세요.」

이시이는 료헤이를 바라보았다.

「자네, 이 일에 對해서 學生들에게 所聞내어도 相關없어.」

료헤이는 고개를 저었다.

「아니요. 전, 누구에게도 말 않해요. 전 先生님과 한편이니까요. 더군다나, 가메다와 같은 입빠른 놈은 못되니까요.」

료헤이를 바라보는 이시이의 눈이 옆으로 쏠렸다. 고

생각하는데.

「야, 오래간 만이로군요.」

벼란간에 큰 목소리를 내었다.

돌아다 보니까, 노리꼬가 가까이 다가 오는 것이었다.

「아아, 先生님. 도요쓰에 와 계셨던가요……」

「어젯밤 宿直 이었습니다. 宿直이 끝나고 나서 쬐끔 마셨지요.」

노리꼬는 이시이와 어른들의 人事를 주거니 받거니 하고난 뒤, 요시꼬에게 고개를 돌렸다.

「準備가 다 되었어요. 요시꼬氏도 같이 가세요. 이시이 先生님은 어떠세요. 아버지가, 保管해 두셨던 위스키의 餠마개를 따기로 했어요.」

「우왓, 위스키. 그거 고마운 일이로군요. 辭讓않고 마시겠습니다.」

「한가지 條件이 있습니다.」

「무엇입니까.」

「學生들의 飮酒에 눈감아 주시는것.」

「하항, 이사람과 사까다와 가메다로군요. 알겠습니다.」

「가메다氏는 아니에요.」

「누구든 相關없어요. 承諾 합니다.」

노리꼬는 다시 요시꼬쪽으로 向하여,

「暫時만이라도 오시지 않겠어요? 아버지께서도 만나고싶어 하세요.」

「感謝 합니다.」

요시꼬는 머리를 숙인다.

「그렇지만 전 집을 보아야 하니까요.」

「한 時間 程度라면 괜찮지 않으세요? 네, 付託해요. 않그러면, 료헤이氏도 마음 아플텐데.」

「아니, 잠깐. 노리꼬氏, 只今 하신 말씀 어떤 意味 입니까?」

이시이가 눈을 활짝 뜬다.

「이 學生과 요시꼬氏는 어떤 사이입니까?」

「아이, 나, 困難한데요. 아니에요, 그런 意味가 아닙니다. 오늘밤 와까스기氏는 사까다氏 宅의 손님이시니까요.」

「아니야, 그런 意味의 말투가 아니었어. 그 点에 對해서는 다음에 천천히 묻기로 하지. 요시꼬氏, 같이 갑시다.」

이시이는 노리꼬와 合勢하여 요시꼬를 說得하기 始作했다. 그러나 요시꼬는 머리를 저의면서 繼續 頑强한 모습을 보였다.

♣

10

酒宴

一

요시꼬는 끝내 집을 떠나지 않았고, 료헤이는 노리꼬를 따라 이시이와 나란히 후까이氏 宅으로 갔다.

將軍을 中心으로 酒宴이 베풀어졌다.

將軍은 別로 마시지 않는다. 입술을 축이는 程度랄까. 젊었었을때는 제법 豪酒家였다고 했는데, 亦是 나이는 속이지 못하는가 보다.

醉해있는 이시이도, 將軍의 앞에서는 얌전히 앉아 있다. 점잖게 그의 이야기를 듣고 있고, "그럼은요." 하면서 長短을 마춰주곤 한다. 날이 날마다 敎壇에 서서 學生들을 가르쳐왔던 敎師가, 反對로 學生이 되어 있는 모습이다.

아니라면 이시이는, 요시꼬의 눈앞에서는 말하기 困難한 것을 말하기 爲해서 醉한 척 하고 있었는지도 모른다.

후까이 大將은 대단히 氣分이 좋아져 있다. 戰前의 軍의 中樞部의 여러가지 에피소-드(Episode)를 이야기 했다. 스기야마 元帥의 이야기가 나왔다.

太平洋戰爭을 開始하기에 앞서, 天皇이 스기야마에게 下問하시기를, "戰爭은 언제쯤이면 끝나게 되겠는가?" 하고 걱정스러운듯이 물었었다. 그것에 對하여, 스기야마는, "한 三個月內에 끝내겠습니다." 하고 어깨를 으쓱이면서 말했다. "中國大陸과의 戰爭도 아직 끝이나지 않았지 않는가?" 하고 天皇은 多少 氣分이 좋지 않았다, 라는 이야기가 있다.

후까이 大將은 그 에피소-드에 對하여,

「그런 巷間에 傳해오는 것들은 잘못 傳해진 것이다.」

하고 말했다.

「天皇이 下問하여 스기야마 元帥가 對答한 것은 南方作戰에 對한 것이다. 南方作戰은 三個月內에 끝내겠다고, 스기야마가 對答 했던거다. 스기야마가 제아무리 樂天家일지라도, 美國을 相對로 하는 戰爭을 三個月內로 끝내겠다고 생각 할 理가 없다는 程度 쯤은, 누가 생각하더라도 알만한 일이지. 그런데도 그런 테마가 날고 있었지.

無責任한 일이야.」

　座席에는 노리꼬와 스스꼬도 유가다(浴衣=목욕을 한 뒤 또는 여름철에 입는 무명 홑옷)차림으로 參加했다. 두 사람 모두 술은 마시지 않는다. 料理를 먹으면서 이야기에 휩쓸리고 있을 뿐이다.

　더군다나, 스스꼬는 거의 한마디도 하지 않고, 조용히 먹기만 한다.

　사까다가 스스꼬에게 말을 걸었다.

「가메다는 뻔뻔스런 子息이니까, 여러가지를 付託하려 오겠지만, 拒絕할 것은 拒絕하는 것이 좋다고 보는데.」

「그렇게 생각하고 있어요.」

「雜誌에 關한 일도 도우나요?」

「그렇게 付託은 받았지만……..」

「그만 두는게 좋아. 工夫에 도움도 되지 않아요. 亦是 別 볼것 없는 原稿밖에 모아지지 않을테니까.」

「네.」

스스꼬는 미지근한 對答을 한다.

「하여튼간에, 그 子息은 自身의 즐거움을 爲해서는 泰然하게 사람을 利用하려 한다니까.」

　하자, 이시이가 사까다 쪽으로 고개를 돌렸다.

「그러나, 이번의 文化會의 結成은 校長이나 다른 先生들도 제법 높게 評價하고 있다네. 내년의 男女共學에의 事前 工夫도 될테니까.」

「合倂은 旣定事實입니까?」

내년 봄, 도요쓰 女高는 도요쓰 高校에 統合된다는 所聞이 나돌고 있다.

「음, 大略 確定的인 것 같아.」

「그럼, 授業도 함께 받는 겁니까. 敎師는 어떻게 되는 거지요?」

「아직 그런 詳細한 것은 잘 모른다.」

하자, 옆에서 듣고 있던 大將이 크게 한숨을 吐한다.

「도요쓰에 女子가 들어온다는 말이지, 時代의 흐름을 막을 수 는 없겠지.」

「그렇습니다, 閣下.」

이시이는 그 말을 首肯하면서 위스키 잔을 들었다.

「戰前만해도 생각지도 못한 일이지요.」

「글쎄, 나쁘다고 만은 볼 수 없겠지. 日本의 女子들도, 只今처럼 하다가는 살아 남지 못하는 世上으로 漸漸 바뀌어 가니까.」

료헤이는 여러분의 이야기를 듣고, 때로는 自身도 끼어들어 어울리고는 있지만, 집에 쓸쓸하게 혼자 남아 있는 요시꼬를 생각하면, 마음이 가라앉지를 않는다.

　노리꼬가 얼굴을 가까이하면서 속삭여왔다.

「요시꼬氏가 마음에 걸리죠?」

「네.」

正直하게 首肯했다.

「무었보다 혼자 있으니까요.」

「함께 왔었으면 좋았으련만.」

「全部 밀어닥쳤으니까 未安하다고 생각했겠죠.」

「그렇지만.」

다시금 얼굴을 가까이 한다.

「나와의 約束을 잊으시면 안돼요.」

「…………」

「어이, 어이.」

사까다가 입을 열었다.

「무엇을 密談하고 있는거야?」

「후후후후, 좋은 일.」

「와까스기, 나의 누나를 背反하면 안 된다, 너.」

이시이는 이번에는 그말을 물었다.

「이봐, 사까다, 그 말 어떤 意味이지?」

「아니요, 別로 깊은 意味는 아닙니다.」

　드디어, 老齡의 大將은 簡單한 食事를 끝내고서 寢室

로 사라지자, 이시이는 자리를 노리꼬쪽으로 옮겨서 兩班다리를 꼬고 반듯이 앉았다.

「노리꼬氏, 왜? 結婚하지 않으십니까?」

「只今 이런 世上에, 戰犯인 舊 軍人의 딸들, 팔리지 안 잖아요. 데리고 갈 사람이 없어요」

「그런게 아니겠죠. 當身은 理想이 너무 높다고들 하던 데요.」

「그런거 없어요. 그럼 先生님, 절 데려가 주실래요.」

「아아, 즐겁게 모시죠. 정말입니까?」

「醉해서 가볍게 받아 드린다면 困難해요.」

「아닙니다. 精神 말짱해요. 좋아요. 約婚 합시다.」

「후후후후, 醉한 사람의 말 믿을 수 없어요. 아까는 요시꼬氏에게 申請 했잖아요.」

「저, 깨끗이 차이고 말았습니다 그래서 이번에는 當身에게 합니다.」

「先生님은 너무 마음이 헤퍼요. 요시꼬氏도 分明히, 그런 点에서 先生님에게 不安을 느꼈는지도 몰라요.」

「그런일 없어요. 도요쓰의 獨身 敎師들 中에 나만큼 알뜰한 人間은 없어요.」

「글쎄올시다. 그거 그 反對가 아닙니까.」

이야기를 하면서 이시이는 노리꼬의 어깨에 손을 얹

는다.

노리꼬는 避하지도 끌어내리려고 하지도 않는다.

「弄談 그만하시고 자, 어서 잡수기나 하세요.」

위스키 瓶을 기울렸다.

「아, 이거 고마운데요.」

이시이는 그라스를 들었다.

「그런데, 이런 座席을 입방아 잘 찍는 사람들에게 보였다간 큰일 나겠다. 學生과 함께 술을 마신다. 그렇지, 普通의 敎師라면 敢히 할 수도 없겠지.」

「걱정마세요. 아무도 오지 않으니까요.」

그때쯤해서, 이시이와 노리꼬와의 사이에 微妙한 空氣가 흐르고 있다는 것을 료헤이는 느끼기 始作했다. 시치미를 뚝딴 얼굴로, 이시이는 노리꼬의 허벅지 위에 손을 얹는다. 노리꼬는 그것을 모르는 체 가만히 놓아 두고 있다. 그런가하면, 노리꼬는 妖艶한 웃음을 웃으면서, 이시이의 등어리를 두드리거나 한다.

사까다도 제법 醉했는지, 스스꼬와의 對話에도 제법 大膽해졌다.

「네, 스스꼬氏, 난 말입니다, 가메다와는 달라 當身 一邊倒 입니다. 다른 女子들 女子로 생각지도 않아요.」

스스꼬는 困難스런 얼굴로 료헤이에게 도움을 請하고

있다. 료헤이는 이시이와 노리꼬의 對話에 神經을 곤두 세우면서도, 사까다를 나무라거나 하지 않으면 안 되었다.

「자, 그럼.」

이시이가 갑자기 바른 姿勢로 고쳐 앉았다.

「정말 맛있게 먹었습니다. 只今부터 山을 넘어서 돌아 가지 않으면 안 되니까요. 이쯤해서 失禮할까 합니다.」

「아직 위스키가 남아 있는데요.」

「아니, 充分합니다. 어이, 자네들, 자네들고 슬슬 끝내는게 좋겠다.」

「알겠습니다.」

료헤이는 率直하게 首肯했다. 제법 醉했다는 것을 自覺하고 있다. 사까다는 보다 더 醉해 있다. 이 以上 醉하면 危險하다. 日本酒나 麥酒와는 달리, 위스키는 처음이라서, 그 强함에 놀라고 말았다.

二

모두는 이시이를 배웅하러 길에까지 나왔다. 이시이는 비틀거리며 自轉車를 끌어 내었다.

「先生님, 괜찮으시겠습니까?」

「그럼, 눈에 익은 길이니까. 논바닥 속으로 쳐박힌다 해도, 머리를 식히는 程度겠지.」

自轉車를 타기 前에 이시이는 노리꼬에게 握手를 請했다.

「아까 하신말씀, 전 잊지 않아요.」

「저도 記憶해 둘께요.」

「이 얼굴에 키-스 해 주시지 않겠읍니까.」

「그건, 正式으로 婚約이 決定되었을 때에.」

「하하하, 簡單히 拒絕 當하는구먼.」

이시이는 自轉車에 올라 앉았다. 自轉車가 움직이기 始作했다. 처음에는 若干 흔들렸으나, 조금 後에는 그런대로 곧바로 저어 나갔다.

「괜찮을는지.」

료헤이가 걱정을 하니까, 곁에 서 있던 노리꼬가 사까다들에게 눈치채지 못할 程度로 료헤이의 손을 쥐고서,

「끄떡없어요. 저 분, 態度와는 달리 그렇게 醉하지 않았어요.」

「그런것 같아.」

사까다도 首肯했다.

「저 親舊, 演技가 能熟한데.」

「그렇지만 좋은 先生님이셔.」

「그야 틀림없어. 새러리·맨 敎師와는 달라. 人間的이니까. 우리들 앞에서도, 아무런 꾸밈없이 自身의 弱点을 들어 내어 보이거든. 무엇보다, 우리들의 自主性을 認定해 주신단 말씀이야. 좋은 擔任 先生님이셔.」

네사람은 집안으로 들어갔다. 노리꼬와 스스꼬는 뒷설거지를 始作했다. 료헤이는 사까다와 나란히 벌렁 드러 누었다.
「어이, 와까스기.」
「응.」
「너, 정말 大學에 進學하지 않는거니?」
「가지 않아.」
「卒業은 어떡할래?」
「그것도 아직 決定을 못내렸다.」
現在, 료헤이들은 高校 二年生이다. 이와 同時에 舊制 中學 五年生도 된다. 말하자면, 료헤이들은, 다가오는 봄, 舊制中學 五年을 卒業 할 수도 있고, 新制高校 三學年으로 進級 할 수도 있다. 어느쪽을 擇할것인가를 사까다는 묻고 있는 것이다.
「可能하다면 三學年으로 進級 하도록 하자.」
「勿論, 그렇게 되기를 希望하고 있다. 社會에 나가서

일하는것보단, 學園에 남는 것이 즐거우니까. 讀書도 할 수 있고 말이야.」

「더군다나, 아까도 말이 있었지만, 내년 봄부터는 女子高와도 統合된다고 했잖니.」

「그렇대는군. 그러나, 그런 것은 나와는 相關없는 일이야.」

「아니야, 모르는 일이다 너. 共學이란 어떤것인가, 꿈이 있잖냐.」

「나에게는, 쓰잘데 없는 꿈이란다. 그런데, 中學 五年으로 卒業하는 者들도 꽤 있는것 같더라.」

「그야, 있겠지.」

노리꼬가 들어와서 료헤이의 벼갯머리에 앉았다.

「사까다氏, 여기서 스스꼬와 이야기 하고 있을래요?」

「아아, 그렇게 하고싶군요. 아직 쫓겨나고 싶지 않는걸요.」

「그럼, 그렇게 하세요. 두 사람만이 있게 해 주겠어요. 료헤이氏, 散策이래도 가지 않을래요?」

「네.」

료헤이는 일어나 바르게 앉았다.

「사까다, 같이가지 않을래?」

「아아니.」

사까다는 고개를 흔들었다.
「난 여기서 스스꼬氏와 이야기를 하고 있는 것이 더 좋아. 너희들만 걷다가 와.」
「갑시다.」
노리꼬는 료헤이의 팔을 잡았다. 이끌리는 모습으로 료헤이는 일어섰다.
밖으로 나오자마자, 노리꼬는 료헤이의 팔을 끼었다.
「이시이 先生님, 나를 散策하자고 꼬시었어요.」
「언제 말입니까?」
「아까, 세 사람에서 文化會 이야기를 주고 받고 있을 때.」
「拒絕하셨나요?」
「當身이 더,」
달콤한 목소리로 변했다 .
「좋으니까요.」
「전 學生이고, 先生님은 敎師입니다.」
「그런거 相關없어요. 저, 先生님과 일부러 親하게 지내는척 했는데도, 當身, 아무렇지도 않는듯이 보였어요.」
「그럴 理 없어요. 亦是, 嫉妬를 느꼈습니다.」
「거짓말.」
「아니요, 정말입니다. 다만, 난 嫉妬 할 資格이 없다고

反省을 하면서 말이죠.」

「요시꼬氏를 사랑하고 있으니까?」

「그런 点도 있습니다. 그 外 여러가지가 있습니다. 누님은 저에게는 너무 어른인걸요.」

「그런거 없어요. 나 아직도 어린애와 같아요. 때로는, 스스꼬가 더 어른스러울 때가 있는걸요.」

집들을 벗어나서 두 사람은 들길로 들어섰다. 稀微하게나마 바람이 불고있다. 하늘은 맑게 개어있고, 無數한 별들이 붙박혀 있다. 들녘 길에는 지나는 사람이 아무도 없다.

노리꼬는 료헤이의 팔을 끌었다. 돌아다 보니까, 다른 한쪽팔도 료헤이의 팔을 붙잡았다.

두 사람은 마주 보고서, 서로 끌어 안았다. 입술은 合친다. 처음부터 노리꼬는 세게 빨아준다.

빨아주면서 엉덩이를 密着시켜온다. 긴 입맞춤을 하고난뒤, 다시 걸어갔다. 연못의 방뚝까지 왔다. 연못의 水面은 하얗게 반짝이고 있다. 방뚝 아래로 내려가서 나란히 앉았다.

앉자마자 노리꼬는 껴안아 왔다.

입술을 合치고 있는 그대로, 두 사람은 방뚝에 누웠다.
노리꼬의 손은 료헤이의 손을 어루만지면서, 그 女의

乳房으로 이끌어 주었다. 브래지어는 애초부터 하지 않았다. 유가다의 깃을 헤친 료헤이의 손은 거침없이 땀으로 젖어있는 살갖에 닿았고, 乳房을 쥐었다.

「아아!」

노리꼬는 呻吟을 吐하고, 료헤이를 세게 끌어 안으면서, "좋아해요."하고 말한다.

료헤이는 그 乳房을 만져 주면서, 亦是 요시꼬를 생각하고 있다. 요시꼬는 冊床을 마주하고 冊을 읽으면서 료헤이의 歸家를 기다리고 있을 것이다.

(난 잘못하고 있는 것이다.)

(그러나 이렇게 하는 것이 옳은 것인지도 모르지. 내가 이 사람과 關係를 한다면 요시꼬氏는 어느 期間만큼은 純潔 그대로 있을 수가 있다.)

(그건 口實에 不過하다.)

료헤이의 마음속의 葛藤을 알아채기라도 한듯이, 노리꼬가 속삭여 온다.

「이것 저것 다 잊어버려요. 當身이 여기에 있고, 내가 여기에 있다. 當身은 男子이고, 난 女子인거에요.」

그말이 끝남과 同時에, 노리꼬의 손은 료헤이의 등을 내려가 엉덩이를 돌아서 앞으로 돌아왔다.

當然, 료헤이는 첫 키-스를 할때부터 興奮狀態로 되어

있었고, 노리꼬는 그것을 세게 감싸줘었다.

료헤이의 손도, 乳房을 떠나 허리쪽으로 내려갔다. 유가다의 깃을 여니까, 노리꼬의 兩다리는 自然스럽게 열려졌다.

처음에는 료헤이는 천위로 해서 노리꼬의 그곳을 쓰다듬었다.

먼저 따스함이 느껴졌다. 繼續해서, 불룩함이 豊富함을 느꼈다.

노리꼬는 료헤이의 유가다의 깃을 헤집고 팬티 속으로 손을 밀어 넣었다. 료헤이는 얼굴을 들어 주위를 휘둘러 보았다. 사람의 기척은 없다.

(結局 예까지 왔으니까, 가는데까지 가 보는거지 뭐.)

료헤이의 손도 노리꼬의 고무끈 아래로 들어갔다. 매끄러운 皮膚이다.

그 뜨거운 部分에 손가락을 집어 넣었을때, 노리꼬는 바로 료헤이의 옷속으로 손을 넣고 있을때였는데, 짧게 呻吟하면서, 兩다리를 세게 오무린다. 료헤이의 손이 허벅지 속에 깊숙하게 파묻힌 모습이 되었다.

노리꼬의 心臟의 鼓動소리가, 只今에사 알아본것처럼, 료헤이에게 울려왔다. 빠르고 強하다. 呼吸도 거칠어져 간다.

때때로 몸을 떨기도한다.
意外로 激烈한 몸부림 이다.

11

첫 經驗

一

료헤이의 손가락은 노리꼬의 뜨거운 世界를 헤매고 있고, 노리꼬는 료헤이를 꼭 쥐었다.

呻吟을 吐하면서, 노리꼬는 속삭인다.

「약간 윗쪽으로.」

「음.」

료헤이의 손이 움직인다. 指示를 받았지만, 侮辱이라고는 생각지 않았다. 가르쳐 받는 즐거움을 맞보고 있다. 노리꼬가 年上의 女人이기 때문이겠다.

노리꼬가 能熟해 있는 것에 對해서도, 不愉快함이 없었다. 사랑과는 別個의 心理로 이렇게 하고 있기 때문이다.

노리꼬의 리-드를 받고 있다는 것은 그것만큼 노리꼬

의 責任이 크고 反對로 自身의 負擔이 가볍게 되는 것이다.

　淸純한 少女의 純潔을 犯한 뒤의 씁쓸함 代身에, 서로의 아방튀르(Aventure)를 즐기려고 하는 心理가 부풀어 오는 것이다.

　※【Aventure=프=冒險性을 띈 戀愛事件】

　노리꼬가 指示한 곳은 그 噴火口보다 若干 윗 部分의 작은 燈臺였다.

　료헤이의 손은 뜨거운 溪谷을 미끄러져 올라 그곳에 到達했다. 豫想보다 크다. 興奮狀態에 있기 때문이라고, 료헤이는 알 수가 있었다.

　이곳은 살며시 만져주는 것이 좋다는 知識쯤은 알고 있다. 미찌꼬에게서 배운 知識이다. 그대로 해 주었다.

　「아아 너무 좋아……」

　뜨거운 숨을 료헤이에게 吐하면서, 느끼고 있는 그대로를 일러준다. 그건 淫亂스런 말이기도 했다. 목소리는 떨리고 있다. 한편으로는, 노리꼬는 료헤이의 敏感한 部分을 만져주고 있다.

　뜨거운 女體를 료헤이는 느끼고 있는 것이다. 불의 덩어리를 안고 있는 느낌이다. 그러면서, 료헤이는 노리꼬의 强熱한 몸부림에서, 어떤 아름다움을 느끼고 있는 것이다. 純粹함과 熱情的인 것을 느끼고 있다.

「이봐요.」

노리꼬는 속삭이면서, 료헤이를 그 女의 몸위로 올려놓으려는 몸짓을 한다.

(지금이 決斷의 瞬間이다.)

고 료헤이는 생각했다. 요시꼬를 背反할것인가, 어떻게 할까 하는 것이다. 혼자서 기다리고 있는 요시꼬의, 얼마간 憂愁의 그림자를 띄고 있는 그 女의 映像이 가슴속에 떠오르는 것이다. 罪를 짓고 있다는 생각이 强하게 느껴졌다.

그와 同時에, 그런 自身의 센치멘탈리즘(Sentimentalism)에 反撥하는 마음도 일어났다.

(그 女를 所重하게 그대로 두기 爲해서래도.)

아까부터 생각해 둔 口實 이었다. 그리고, 또 다른 口實도 있다. 그 反對의 口實이다.

(그 女와 매끄럽게 맺어지기 爲해서라도 알아 두는 편이 좋아.)

료헤이는 노리꼬의 뜻에따라 上體를 일으키면서,

「이 後에도,」

하고 말했다.

「요시꼬氏를 사랑할것인데도, 相關없나요?」

「그럼요.」

呻吟을 吐하면서, 노리꼬는 고개를 끄덕인다.

「나, 욕심쟁이가 아니에요. 當身을 뺏고 싶은 마음 조금도 없어요. 우리들의 일, 永遠히 秘密이에요. 妨害하지 않을거에요.」

료헤이는 노리꼬의 下體를 가리고 있는 얇은 천을 끌어 내린 다음 조용히 덮쳐 안자, 노리꼬는 료헤이의 팽팽한 몸을 그 女의 뜨거운 아궁이로 引導했다.

(이젠 빠져 나올 수가 없다.)

瞬間, 료헤이는 停止했다. 그것이 어떤 感覺을 가져 올 것인가, 그 未知의 世界의 入口에 서 있다.

中學校에 들어 오고 난 後 憧憬하고 있던 女子의 몸을, 只今 알려고 하고 있다. 自身으로서는 歷史的인 瞬間이 다가오고 있다는 것을 意識하면서, 어떤 嚴肅한 氣分에 사료잡혀 있는 것이다.

「와까스기氏.」

노리꼬는 료헤이 뺨을 부비면서, 왼손으로 료헤이의 엉덩이를 누르면서 움직일 것을 채촉한다.

료헤이는 一方的으로 노리꼬의 손이 이끄는대로 나아갔다.

뜨거움이 료헤이를 감싼다. 부드러운 世界를 느낀다.

快感이 그곳으로부터 全身을 타고 흘러 퍼진다. 그것이 皮膚感覺으로 생기는 것일까, 心理的으로 일어나는 것일까는 잘 모른다. 아마도 兩쪽 모두로서, 그 兩쪽이 서로 相乘作用을 일으키는 것이 아닐런지.

갑자기 단단한 고리에 끼워진듯한 느낌이 일어났다. 고리의 收縮을 알수 있었다. 뜨거움이 다시 强하게 느껴졌고, 그러면서 노리꼬는 呻吟하기 始作했다.

료헤이는 進行이 困難해졌다.

「괜찮아요.」

노리꼬는 속삭였고, 료헤이의 엉덩이를 누르면서, 벌려진 兩다리를 들어 료헤이의 다리를 휘감고서, 허리를 들어올렸다. 同時에, 료헤이도 꽉 조여드는 것을 뚫으려는듯이 힘차게 밀어넣었다.

「아 앗!」

노리꼬는 소리를 지르면서 료헤이에게 찰삭 붙어오고, 료헤이도 세게 끌어 안았다. 아까까지는 一部分만이 느껴졌던 따스함이, 全體로 퍼져갔고, 그 全體에서 快感이 퍼져왔다.

「아, 고마워요.」

떨리는 목소리로 노리꼬가 말하자, 그 말하는 사이에 痙攣이 傳해져 왔다.

첫 經驗

료헤이는 다시 멈췄고, 노리꼬도 움직이지 않았다.
(結局, 난 女子를 알게되었다. 이것이 女子로구나.)
自身에게 들려 주었다.

二

다시금, 재촉하듯이 노리꼬는 움직이기 始作했고, 그것에따라 료헤이도 움직이기 始作했지만, 今方 爆發해 버릴것같이 된것은 豫想한것보다 더 以上의 陶醉的인 快感이 合쳐져있는 部分에서 繼續 일어나고 있기 때문이다.

료헤이는 다시 멈추고, 노리꼬도 멈추게 하고는,

「아아, 나, 今方 爆發 해 버릴것 같아요.」

하고 告白했다.

「기다려.」

노리꼬가 헐떡이면서 말했다.

「앞으로 一分程度만 기다려요.」

노리꼬는 료헤이의 立場을 重視하고, 료헤이에게 刺戟을 주지않고 自己만이 上昇하는 方法을 擇한다. 세게 누르고선, 몸은 움직이지않고, 內部만이 꿈틀거리기 始作했던 것이다. 그렇게 하는데도 료헤이는 조금씩 조금씩 限界에 가까워져 갔지만, 겨우 暴走를 누르고, 입술을 깨물면서 참고있다.

   一分程度가 지났을까.

「료헤이氏.」

하고 노리꼬가 소리친다.

하면서 몸을 크게 비틀면서,

「이제 되었어요 마음먹은대로 해줘요.」

   빠른말로 그렇게 말하면서, 그다음 더욱더 세게 움직이면서 짐승이 울부르짓는듯한 怪常한 呻吟을 吐하는 것이다.

   노리꼬가 頂上을 맞보았다는 것을 알고서 료헤이는, 責任을 다했다는 解放感속에서, 노리꼬와 리듬에 마춰 세게 움직였다. 노리꼬는 다시 큰소리를 내면서, 료헤이를 세게 끌어 안았다.

   強熱한 感覺이 뚫고 지나갈때, 노리꼬는 咽喉에서 쥐어짜는듯한 소리로 呻吟하면서, 뛰따라 몸전체가 꼿꼿이 굳어져왔다.

   ……………………………

   료헤이는 後悔를 느끼지 않았고 오로지 陶醉感속에 있을 뿐이다. 태어나고 부터 처음 느껴보는 感覺 이었다. 왜 只今까지 自身이 이런 것을 憧憬해 왔는가도 確實히 알게 되었다.

첫 經驗

體驗한 同僚들이,

「뭐라 말 할 수가 없다. 싱겁기 짝이 없어. 이런것이었단 말이지. 나, 失望했다.」

라고들 말했다.

그러나 료헤이는 그렇지가 않았다. 分明히 뜨거운 벌꿀속같은 女子의 花園속에서의 頂上感은, 自慰行爲(手淫)와 같은것과는 그 快感이 하늘과 땅 差異다.

(그럼 그렇지. 이것은 무서운 麻藥이다. 사까이가 急速히 墮落한 理由를 난 觀念的인 面에서 밖에 생각 못했었다. 그것만이 아닌것이다. 이런 무서워 할 수밖에 없는 魅力 때문이다.)

(나도 이 魔力의 捕虜가 되어버리는 것이 아닌지 몰라.)

(결코 그렇게 되어서는 안 되지.)

료헤이는 아직도 노리꼬의 몸속에 있고, 두사람은 껴안고 있는 그대로 였다.

노리꼬는 말없이 숨을 가다듬고 있다.

그 內部에서, 가느다란 信號가 傳해지기 始作했다. 료헤이의 몸에 傳해 오고 있는 것이다.

료헤이를 감싸고 있는 뜨거운 壁이 生命을 이어받아 꿈틀거리기 始作한듯이 느껴졌다.

「어땟어요?」

노리꼬가 가느다란 목소리로 속삭인다.

「너무 멋졌어요.」

「기뻐요. 정말 처음인가요?」

「그렇습니다.」

「나도 너무 좋았어요. 아아, 잊어버리고 싶지 않을것 같아.」

(社交的인 말이다.)

료헤이는 自身을 다스리면서,

「그건 제가 할 말입니다.」

하고 對答했다.

그러는 사이에도, 노리꼬는 료헤이에게 繼續 信號를 보내고 있다.

료헤이는 아무도 모르게 이 맛을 즐기고 있다. 노리꼬 自身은 가만히 있는데도 어째서 그 內部가 움직이고 있는것일까 異常하게 생각했다.

그래서, 無知를 들어 내어 놓는 부끄러움을 무릅쓰고, 그것을 물어보았다.

노리꼬는 고개를 흔들었다.

「아니에요. 움직이고 있는 것은 當身이에요.」

「아닙니다. 내가 아니고 노리꼬氏 입니다.」

「아니야, 當身이라니까. 이봐, 只今 내게 傳해오고 있거든요.」

「그건, 노리꼬氏가 제게 傳해오게 하고 있는 겁니다.」

「그런가요? 나 아무것도 하지 않고 있는데.」

이야기 하고 있는 사이에, 노리꼬로 부터의 微妙한 反應에 依해서, 료헤이는 다시 팽팽하게 부풀어 올랐다.

그러자. 노리꼬도 그것을 느꼈는지,

「이것 봐, 亦是 當身이에요. 이 봐요, 이봐.」

그 "이봐" 하고 말하는 사이에 료헤이는 조여졌고, 다시 풀어지자, 또다시 조여온다.

그 刺戟으로 因하여, 료헤이는 完全히 前 狀態로 되돌아 왔다.

「아아, 다시 꽉 찼네요, 아이 기뻐.」

여기서, 처음으로 노리꼬는 動作을 始作하려고 했다. 그러나, 료헤이는 應하지 않았다.

「빨리 돌아가지 않으면 사까다들이 異常하게 생각해요.」

「그런말 하지말아요. 이것 저것 모두 잊어버려요.」

노리꼬는 료헤이에게 입을 맞춘다.

「이 다음은 언제 만날지 모르잖아요?」

「新學期가 始作되면, 만날 수 있어요.」

「그렇네요, 그렇네요. 그렇지만 只今은 只今이에요.」

노리꼬가 졸라대었고, 료헤이도 노리꼬에 맞추기로 했다.

곧바로 료헤이는, 노리꼬의 리듬에 맞추고 있다고 생각이 드는 것이다. 아까번에는 自身을 抑制하는데 神經을 곤두세웠지만, 只今은 처음부터 交合하는 態勢를 取했다.

「아 아, 너무 幸福 해.」
「나, 色骨인가 봐.」
「죽을때까지 만나줘요.」

때때로 거칠은 動作을 하면서도, 노리꼬는 달콤한 말을 속삭이고 있고, 료헤이는 일일이 그말에 首肯하면서, 이번에는 얼마간의 餘裕를 풍기면서 노리꼬의 모든것을 맛 볼 수 있었다.

三

只今까지, 료헤이는 세 사람의 女子의 몸을 손 만으로만 알고 있다.

그 세 사람의 女子가 무엇이 어떻게 다른가는 잘 모른다. 더군다나, 그 餘裕도 智慧도 없었다.

다만, 처음으로 實感으로서 느낀 것은, 그것은 손이나 입으로 愛撫하는 것이 아니고, 事實은 이렇게 맺어져야 한다는것을, 確實하게 意識했던 것이다.

두번째는 첫번째와는 달라, 료헤이는 男子로서의 律動을 할 수 있었고, 드디어는 노리꼬를 頂上으로 이끌면서 自身도 頂上을 맞이하게 되었다.

그리고서, 료헤이가 떨어지려고 한것은, 興이 다한 것이 아니었다. 陶醉를 맞보고서, 머리속은 空白狀態 였다. 그 머리속에, 노리꼬에의 사랑스러움이 꽉 스며져 있어,

(이대로 있으면 무거울테지.)

하고 생각하였기 때문이다.

「싫어.」

노리꼬는 료헤이를 놓아주지 않았다.

「暫時만, 이대로 있어 줘요.」

「무겁지 않아요?」

「쬐끔도.」

暫時 後에 노리꼬가 말했다.

「더 以上 만나지 않겠다는 말 하지 말아요.」

「그런 말, 하지 않아요.」

「말 할것 같은 느낌이 들어요.」

「말하지 않아요.」

「꼭이요.」

「그럼요.」

「기뻐요.」

노리꼬는 료헤이를 끌어안고,

「무슨일이 있더래도요.」

하고 다짐을 한다.

「네에.」

그때에,

「어-이.」

하는 소리가 멀리에서 들려왔다.

「와-까-스-기-이-, 어데 있는거야.」

사까다의 목소리다. 醉한 때문인지, 周圍를 잘 分揀하지 못하는것 같다.

「사까다입니다. 어서 가야지요.」

「억울해 죽겠네. 쭈욱 이렇게 하고서 있고 싶었는데.」

노리꼬는 입술을 要求한다. 사까다의 소리가 멀리서 들렸기때문에 료헤이는 安心하고, 그 입술을 빨았다.

료헤이는 上體를 일으키면서 살짝 노리꼬와 떨어졌다. 그것이 빠지려 할때 노리꼬는, 饗宴의 影響때문인지 낮은 목소리로 呻吟을 한다.

(애기는 걱정않해도 될는지 몰라.)

처음으로 료헤이가, 이런 境遇, 男子로서 當然히 생각해야만 하는것에 對하여 精神이 든것은, 堤防을 올라 갈때였다.

年上의 노리꼬에게 모든것을 맞겨버린 心理속에 있었기때문에, 미처 생각지 못했던 것이다.

해서, 躊躇 躊躇하면서,

「걱정 없겠습니까?」

하고 물었다.

「뭐가요?」

「妊娠.」

하자, 노리꼬는 료헤이의 팔을 붙잡고 있는 손에 힘을 주면서,

「걱정해 주는건가요?」

얼굴을 들려다본다.

「勿論 걱정되지요.」

「걱정없음. 나, 正確하구요, 좀 있으면 바로 그거에요.」

「네에.」

「알지 못하나요? 아무튼, 安心하세요.」

멀리서 사까다의 소리가 료헤이를 부른다. 료헤이는 입에 손을 모으고 高喊쳐 對答한 다음,

「綻露(탄로) 날는지도 몰라요.」

하고 노리꼬에게 말했다.

「안돼요. 躊躇 躊躇하면요. 언제나처럼 堂堂하게 行動해야 해요.」

두 사람은 堤防의 위를 걸어갔다.

저 멀리 끝쪽에 희멀건 그림자 둘이 보였다. 사까다와 스스꼬임에 틀림없다.

「저 子息, 스스꼬氏와 단둘이서 재미 있었을텐데, 나를 부르고 있단 말이야.」

「틀림없이 스스꼬의 付託일는지도 몰라요. 아, 그리고요, 바로 우리집으로 가서 沐浴湯에서 샤워를 하지 않으면 안돼요.」

「네에.」

「女子란 냄새에 敏感하걸랑요. 요시꼬氏, 나의 냄새를 느낄는지도 몰라요.」

「그런데, 沐浴湯에 간다는것 異常하게 여길텐데.」

료헤이는 연못의 水面을 내려다 보고 있다.

「若干, 헤엄을 쳐 볼까.」

「안 돼요 알-콜이 들어 있는데.」

「조금만이라면 相關없겠죠? 한번 程度 潛水할 程度라면.」

「괜찮으시겠어요?」

료헤이는 노리꼬에게서 팔을 빼고서, 사까다들의 그림자와 距離를 目測했다.

「여기서 들어가서 사까다들에게까지 헤엄쳐 가겠습니다.」

「그만 두세요.」

「아니, 괜찮아요. 그렇게 하는것이 좋아요. 이대로 둘이서 저쪽으로 간다면, 나의 態度에서 무언가 알아 챌는지도 몰라요.」

료헤이는 요시꼬가 입혀준 유가다를 벗어서, 허리끈과 함께 노리꼬에게 맡기고선, 堤防을 내려갔다. 물에 들어갔다.

물은 차가웠다. 그러나, 한번 머리에서부터 물을 뒤집어 쓰고나니 그렇게 차겁게 느껴지지 않았다. 료헤이는 헤엄치기 始作했다. 헤엄을 치면서, 혼자서 기다리고 있는 요시꼬를 생각했다. 조금 前의 아찔했던 陶醉도 생각했다.

堤防위를, 노리꼬는 료헤이가 헤엄치는 速度에 맞추어 천천히 걷고 있다.

♣

12

밤에 부는 바람

一

 사까다의 집으로 돌아왔을 때, 時計는 아홉 時를 넘고 있었다.
 「야아, 只今 돌아왔다.」
 사까다는 크게 虛風을 떨면서 들어가자마자 그대로 다다미위에 벌렁 드러 누웠다.
 「잘 마셨다. 위스키-는 제법 强하군 그래.」
 요시꼬는 유가다 모습으로 나왔다.
 「너무 늦어 罪悚합니다.」
 료헤이는 머리를 숙인다. 醉氣가, 료헤이를 도와주고 있는 것이다. 그래서, 억지로 요시꼬의 눈을 똑바로 쳐다 보았다.

(아름답구나.)

새삼스럽게 그렇게 생각했다. 妖艶한 노리꼬와는 다른 淸純한 아름다움이, 그 表情에 숨겨져 있다. 그것이 또한 료헤이의 마음을 아프게 했다. 背信했던 自身이 괘씸하게 여겨지는 것이다.

「생각 했던것 보다,」

하고 요시꼬는 웃는 얼굴로 말했다.

「빨리 오셨네.」

「未安합니다.」

「食事, 했나요?」

「맛있게 먹었습니다.」

「노리꼬氏가 만든 料理?」

「그런것 같아요.」

「이시이 先生님도 只今 돌아가셨나요?」

「先生님은 길이 머니까, 좀 일찍 돌아가셨어요.」

「自己, 머리가 젖어 있지 않아요?」

하자, 벌떡 드르누워 勞動歌를 부르고 있던 사까다가, 上體를 일으켰다.

「이 親舊, 헤엄을 쳤단다. 돌았지 뭐야. 醉한 狀態로는 沐浴을 하거나 헤엄을 치거나하면 안 된다는 酒則을 몰라.」

「危險해요. 心臟에 좋지못해요. 어째서 그런 장난을 한대요?」

걱정 된다는듯이 눈썹을 치껴 뜬다.

「저녁무렵, 이시이 先生님에게 말한 것 때문이겠죠.」

하자, 요시꼬는 눈을 끔뻑해 보였다. 사까다가 이시이에게서 들어, 료헤이가 저녁무렵에도 헤엄을 쳤다고 생각하고 있을는지도 모르는 것이다.

료헤이는 얼른 알아차리고서는,

「너무 더워서요.」

하고 얼른 말을 바꾸었다.

「그렇지만, 비가 온 뒤라서 물이 더러워져 있을거에요. 얼른 沐浴湯에 가서 물을 끼언고 오세요.」

「그렇게 하죠.」

료헤이가 沐浴湯에서 돌아오자, 사까다는 어느새 없어졌다.

「저치, 어데 갔습니까?」

「自己 房으로 들어가서 자고 있어요. 自己 자리는 여기요.」

료헤이의 잠자리는 마루에 접한 應接室에 펴져있다.

「슬쩍 보고 오겠어요.」

료헤이는 사까다의 工夫 房으로 갔다. 사까다는 팬티

한장으로 이불을 안고 있다.

「아아, 스스꼬.」

하고 중얼거리고 있다.

「스스꼬가 아니라서 未安한데. 나야 나.」

「오오, 들어 와.」

료헤이는 모기장을 들치고 들어갔다.

「너희들이 散策나가고 난 뒤, 난 告白 했다.」

「告白은 저전번에 했던거 아닌가?」

「그렇지. 그러나, 그건 몇번이던 相關없는 거 아닌가.」

「그래서, 어떤 對答이었지?」

「나를 좋아한다고 말했다.」

「호오.」

「그러나 그 "좋아한다" 는 것이 아직은 一般的인 段階란다. 아직도 길은 멀어.」

「一步 前進한 셈이군.」

「그야 그렇지. 가메단가 그딴 子息, 아무런 생각도 하지 않는대.」

「그야 그렇겠지.」

「그래서, 난, 뺨에 키-스를 하고싶다고 했지.」

「그래서, 어떻게 되었니?」

「저쪽은 잠자코 있었다. 잠자코 있다는 것은 承諾을

意味하는것으로, 난, 티하나없이 舞臺에서 날아 내리는 氣分이었다. 그리고 입을 밀었다.」

「음.」

「그 女는 가만히 있었다.」

「음.」

「거기서, 마음을 다잡아 먹고서 얼굴을 앞으로 내어 밀었다. 너무 세게 밀었는지, 키스라기보다 부딛치고 말았다.」

「정말, 成功이지 않은가.」

「그 女는 고개를 숙였다. 그런데 난 그뒤에 어떻게 해야 되는지를 모르기 때문에 너희들 뒤를 쫓아 散策을 나왔던거야.」

「只今이 第一 主要한 때다.」

「그런것 같아. 協力을 付託한다. 가메다 그치에게 질 수는 없는거야.」

「그 子息은 信用할 수 없는 子息이니까 걱정할것 없어.」

「자, 只今부터 난, 그 女의 微笑짓는 얼굴을 눈썹에 그리면서 잘련다. 너도 저쪽으로 가서 자라. 이야기가 하고 싶으면 누나의 모기장속으로 들어 가든지. 네가 내게 機會를 만들어 주었으니까, 나도 너희들에게 機會를 만들어 주지.」

「하여튼 나도 잘래.」

노리꼬와의 일도 있었고 그위에 水泳까지 했기 때문인지, 료헤이의 醉氣는 차츰 깨어나기 始作했다.

二

료헤이는 자리로 돌아왔다.

요시꼬는 오이를 깎으면서 기다리고 있다.

「엄마가 기른 거에요. 우물속에 담거 놓았었죠. 술깨는데는 아주 좋대요.」

「잘 먹겠습니다.」

바로 그때가 목이 마르구나하고 생각할 때였다. 료헤이는 바로 앉아서 오이를 집었다.

「사까다에게도 좀 줘야지요.」

「벌써 자고 있겠죠? 그 애가 오히려 많이 마셨죠? 숨까지도 술냄새. 이미 자고 있는 거 아닐까요?」

「아까까지는 깨어 있었는데. 음, 벌써 잠들었나.」

「괜찮아요. 혼자 잡수세요.」

먹는 료헤이의 입술을 요시꼬는 바라본다. 저녁무렵부터 혼자 내버려 두고 딴곳에 가 버렸는데도 火를 내지 않고 있다. 료헤이의 가슴속에 숨겨져 있는 꺼림찍함이, 漸漸 커져왔다.

「노리꼬氏, 나의 일에 對해서 무언가 말해 오던가요?」

「그 女, 내가 요시꼬氏를 사랑하고 있다는 것을 알고 있어요.」

「그 사람은 어른이에요.」

「그럼은요.」

벼란간 료헤이에게 모든것을 털어 놓고 싶은 發作이 掩襲(엄습)해 왔다.

(안 돼. 後悔할게 틀림없어.)

告白한다면 요시꼬와의 사이는 끊어지고 만다. 그건 分明한 事實인 것이다. 그 뿐만이 아니다. 요시꼬에게 一生의 傷處로 남게 되는 것이다. 료헤이는 自身을 抑制하면서, 말꼬리를 돌였다.

「그 女는 이시이 先生님과도 相當히 親하게 지내는 것 같아요.」

「그런것 같아요. 우리들과는 달라, 그들은 戀愛를 하더래도 사람들이 認定해 주는 나이니까요, 부러워 죽겠어요.」

료헤이와 요시꼬는, 사람의 눈을 意識하지 않고 거리를 함께 걸을 수 있는 立場이 못되었다. 요시꼬는 在學中

보다는 多少間 나아진 것은 事實이지만, 아직도 亦是 自由롭지는 않다. 若干의 勇氣가 必要한 것이다.

료헤이는 오이를 다 먹었다.

「맛있네요. 머리도 確實히 개운해 진것 같아요.」

「졸려요?」

「別로 졸리지 않아요.」

「나도요, 그런데,」

료헤이를 쳐다보는 눈 깊숙이에는 빛이 떠올라 보인다.

「쭈욱- 기다리고 있었는걸요.」

두번씩이나 노리꼬속에서 絕頂感을 맞본 뒤인데도, 료헤이의 몸은 다시 急速度로 膨脹되었다.

(이러면 안돼. 特히 오늘밤은, 너에게는 그럴 資格이 없는거야. 오늘밤은 얌전히 자는 거다.)

自身을 叱責(질책)하는 그 소리를 억지로 누르고서, 료헤이는 요시꼬에게 슬며시 다가갔다.

료헤이의 行動에 맞추어 요시꼬의 몸도 기우러 지면서 두 사람은 꼭 껴안았다.

숨찬 입맞춤을 하고서, 요시꼬는 쓸쓸히 말했다.

「나를 第一 첫번째로 사랑만 해 주면, 그것으로 좋아요.」

그 말을 곰곰히 생각해 보고서, 료헤이는 깜짝 놀랬다. 어렴풋이나마 노리꼬와의 關係를 알고 있는듯한 表現이기 때문이다.

「첫번째가 아닙니다.」

료헤이는 안고 있는 팔에도 목소리에도 힘주어 말했다.

「當身밖에 없어요.」

「정말?」

天井에 電燈이 켜져있다. 電燈을 모기장이 가리고 있다. 빛은 모기장의 푸르스럼한 그물눈을 通해서 두 사람을 비추고 있다. 눈을 뜬 요시꼬는 그 푸른빛이 감도는 속에서 료헤이를 바라본다.

료헤이는 고개를 크게 끄덕거렸다.

「정말입니다.」

거짓말이 아니다. 사랑하고 있는 것은 요시꼬 밖에 없다. 미찌꼬에 있어서도, 나오미와도, 그리고 오늘밤 決定的인 노리꼬와의 사이도, 戀慕의 마음과는 異質的인 것이다.

欲望의 對象으로밖에 지나지 않는다. 요시꼬를 背信한 것에 對한 自己辯護 이기도 하다.

그러나 다른 한편으로는, 自身은 이미 요시꼬를 진짜

로 사랑할 수 있는 資格을 잃어버렸는지도 모른다는 强迫觀念에 사로잡히기도 했다. 그것을 쫓기 爲해서 료헤이는 더세게 입술을 빨았다.

그런다음 요시꼬에게 속삭였다.

「요시꼬氏의 房으로 가요.」

요시꼬는 應諾하고 일어섰다.

「三分程度 뒤에 여기 電燈을 끄고 와요.」

하고 말했다.

요시꼬가 나가고서 료헤이는 一旦 모기장 안으로 들어가서 누웠다.

(사까다는 너무 마셨다. 氣分이 좋아서 나보다 두倍 程度 마셨다. 좀처럼 깨어나지는 않을거야. 그리고, 萬一 술이 깨어서 이 房으로 온다해도, 내가 없는 것을 알면, 요시꼬와 이야기 하고 있는 걸로 알고 있을게야. 가만히 요시꼬의 房 門을 연다든가하는 짓은 하지 않을 게 分明해.)

三分 後, 료헤이는 모기장을 나와 電燈을 끄고 요시꼬의 房으로 갔다.

요시꼬는 모기장안에 앉아 있다. 료헤이를 보자 손을 뻗어 册床위의 스탠드의 불을 껐다. 房은 어둑컴컴해졌다. 료헤이는 모기장 안으로 들어가서, 요시꼬를 안았다.

요시꼬도 안기어 왔다. 두 사람은 서로 껴안은채 하얀 시-트가 깔려있는 요위에 누었다.

료헤이의 몸은, 요시꼬를 껴안을때보다 더욱더 힘차게 부풀어 있다. 그것이 요시꼬의 허벅지에 닿았다. 요시꼬의 허리를 세게 끌어 당기면서, 보다 強하게 그것을 요시꼬에게 意識시키면서, 료헤이는 繼續 입을 맞추었다.

「만나고 싶었어요.」

하면서 요시꼬는 呻吟을 한다.

「언제나 自己를 기다리고 있었어요. 便紙, 여러通을 썼어요. 붙이지는 못하고 册床 서랍속에 모아 두었어요.」

「보고싶군요.」

「네일 全部 가지고 갈래요?」

「응.」

「날자 順으로 읽어 봐요.」

료헤이는 고개를 끄덕거렸다.

亦是, 저쪽 房에서 자고있는 사까다가 마음에 걸렸다. 或是, 일어나 찾아 왔을때 이렇게 房을 어둡게 하고 있으면 異常하게 여기지 않을까 모르겠다. 豫想대로 자고는 있을까, 그것이 마음에 걸렸다.

요시꼬는 료헤이에게 속삭인다.

「그럼, 暫時 엿보고 오겠어요.」

三

요시꼬가 사까다의 容態를 보러 간것은, 료헤이가 이 房에 오래 오래 있어 주기를 요시꼬는 願하고 있다는 것을 意味하는 것이다.

이렇게 생각하고 있는 사이에 요시꼬가 돌아왔다.

「宏壯히 코를 골면서 자고 있어요.」

「제법 醉했거든요.」

「自己는 어째서 저 애처럼 마시지 않았나요?」

「너무 마셔 正體를 잃고서 돌아오면, 當身에게 꾸중을 들을것 같아서요.」

「너무 기뻐요.」

요시꼬는 兩손으로 료헤이의 얼굴을 감싸고, 위에서 들여다보는듯한 姿勢로 입을 맞춘다.

窓門이 열려져 있다.

窓門으로부터 선선한 바람이 불어와 모기장이 흔들거린다. 료헤이는 요시꼬의 乳房을 만져준다.

「저 窓門 언제나 열어놓고 주무시나요.」

「아아니. 닫고 자요. 아무도 오는 사람은 없지만, 萬一의 境遇라는게 있으니까요.」

「그럼 安心했다.」

「오늘밤에는 自己가 있으니까 열어 두는거에요.」

료헤이는 요시꼬의 乳房을 만지면서 즐기고 있다. 부드러우면서도 단단하게 느껴지는 感觸이 노리꼬에 比하여 新鮮하게 느껴졌다.

「이렇게 하면, 어떤 느낌?」

都大體 이렇게 하면 요시꼬는 어떨까. 確實한 것을 알고싶어졌다.

「氣分이 좋아요. 自己 손이기 때문이에요.」

「그리고?」

「若干 간지럽구요. 그리고 머리속이 若干 멍-해지는 느낌.」

「그럼, 이렇게 하면?」

젖꼭지를 쥐고서 살짝 비틀면서 만져준다.

「좋아요.」

「먼저번하고는 어떻게 달라요?」

「아까보단, 氣分좋은 密度가 찐하게 느껴져요. 그리고…….」

입을 다문다.

「그리고는,」

요시꼬는 료헤이의 입을 입으로 막는다.

「말 해 줘요.」

료헤이는 젖꼭지를 愛撫한다.

「저-요, 무언가 괴롭구요. 좀 더 무언가가 하고싶어져요.」

「그럼, 키-스 해 줄게요.」

료헤이가 몸을 일으키자, 요시꼬는 自然히 누운 狀態가 되었다.

료헤이는 요시꼬의 가슴을 벗겼다. 어둑어둑한 속에서 하얀 皮膚가 드러나 보였다.

살짝 입술을 대었다. 그리고 빨아주기 始作했다.

요시꼬는 가슴을 움추리며, 료헤이의 어깨를 안으면서,

「아 아.」

하고 呻吟한다. 료헤이는 세게 빨아주기도 하고, 부드럽게 빨기도 한다.

입술만으로 물고서 혀끝으로 젖꼭지를 핥아준다.

그때, 요시꼬의 呻吟소리는 빨아 줄때보다 제법 다르다.

暫時 後에,

「이리로 와요.」

요시꼬는 료헤이의 어깨를 끌었다.

료헤이는 다시 요시꼬와 얼굴을 마주 했다.

「이야기 좀 해요.」

「응.」

「가쓰나리는 나의 自己에 對한 마음을 알고 있어요.」

「어느만큼?」

「마음만은 大概 알고 있어요. 그래서 贊成해 주고 있어요. "그 子息의 아우가 되는 것은 싫은데."하고 말은 하지만 그건 弄談이에요. 그러니까, 나 그 애가 눈을 뜨더래도 두렵지 않아요.」

「그렇지만 멋적지 않아요.」

「自己는 그냥 즐기려고?」

「아닙니다. 眞實이에요. 난 只今, 이 世上 무었보다, 요시꼬氏를 사랑해요.」

「年上이래도 좋으세요?」

「그런거, 생각지도 않아요.」

두 사람은 다시 키-스의 世界로 沒入했고, 그러는 中에 료헤이의 손은 요시꼬의 허리쪽으로 뻗어갔다.

暫時동안 허리를 쓰다듬은 後에 앞으로 나왔다. 유가다의 앞섶을 열었다. 부드럽고 매끈한 허벅지를 만져준다.

다섯개 손가락으로 허벅지를 쓰다듬어준다, 얼굴을 들어 요시꼬를 내려다본다.

(오늘밤 이사람과 맺어지자. 그렇게 되면 노리꼬에의 執着이 없어지겠지. 이 사람에게 只今 以上으로 執着하는 것은 오로지 한길로만 가려는 것이기 때문에 無妨한 것이다. 이 사람과의 사랑을 爲해서도, 亦是 맺어지는 것이 좋아.)

 요시꼬는 눈을 감고 있다. 료헤이가 그 허벅다리를 愛撫하면서 내려다 보니까, 그 눈이 조용히 열였다.

「무엇을 보고 있나요?」

「요시꼬氏의 얼굴. 에인젤(Angel)이라고 생각하면서 보고 있어요.」

 誇張이 아니다. 充滿해있는 欲望과는 달리, 所重히 감싸주고싶은 마음이 마음 밑바닥으로부터 솟구쳐 오르는 것이다.

13

新學期

一

 사까다의 집에서 자던 날 밤, 結局 료헤이는 요시꼬와 맺어지지 않았다. 그 理由로는 여러가지가 있다.

 요시꼬를 所重하게 對하고 싶은 마음이다. 노리꼬와의 일에 對하여 自責하는 마음도 있었다.

 사까다가 마음에 걸린다. 료헤이의 意圖를 알아챈 요시꼬가 "조금만 기다려 줘요." 하고 付託했기 때문이기도 하다.

 그것은 絕對的인 拒否의 마음이 아니고, 오히려 료헤이가 조금만 더 强하게 나오면 부서지고 말것같은 軟弱한 理性의 소리였지만, 료헤이의 가슴에는 크게 울려오는 것이었다.

료헤이는 요시꼬의 뜨거운 샘을 가득채운 秘境에 키-스만 한것으로 끝냈다.

사까다의 집을 作別하고 돌아오면서, 료헤이는 그것에 對하여 祝福을 하고 있었고, 한편으론 後悔도 했다.

二學期가 始作되었다

크라스의 大部分은 햇볕에 검게 탄 얼굴들로 登校를 했다. 그들의 거의 大部分이, 바다나 山에 다녀 온 것이 아니다.

어떤 사람은 炎天下에 밭의 除草作業을 每日 反復하기도 했고, 어떤 者는 논의 開墾作業을 했기 때문이다.

료헤이처럼 建築現場에서 일한 사람도 있다. 海岸의 護岸工事의 한바(飯場)에 들어가서 일한 사람도 있다. 바다나 山으로 몇일씩 놀다 온 사람이나, 工夫하는데 時間을 보낸사람은 極少數에 不過했다.

始業式이 끝나자, 文藝部員은 部室로 모였다. 아직도 여름의 太陽은 그라운드를 뜨겁게 달구고 있고, 벗꽃나무에서는 시끄럽게 매미들이 떼지어 울고 있다.

아이가와(鮎川)가 말했다.

「文化會의 그치들, 女子高에서 第一回의 編輯會議를 開催하는것 같아요.」

료헤이는 아이가와를 돌아다 보았다.

「자네도 한편 써 내었겠지?」

「네에.」

「자네도 編輯委員이지?」

「네.」

「그럼 가 봐. 여기는 別로 할 일도 없어. 雜談들이나 할 뿐이니까.」

「다녀와도 괜찮겠습니까?」

「아니, 안 돼.」

수에마쓰가 눈을 치켜 뜬다.

「只今부터 二學期의 活動을 議題로 會議를 하려한다. 여기를 不參하고 저쪽으로 가는것, 당치도 않아.」

료헤이는 무라세에게 눈짓을 하자, 무라세 노부가쓰는 조용히 수에마쓰에게 말했다.

「글쎄, 좀 봐 줘라. 參席하지 않았다고해서 아이가와의 原稿를 빼버리면 가엾지 않니. 가메다 子息, 女子優待 라하는 偏頗的(편파적)인 点도 생각된다니까.」

結局, 아이가와는 가게 되었고, 조금 後에 이시이 가쓰노리가 나타났다.

「先生님.」

하고 료헤이가 말했다.

「只今같은 豫算으로는 文藝部 活動은 아무것도 할 수 없습니다. 무었보다도 野球部의 三十分의 一 밖에 되지 않으니까요. 그러나, 二學期에는 燒酒 두 甁 程度는 살 수 있겠죠?」

「뭐야, 燒酒라고?」

「그렇습니다. 야마구찌 商店에서는 종이도 팔고 있습니다.

商店에서 종이를 산걸로하고 燒酒를 사는겁니다. 土曜日의 저녁, 달빛이 아름답게 비치는 날을 잡아서, 나가료의 연못가에서 『노래의 會』를 開催하고 싶습니다.」

「음, 음.」

「안 되겠습니까?」

「누구의 提案이지?」

「우리 모두의 提案 입니다. 미야꼬 文化會에서는, 아니꼽게도 活字의 雜誌를 만드는것 같아요. 이쪽은 燒酒라도 마시면서, 憂鬱한 心情을 달래려는 겁니다. 견딜 수 없거든요.」

「알겠다. 記憶해 두지.」

집으로 가는 길에 료헤이는 사까다의 집에 들렸다. 사까다도 今方 돌아와 있었다.

「오오, 때맞춰 왔구먼. 只今부터 함께 女子高에 가자

구나.」

「무슨 일이래도 있는거니?」

「女高에 細胞組織을 만드는거다. 이미 뜻있는 者들이 몇명 기다리고 있단다. 너 參加하지 않을래.」

「난 部外者인데.」

「그렇지만 同調者 아닌가? 같이 가자.」

요시꼬가 킹깡 도마도를 접시에 담아서 나타났다. 벗찌에 恰似한 작은 도마도였다.

「어서와요. 안 돼요 가쓰나리, 이 사람 政治運動은 하지 않찮니.」

「그러나, 옵서버-의 資格으로 參席하는 것은 괜찮아.」

「勿論 秘密會合이겠지? 文化會와는 달리, 學校가 알면 안되는 일이지?」

「勿論, 體制에 찰싹 붙어 다니는 御用機關과는 다르지. 一旦은 階級意識에서 눈뜬 少女들이다.」

「이 사람은 가선 안 돼.」

「嫉妬가 나서 그러는거야?」

「그런게 아니야. 너와 이 사람은 달라.」

「이런 이런, 이치가 그렇게 羨望의 對象이나 되는 줄 아나 봐.」

「그런게 아니래두 그러네. 實은 너도 보내고싶지 않

만, 그건 無理라고 생각하고 斷念하고 있는거야.」

結局, 킹깡 도마도를 먹은 後, 사까다는 혼자 나갔고, 료헤이는 다음 列車時間까지 느긋하게 時間을 보내기로 했다.

二

사까다가 나가고나서 조금 後에, 요시꼬의 어머니는 밭으로 일하려 나가셨고, 료헤이와 요시꼬는 두 사람만이 되었다.

료헤이는 요시꼬의 房으로 들어갔다.

커-텐을 내리고서 두 사람은 껴안았다.

「저녁을 먹고 가요.」

「네, 그러고는 싶은데.」

「집에는 괜찮겠죠? 放學이 되고 나서부터 쭈욱- 일하고 있었겠죠?」

「그런 셈이죠.」

「그럼, 오늘 하루 程度는 괜찮잖아요?」

「그렇게 하죠.」

「어저께, 山에서 소의 密屠殺이 있었어요. 가쓰나리들의 資金調達 이었는가 봐요. 勿論 가쓰나리는 關係없이 그 윗사람들이 한것 같았어요. 우리집에서도 若干 샀어요. 소는 잡고나서 곧바로 먹으면 맛이 좋지 않대나요. 오늘이 바로 먹을 때에요. 스끼야끼를 自己에게 먹여드리고파요.」

 쇠고기의 配給은 全然 없다. 쇠고기는 暗市場에서만 求할 수 있다. 定式으로 屠殺되는 쇠고기가 왜 配給이 되지않고 뒷거래로 흘러 나가는지, 一般 사람들은 모른다. 그러므로 各 곳에서 密屠殺이 盛行하고, 그것을 摘發하는 警察의 搜査는 이따끔씩 新聞을 裝飾한다.

 그런데, 가쓰나리가 關係하고 있는 急進勢力이 密屠殺에까지 손을 뻐치고 있다는 것은 료헤이에게는 今始初聞이었다.

 그처럼 文字 그대로 냄새 풍기는 事業에는 눈도 돌리지않는 淸潔한 黨이라는 이메지가 있었기 때문이다.

 다만 密屠殺 그 自體만은, 政府나 警察의 基本方針이 어떻든 간에, 日常的으로 일어나는 일이었다. 密屠殺에 依한 쇠고기는 아직 뒷去來 루-트를 타기 前 段階에서 사지않으면, 一般 庶民들은 사서 먹을 수가 없다.

「그럼 사까다는 密屠殺 現場에 갔었다는 건가요.」
「그런것 같아요.」
「나도 보고싶군요.」

「그런거, 보지 마세요.」

처음에 킹깡도마도를 가지고 나왔을때에는 요시꼬는 밭일을 돕고 있었는것같다.

옷차림이 몸빼모습 이었다. 사까다가 나가고 나서 옷을 바꾸어 입고, 只今은 원피스 차림이다.

왜 옷을 갈아 입었을까?

여기에는 요시꼬의 료헤이에 對한 無言의 許可가 있다고 생각하면서, 몇번이고의 입맞춤이 있고난 後, 그 깃속으로 손을 넣었다.

요시꼬는 거의 抵抗을 하지 않았고, 료헤이의 손가락은 곧바로 뜨거운 熱湯으로 들어갔다.

「아아!」

입술을 떼고서, 요시꼬는 료헤이를 세게 끌어 안았다.

「요전번에는 정말 未安했어요.」

「무슨 일인데요.」

「내멋대로의 말만 해서요.」

료헤이와 맺어지려는 것을 "조금만 기다려줘요." 말한 것이라고, 얼른 알아 차렸다.

「아닙니다. 내가 너무 性急했어요.」

료헤이는 요시꼬의 秘境의 윗쪽에 있는 작은 燈臺를 愛撫한다. 샘이 넘쳐 흐르고 있는데도 不拘하고 처음에는 보드랍고 말랑말랑하던 그 사랑스런 妖精이 점점 단단해 지면서, 크게 우뚝 솟아 오른다.

요시꼬의 呼吸이 거칠어져 온다. 료헤이에게 찰삭 붙어오면서 몸에 痙攣을 일으킨다.

「實은 나.」

하고 넘어가는 목소리로 말한다.

「自己가 하고싶은대로 해 드리고 싶어요.」

「해도 괜찮아요?」

요시꼬는 首肯하고서, 재빨리 덧붙였다.

「그렇지만 只今은 좋지 않아요.」

「알고 있어요.」

료헤이는 허리를 움직이면서 팔로 요시꼬의 팔을 누르면서, 自身의 것을 愛撫해 주었으면 좋겠다는 意向을 表示했다. 이것에 應해서 요시꼬의 손은 거침없이 움직이면서 료헤이를 꼭 잡아주었다.

쥐고서 暫時 後,

「直接.」

하고 료헤이는 말했다. 요시꼬는 바지의 단추를 끄르기 始作했다.

바로 그때, 玄關에서,

安寧하십니까? 하는 소리가 들려왔다.

一瞬, 요시꼬의 몸이 굳어져 왔다. 료헤이는 요시꼬의 몸에서 손을 빼었다.

(異常하게도 妨害꾼이 나타나는군.)

다시금, 玄關으로 부터의 소리. 요시꼬는,

「네, 네에. 只今 나가요.」

하면서 옷매무새를 가다듬으면서 밖으로 나갔다.

(발갛게 달아오른 얼굴이다. 疑心을 받지 않았으면 좋으련만.)

玄關에서의 목소리가 들려왔다. 官에서 일보는 사람 같았다. 事務的인 語調로 家族構成에 對해서 묻고 있다.

男子는 곧 돌아갔고, 요시꼬는 되돌아 왔다. 다시, 두 사람은 서로 껴안았다. 료헤이의 손이 뻗으려 했다.

요시꼬는 고개를 저으면서 拒否를 한다.

「只今은 안 되겠어요, 亦是.」

료헤이는 固執을 부리지는 않았다. 무슨 用務가 있어서 母親께서 돌아 오실는지도 모르는 일이고, 여름이므로 窓門이나 도어가 열려진채로 있다. 近處의 애들이 몰래 들어올 수도 있는 것이다.

「부엌일을 하고 있을테니까 冊이라도 읽고 있을래요?」

「네. 그렇게 하죠.」

마지막으로 세게 키-스를 한 두 사람은 떠러졌다.

료헤이는 마루로 나왔고, 요시꼬는 몇 卷의 册을 가지고 나왔다.

「郵遞局에 가 봤어요?」

아무렇지도 않는듯이 물어왔다.

「아니, 들리지 않았는데.」

「요 몇日前, 노리꼬氏를 길에서 만났어요. 아직 確實한 것은 아니지만, 祝賀 합니다 하고 말하니까, 기쁜듯한 모습이었어요.」

「祝賀 합니다?」

「사람들의 이야기지만, 結婚 이야기, 거의 決定된것 같아요. 요전번 自己가 왔을때에도 그랬던것 같았어요. 난 모르고 있었지만.」

쇽크가 얼굴에 나타나지 않겠끔, 료헤이는 努力했다.

三

스끼야끼에 使用할 설탕이 없다. 그래서, 少量의 즈루친(Dulzin=獨, 설탕 대용품)을 使用했다. 그래도 菜蔬만큼은 直接 길렀기 때문에 新鮮했다.

요시꼬는 료헤이가 조마조마할 程度로 료헤이에게 神

經을 쓰면서, 차례 차례 료헤이의 접시에 고기를 얹어준다.

結局에는 사까다로부터 不平이 나왔다.

「어이, 이 고기는 내가 싸게 사 온 것이란 말이다. 쬐끔은 이 사랑스런 同生에게도 먹여 줘라.」

「저런.」

요시꼬는 웃었다.

「그렇게 됐구나. 깜빡했네.」

「이런땐 말이지. 假令 말인데. 이런때에 차거운 맥주라도 한병 있었으면, 그만인데 말씀이야.」

食後, 료헤이와 사까다는 사까다의 房에서 드러 누운 채로 이야기를 나누고 있다.

「소는 말이야, 죽음을 알고 있단다. 우두커니 서 있는 그 눈에서, 눈물이 방울방울 떨어졌단다.」

「소가 운다고?」

「그럼, 울었다.」

「슬픔이 아닌 生理的인 水分이 아니고?」

「넌 보지 못했기 때문에 그런 투로 말 할 수밖에 없겠지. 그건 自身의 運命을 슬퍼하는 눈물이란다. 그런데도 泰然하게 서 있단다. 若干은 感動的인 신-(Scene)이기도 했다. 屠殺하는 人間쪽이 덧없어 보였단다.」

「으-ㅁ.」

「亂暴해져 보라구. 별로 묶거나 동여매지도 않아. 죽이려는 것같이도 아니야. 그런데도, 悠然하게 죽음을 기다린다. 소는 運命을 拒逆하지를 않아. 난 死刑을 當할때의 마음가짐을 배웠다.」

「너, 死刑 當하고싶냐?」

「모르지. 境遇에 따라서는 그렇게 되리라는 것을 생각해 본다. 屠殺人이 正面에 선다. 上半身을 벗은 男子가 말이다. 筋骨이 꽉 짜여있는 떠돌이 武士처럼 생긴 사나이지. 屠殺人임과 同時에, 世界中의 僞善이나 詐欺的인 法律에 對한 叛逆者다. 그런 英雄마져도 소앞에서는 쬐끄막하게 보였단다.」

「넌, 그 소를 먹었단 말이다.」

「그렇다. 그게 바로 世上이라는 것이다. 소는 내게 먹혀지고서, 처음으로 죽여진 意味를 갖게 되는 것이다. 좋으냐, 그 屠殺者가 말이다, 커다란 함마를 내려친다. 노킹-함머(Knocking Hammer)라고 하지. 끝이 뾰족한 것이다. 소의 正面에서 말이다. 내려친다. 失敗하면 危險해. 한편으론, 소가 가여워. 쓸데없는 苦痛을 더 받게 될테니까.」

「음.」

「그 男子, 沈着했다. 노림이 的確했다. 단 一擊으로, 소는 땅을 울리면서 넘어졌다. 다리를 웅크리는 모습으로 넘어지더구나.」

「넌, 아무렇지도 않았니?」

「아무렇지도 않긴. 난 死刑囚로서는 熟達되어 있지만 死刑 執行人으로서는 서툴거든.」

「人間이란 殘酷한 動物이구나.」

「누나 그치, 맛있게 먹고는 있었지만, 이런 이야기를 들으면 새파랗게 질릴 껄. 한번 해 볼꺼나.」

「그만 둬. 女子에게 들려줄 이야기는 못되는것 같다.」

「屠殺者는 말이야, 피를 마셨단다. 소에 對한 供養이라고 말 하더군. 다섯명의 무작스러운 사나이들이 있었지만, 그 소를 가장 사랑한것은 그 屠殺者 뿐이겠지.」

「그럴는지도 모르지.」

「요다음 찬-스가 있으면 보여줄께.」

「음, 그는 그렇고 이야기가 달라지지만, 女高의 秘密 會合은 어떻게 되었니?」

「돌아오자마자 누나가 내게 대못을 박았단다. 一切 네게 말해서는 안 된다고 말이야. 누나 그치 말이야, 난 死刑을 當해도 눈도 꿈쩍 안할거야. 하여튼간에, 너를 끔쩍이도 좋아하는가 봐. 네가 우리들 活動에 參加할까 봐 戰

戰兢兢, 너무 두려워 하고 있단다.」

「아니야. 내가 그런데에는 適合하지 않는 사람이라고 알고 있단다.」

이야기를 하고 있는데, 부엌일을 끝낸 요시꼬가 들어와서 벼갯머리에 앉았다. 아직도 밖은 밝아 있다. 서쪽 하늘은 夕陽으로 붉게 물드려져 있다.

「즈루친은 亦是 異常해. 뒤맛이 좋지않죠?」

「하는 수 없지 뭐. 설탕도 있는 곳에는 있단 말씀이야. 두고 보라지. 이 世上의 못된 것을 뿌리채 뽑아 버릴테니까.」

「그 義氣는 嘉尙타만, 反對로 當하지 않도록 注意하는 거다.」

時間이 되어서 료헤이는 돌아갈 채비를 하였다.

하자 사까다는,

「五分 程度 두 사람의 時間을 만들어 주지. 途中까지는 내가 바래다 줄테니까.」

그렇게 말하면서 房에서 나갔다.

그러나, 새삼스럽게 두 사람만의 五分間을 가졌다고 해서, 옳거니하고 포옹이 되지를 않는다. 普通의 이야기를 하고있는 사이에 五分이 지나고, 사까다가 되돌아 왔다.

「키-스 程度 했었니?」

自身은 스스꼬의 뺨에만 키-스한 주제에, 딴 사람에게는 제법 큰 소리를 치고 있다.

14

흐트러지는 마음

一

날이 갈수록, 아침 저녁으로 선선해 졌다. 學校에서 돌아올때에 료헤이는 이따끔씩 사까다의 집에 들리곤 했다.

사까다집의 뒷마당에 있는 감나무가 黃色의 열매를 달고있다. 이것이 사까다의 房 窓門으로 보인다.

어느날 드러 누워서 그것을 보고 있다가,

「저건 단감이다. 이젠 먹을 수 있을는지 모르겠다. 먹어볼테야?」

하고 사까다가 말했다.

「아니, 조금만 더 기달리는 것이 좋을것 같은데. 과일은 제때에 먹어야 맛이 있거든.」

하자, 사까다가 료헤이에게 옆얼굴을 보인채로,
「사까다 요시꼬는 이미 푹 익어서, 먹을때가 되었다고 생각하지않니?」
시치미를 뚝 딴 어조로 말했다.
「누나를 그런 式으로 말하면 쓰나.」
「그 女는 네게 푹 빠져 있단다. 난 잘 알지. 네가 要求만 한다면, 무엇이던 許諾할거야. 只今 토너-츠를 만들고 있지만, 保管 해 둔 진짜 굵은 설탕을 使用할게야.」
「야, 토너-츠를 만들고 있다고. 그거 고마운 일이로고.」
료헤이는 上體를 일으켜 正坐로 앉았다. 사까다는 천천히 료헤이를 바라본다.
「토너-츠보다 훨씬 더 멋들어진 것을 넌, 自由로히 가질 수 있다. 그런데도, 무었을 망서리는 거니?」
「自由롭게 할 수 있다고, 어떻게 알지?」
「여름 放學때, 너가 우리집에 머물던 날, 어느 時間만큼, 넌 行方不明이 되었다. 나의 推理에 依하면, 넌 누나와 함께 沐浴湯에 있었음에 틀림없다. 이렇게 생각 할 수밖에 없어.」
「…………」
「그래서 따져 물었더니, 結局 술술 불더구나. 그리고

선, 너라면 무엇이든 許諾해도 좋다고 하는 마음이라고 告白을 했다. 함께 沐浴까지 했다면서, 맺어지지 않았다. 어떤 意味로서는, 그것은 누나를 侮辱하는 것도 된다는 것이다.」

넘겨집고 하는 말인지도 모른다.

「함께 들어가지는 않았다.」

「내가 넘겨짚고 하는 말인줄 아니? 그렇지 않아. 누난, 모두를 털어 놓았다니까.」

「…………」

「난 贊成이다. 좋으냐, 나에 對한 辭讓은 必要없어. 난 只今, 女高의 學生으로 우리들 運動에 加擔하고 있는 애와 그렇게 될 可能性이 있단다.」

이야기가 그렇게 되어서, 료헤이는 가슴이 후련해 졌다.

「스스꼬는 어떻게 하고?」

「좋아하지. 그러나, 欲望의 處理와는 別個 問題거든.」

요시꼬가 葉茶와 토너-츠를 들고 들어 왔다.

「그럼 그렇지. 내말 그대로지. 자, 먹자구나. 난 이것을 먹은 後, 아까 말한 그 女를 꼬득이기 爲해서 다녀올께.」

「女高에 말인가?」

「아니, 벌써 집에 돌아와 있을 껄. 自轉車로 집으로 간

흐트러지는 마음 215

다.」

말 그대로 사까다는 집을 나갔고, 집에는 료헤이와 요시꼬 두 사람만 남았다.

두 사람은 요시꼬 房으로가서 서로 껴안았다.

긴 입맞춤이 끝나자, 료헤이는 말했다.

「여름 放學때의 沐浴, 사까다에게 말했죠?」

「未安해요. 너무 추겨 묻길래, 숨기지 않기로 했어요. 그리고 그 애에게는 어느 程度 알려 놓는 것이 좋다고 생각되었기에요. 그 애, 自己에게 뭐라 했는데?」

「쓸데없는 이야기를 한것같아요.」

료헤이는 요시꼬를 愛撫하려고 했다.

「오늘은 안 돼요.」

곧 生理이구나, 하고 생각했다. 그런 反面에, 그건 口實로서, 료헤이에게 愛撫 當하고 싶지 않아서 拒否하는 것이 아닌가하는 不安感이 일어나서, 료헤이는 억지로 손을 넣었다.

료헤이의 손에 무언가 두터운 벽이 느껴졌다.

「事實이군요.」

「거짓말 같은거 안 해요.」

료헤이는 요시꼬를 끌어 안았다.

「갖고싶어.」

「누구와 뭔가 있었어요?」

「아니요.」

「나오미氏, 어쩌고 있나요?」

「그 女는 벌써부터 여기 없어요. 하까다에 가 있겠죠.」

료헤이는 요시꼬의 손을 自身의 곳으로 이끌었다. 요시꼬는 바지위에서 료헤이를 꼭 쥐었다.

「그럼, 그 사람은? 저-, 간다의 옛 사무라이 집의 따님.」

「오가와 키시꼬?」

「그래요.」

「每日 아침, 얼굴은 보고 있죠. 그것뿐입니다.」

「좋아하고 있죠?」

요시꼬는 바지의 단추를 끌르기 始作 했다.

「아니요, 좋고 싫고가 없어요. 전 요시꼬氏 뿐이니까요.」

「믿어도 되나요?」

드디어 요시꼬는 직접 료헤이를 쥐고서,

「아아!」

하고 呼吸을 흐트러 뜨린다.

「언제쯤?」

「요다음 천천히 만날때.」

흐트러지는 마음   217

「정말?」

「그럼. 生理가 끝나고 곧바로라면, 애기걱정은 않해도 된다고 들었어요.」

료헤이는 요시꼬에게 손의 움직이는 方法을 가르쳐주자, 요시꼬는 그대로 하기 始作 했다.

二

暫時 後에, 료헤이가 속삭였다.
「키-스 해 줄래요?」

요시꼬가 살짝 고개를 끄덕이고서, 료헤이의 몸을 따라 허리를 낮추고서, 다다미에 무릎을 꿇었다. 볼에다 문지른다. 그리고서 볼의 位置를 따라, 드디어 입술에 닿았다.

료헤이는 그것을 보려고 했다. 그러자, 그것을 알아채고선, 요시꼬는 손으로 료헤이의 視野를 가리웠다. 부끄럽기 때문이다.

료헤이는 그손을 잡아 벗겼다. 료헤이로서는 보고 싶었다.

료헤이의 몸은 直立해서 요시꼬의 얼굴로 向해있고, 그 끝은 요시꼬의 입안에 들어가 있다. 요시꼬의 얼굴은 발그스럼하게 물드려져 있다.

료헤이는 그 얼굴을 만져주고, 입언저리를 쓰다듬어준다.

요시꼬는 눈을 감고 있다.

「눈을 떠 봐요.」

요시꼬는 고개를 흔든다. 혀끝으로 료헤이의 敏感한 部分을 문질러 준다.

「아아!」

료헤이는 呻吟을 한다. 快感이 全身을 타고 흐른다.

그 肉體的인 快感 以上으로, 요시꼬에게서 이러한 獻身을 받고 있다고 하는 精神的인 즐거움이 료헤이의 全身을 감싸고 있는 것이다.

(이젠 이 사람과 나는, 맺어지는 길 밖에 없다.)

(이대로, 이 사람의 입안에 放射하고싶다.)

그러나, 豫告없이 그럴 수는 없을뿐더러, 아직 處女인 요시꼬에게는 無理인지도 모른다고 생각했다.

漸漸 感覺은 높아져갔고, 切迫해져왔다. 료헤이는 등을 구부리고서 요시꼬의 팔을 안고서,

「이제 그만.」

하고 말했다.

요시꼬는 停止했다.

强하게 료헤이를 끌어안고서 입술을 빨아준다.

「어떤 맞이 나던가요?」

「사랑해요.」

「…………」

「나, 自己와는 一生 헤어지지 못해요.」

「저도 그래요.」

그런다음 료헤이는 다다미위에 옆으로 누웠고, 요시꼬는 료헤이를 손으로 愛撫하기 始作했다. 료헤이가 付託했었다.

途中에, 이번에는 요시꼬는 스스로 료헤이를 입으로 가져갔다.

(이럴때에 恒常 妨害꾼이 나타났었지. 누군가 오지 않을는지.)

료헤이는 그것에 神經을 곤두세웠다.

그런데 오늘은 妨害꾼이 없었고, 드디어 료헤이는 요시꼬의 손의 愛撫에 依하여 頂上을 달렸고, 黃金빛 꽃잎이 지는 속에서 精을 쏟았다.

그때에 료헤이는 옆으로 누워 있었고, 休紙가 準備되어 있었지만, 激烈한 感覺속에서 몸의 方向이 無意識狀態에서 變했기 때문에, 頂上을 달렸고, 그 불꽃은 房 구석에까지 날라갔다.

「조금만 더, 조금만 더.」

요시꼬가 最初의 放射에서 그만 그치려했기 때문이다.

요시꼬는 료헤이의 要請에따라 손의 움직임을 빠르게 繼續했고, 료헤이는 桃源境을 헤매고 있었다.

「이제 그만.」

낮은 소리로 료헤이가 말하자, 요시꼬는 료헤이를 쥐고있는 그대로 어깨위로 얼굴을 묻었다. 료헤이는 그 머리를 쓰다듬어준다.

요시꼬는 낮은 소리로 중얼거린다.

「아까워 죽겠어.」

숨에찬 목소리였다.

그때에,

「계십니까.」

하는 女子 목소리가 玄關에서 들려왔다.

요시꼬의 몸이 굳어져 왔다.

對答을 할 수 없기 때문이다.

료헤이가 속삭인다.

「자, 어서 가 봐요. 내가 뒷 處理를 할테니까요.」

겨우 요시꼬는,

「네-에-.」

하고 對答했지만, 그 목소리는 上氣해 있다. 일어 서서

흐트러지는 마음

나갔다.

　료헤이도 일어나서 방구석이나 바닥을 깨끗히 훔쳤다.

　요시꼬는 玄關에서 應對를 하고 있다.

　료헤이는 몸을 가다듬은 다음 벌렁 누웠다. 自身과 요시꼬와는 이제는 他人이 아니라는 생각이 들었다.

　요전번의 밤, 노리꼬와 關係를 가졌다. 료헤이는 노리꼬의 속에 넣었다. 미찌꼬와도, 같은 서비스를 받았다.

　그런데도 "他人이 아니다."고 하는 密接感은 생기지 않았었다.

　亦是 이것은 요시꼬와의 사이에는 사랑이라는 마음이 있기 때문에 다른 것이다.

　官能을 쫓고 있을때에도 줄곳, "난 이 사람을 사랑하고 있다. 이 사람도 나를 사랑하고 있기 때문에 이렇게 해주고 있는 것이다."라는 意識이 흐르고 있는 것이다.

　요시꼬가 되돌아왔다.

　손에 하얀 보따리를 들고있다.

　「近處에 사는 사람이에요. 어디엔가 다녀온 膳物인가봐요.」

　료헤이의 옆에 앉으면서,

　「나 異常하게 보였는지도 모르겠네.」

　하고 중얼거리며 머리를 매만졌다.

「좀 봐요.」
료헤이가 요시꼬의 얼굴을 들려다 본다.
하니까.
「싫어요.」
요시꼬는 고개를 흔들면서 그렇게 말하고서, 료헤이에게 안겨왔다. 얼굴을 보여주는 것이 부끄럽기 때문이겠지.
요시꼬를 안고서, 료헤이는 속삭인다.
「亦是 요시꼬氏를 갖고싶어.」
요시꼬는 고개를 끄덕인다.
(最初에는 사람의 눈을 意識하지 않는 곳에서 純粹한 마음으로 合쳐지고싶다.)
료헤이는 이렇게 생각했다. 그런데, 그럴만한 場所가 떠오르지 않는다.

三

서로 껴안고서 입을 맞추거나 요시꼬의 乳房을 愛撫하고있는 사이에, 료헤이는 다시 부풀어 오르기 始作했다.
요시꼬의 손을 끌어당겨, 그것을 알려준다. 요시꼬는

그것을 다시 쥐면서,

「왜 이렇게 되죠?」

異常하다는듯이 속삭여 온다. 요시꼬의 知識으로는 男性은 放射를 하고나면 暫時동안은 잠자코 있도록 되어 있다는 것이다.

료헤이는 낮은 소리로 들려준다.

「亦是 요시꼬氏를 갖고 싶어서 이러는 겁니다.」

「내가 서툴어서 氣分이 좋지 않아서 그런건가요?」

「그렇지 않다니까. 너무 좋았어요. 그런데도 또 하고 싶어.」

「오늘은 안 되는데.」

「둘이서 어딘가에 가고싶어.」

「나도요. 이 以前부터 그렇게 생각했어요.」

요시꼬는 료헤이를 꼭꼭 쥐어주었다.

「전 이젠 處女가 아닌것과 같아요.」

「아니요 아직 그렇지 않아요.」

「精神的으로는 그래요. 그래서, 自己가 만나러 오지않으면, 미칠것만 같아요.」

료헤이는 요시꼬의 乳房을 들어 내었다. 요시꼬는 拒否하지 않는다.

乳房에 입을 대고서, 젖꼭지를 가볍게 깨물어준다. 요

시꼬는 료헤이의 머리를 안고있는 姿勢다.

료헤이는 빨아주기 始作했다.

「아아!」

요시꼬는 몸을 떤다. 乳房은 전번보다 팽팽해 있다는 느낌이든다. 젖꼭지도 처음부터 단단해 있다. 生理中이기 때문인지도 모르겠다.

「이봐요.」

하고 료헤가 말했다.

「여기에 키-스 마-크를 붙여도 괜찮겠어요?」

無言으로 요시꼬는 應諾했다.

료헤이는 乳房의 윗 部分을 세게 빨았다.

입을 떼니까, 稀微하게나마 발그스럼하게 보였다. 이 程度라면 얼른 없어지고 만다. 다시 입을 대고서 온 힘을 다해서 빨았다.

이번에는 핏발이 나타나 보인다.

료헤이는 이것을 문지른다.

「언제까지 남아 있을려나.」

「나도 여기에,」

하면서 요시꼬도 료헤이를 만지기 始作했다. 몸의 位置關係로, 료헤이가 乳房에 키-스 마-크를 만들고 있을때, 요시꼬의 손은 료헤이를 놓고 있었다.

「붙여도 좋아요?」

「될는지 몰라.」

료헤이는 반듯이 누웠고, 요시꼬는 료헤이의 몸에 얼굴을 가까이 했다.

료헤이는 눈을 감았다.

요시꼬는 료헤이의 몸의 中央部分을 빨기 始作했고, 료헤이는 弱한 痛症을 느꼈다.

그 痛症에는 快感도 섞여있다.

요시꼬는 얼굴을 떼었다.

「보인다.」

하고 몸을 일으켜보니까, 혈관이 달리고 있는 그곳이 입술모양으로 발갛게 되어있다.

「붙는구나-.」

요시꼬는 그곳을 매만지고 있다.

「異常해요, 이거.」

「뭐가?」

「하지만….」

「어떻게 생각해?」

「나 괜찮을까 몰라.」

「……………」

「늘 걱정이 돼요.」

여느때와 달리, 요시꼬의 行動이나 말이 大膽해졌다.

다음 機會에는 맺어진다는 決意를 한 때문인지도 모르겠다. 아직 生理中이므로 神經이 날카로와져 있는 때문인지도 모르지.

료헤이는 다시 반듯이 누어서, 요시꼬의 愛撫에 몸을 맡겨버린다.

(이렇게 함으로서 내 몸과 親熟해지면, 이 사람의 두려움과 不安이 漸漸 弱해지겠지.)

「나 말이에요.」

갑자기 요시꼬는 료헤이를 감싸 쥐고 있는 그대로, 몸을 기우려 료헤이의 뺨에 뺨을 부벼왔다.

「나 오늘 異常하게 보이죠?」

「아니, 異常하게 보이지는 않지만……」

「오늘의 저가 진짜 저에요. 언제까지나 이렇게 하면서 있고싶어요. 나, 自己와 단둘이 있을때 만은 娼婦처럼 되고싶어요.」

「나도 그것을 바라고 있어요.」

「괜찮겠어요?」

「그럼요.」

「저가 싫어지지 않겠어요?」

「싫어질 理由가 없어요.」

요시꼬는 거칠 程度로 입을 맞추어 왔다. 應하는 료헤이의 입속으로 혀가 꿈틀거리며 들어 왔다.

♣

15

노래 會

一

요시꼬와 두 사람만이 조용히 만날 수 있는 機會는 좀처럼 오지 않았다.

료헤이는 每日처럼 사까다집을 訪問 할 수는 없다. 大概는, 授業이 끝나자마자 집으로 돌아가서 집안 일을 돌보지 않으면 안 되었다.

그런데도, 혼자서 사까다집을 지나갈때에는, 門을 열고 들어간다. 얼굴을 보고서 이런일 저런말만 할 뿐 그리고서 驛으로 달려가곤 했다. 만나는 날이면 즐겁고, 만나지 못하는 날이면 무언가 貴重한 物件이라도 잃어버린듯한 허전한 氣分이 드는 것이다.

어느날, 文藝部의 部室에서 先生님들과 함께 短歌會가

있었다.

部外에서도 노래에 關心을 가진 學生들에게서 作品을 받아서, 모아진 原稿를 글씨를 잘 쓰는 部員에게 筆耕시켰다.

그것을 出席者들에게 配布하여 처음부터 批評해 가는 것이다. 當然히, 先生님들의 批評이 重視되었지만, 學生들도 그에 못지않게 自由로히 感想을 말한다.

作者名은 記入하지 않기 때문에 學生이 先生님의 作品을 形便없이 酷評하기도 한다.

집에는 늦겠다고 말하고 왔기 때문에, 료헤이도 時間 걱정없이 參加하고 있는 것이다.

한편의 노래에 先生과 學生의 意見이 對立되는 境遇도 있다.

날이 날마다 말하자면 어른들만의 만남에서 多情스럽게 이야기하던 先生님들이, 서로의 主張을 한치의 讓步도 않고, 熱 띤 議論을 展開하고 있으며, 結局에는 文學論으로까지 發展한다.

學生들에게는 貴重한 工夫가 되었다. 一般 授業時間에서는 결코 얻을 수 없는 것을 知識으로서 얻을 수 있었다.

그것에 刺戟(자극)을 받아서인지, 學生들도 先生님들에게 正面으로 議論을 걸어온다.

先生님들도, 敎室에서와는 달리 適當하게 處理하지를 않는다. 正色을 하고 反擊에 나선다.

會가 中間을 넘어설즈음, 妙하게도 무라세 노부가쓰와 이시이 先生님과 激論이 일어나고 말았다.

처음에는 어떤 作品이 原因이 되었다. 그 노래의 밑바닥에는 이시이가,

「心이없고, 現象을 描寫한 것 뿐이야.」

하고 말한데 對하여, 무라세가,

「아니죠, 하나의 事象에서 詩를 느꼈으므로 이 作者는, 自身의 感動의 原因이 되고 있는 事象 바로 그것을 描寫하려 했던 것입니다.」

하고 反論을 提起했다.

하니까 이시이가,

「描寫뿐이라면 散文으로 足해. 노래에는 사람에게 呼訴하는 뭔가가 없으면 안 돼.」

하고 되받아 치자, 무라세가 다시,

「呼訴하는 것을 直接으로 다룬다면 어린애 우는 소리와 다르게 없죠. 對象을 客觀的으로 把握해서 提示하는 것이 文學 아닙니까.」

하고 끈질기게 맞선다.

여기서 두사람의 議論은 作品을 떠나서 短歌의 本質

論으로 들어갔고, 무라세도 万葉集을 專門으로 硏究해 왔기때문에 쉽사리 지지 않았으며, 結局에는,

「先生님의 백·본(Back-bone=文學의 中心)이 되고 있는 『古今新古今』은 墮落해 버린 놀이 藝術로서, 藝術이라기 보단, 遊戲로서 아무런 價値도 없어요. 진짜인지 아닌지, 뼈도없이 흐물 흐물하는 貴族에 不過해요.」

이렇게까지 말해버린다.

「무슨말 하는거야. 万葉集의 原始的인 노래야말로, 거칠어서 藝術이라고 할 수 없어. 시골 촌놈들의 高喊소리와 뭐가 달라.」

그로부터 두사람은 興奮하기 始作했고, 議論中에 거친 말과 雜言이 튀어나오게 되었으며 結局에 무라세가,

「그런 쬐끄만 불알같은 생각이라면, 敎師라고도 할 수 없어요.」

하고 高喊을 친다.

하니까 이시이가,

「뭐라꼬-ㅅ.」

하면서 눈을 부릅뜬다.

「내 불알이 큰가 작은가, 좋아, 네것과 比較해 보자.」

「좋아요, 比較해 봅시다.」

하마터면 두 사람 모두 바지의 단추를 끌르고 불알을

끄집어 낼 뻔 했다.

여기서 료헤이가,

「무라세, 말이 너무 過하지 않니. 그러면 못써.」

하고 나무라면서, 이시이에게 目禮를 하고서,

「先生님께서도 젊으십니다. 果然 所聞대로군요. 그러나, 불알을 比較한다해서 議論이 끝나는 것도 아니고, 여긴 女子들이 없기 때문에 누구하나 재미있게 보아주지도 않아요. 只今의 藝術論은 두분이서 徹底的으로 硏究 해보시기로하고, 進行 하시지요.」

하고 提案을 했다.

結局, 무라세가 失言을 謝過하고, 原來부터 무라세를 좋아해 왔던 이시이는 웃으면서 應諾했지만, 文藝部의 空氣를 알지 못하는 外部者들은 뭐가 뭔지 어리둥절 할 뿐이다.

議論을 하면서 會는 進行되었고, 周圍는, 저녁 氣運이 서서히 스며들자, 세 사람의 先生님들이 總括的으로 感想을 이야기한 다음 散會했다.

二

이시이가 다가왔다.

「어때? 燒酒라도 마시지 않을래?」

「아닙니다. 전 다음 列車로 돌아가지 않으면 안 돼요.」

「사까다의 집에 자면 되지.」

사까다는 會에 參席하지 않았다. 學生運動 때문에 뛰어다니고 있다.

「부르죠아-短歌會ㄴ가 뭔가에는 데니오하(일본어의 조사, 조동사의 총칭)가 어떻니 저떻니 하고 있겠지. 別로 興味 없어.」

하고 말하고서, 全的으로 關心을 보이지 않았었다.

「말 해 두지 않았기 때문에 弊스럽습니다. 그리고, 집에도 걱정되구요.」

「내가 證明書를 써 주지. 자네와 무라세와 다까가끼 넷이서 마시자꾸나.」

「그러나, 걱정이 됩니다.」

「여기 간다의 學生 없는가.」

「한사람 있긴 합니다만……」

「그 애에게 付託해. 누구야, 내가 付託 해 두지.」

료헤이는 돌아갈 準備를 하고 있는 學生들 中에 간다에서 通學하고 있는 一學年 學生를 불렀다.

「자네, 未安하지만,」

이시이는 學生의 어깨에 손을 얹고서,

「先生님이 只今 써주는 것을, 와까스기 집에 傳해주게나.」

「네, 그렇게 하겠습니다.」

이시이는 자리에 앉아서, 진짜로 拙筆로,

『아드님인 와까스기 료헤이君, 國語의 授業準備 關係로, 오늘 小生집으로 데리고 갑니다. 내일까지 맡겨 주십시오. 좀 急해서 事前에 連絡 드리지 못하여 대단히 罪悚합니다.』

그리고선, 署名을 하고 주머니에서 印鑑을 꺼내어 捺印을 한다.

一學年生이 깜짝 놀래는듯한 눈치다.

「와까스끼 先輩님, 先生님 宅에 가시는겁니까?」

「눈에 찍힌것 같아. 괴롭지만, 따르지 않으면 國語点數가 빵점이 될테니까. 하는 수 없지 뭐. 未安하지만 付託하겠다.」

出席者들은 모두 校門을 向해 나갔다.

벌써, 運動場에는 運動部員들도 눈에 보이지 않는다.

무리를 지어 도요쓰의 거리로 걸어갔다.

途中에서 한 사람 두 사람씩 빠져나가고, 마지막으로 驛으로 向하는 무리들과 헤어져서, 료헤이들 네 사람은 좁고 길게 뻗어있는 도요쓰의 거리를 걸어갔다.

야마구찌 商店이 있다.

그곳에서 燒酒를 샀다.

살때에 료헤이는 이시이의 지갑을 들려다 보았다. 별로 들어있지 않았다.

「가엾군요. 한턱 내시는 거.」

「바보같은 소리 치워. 집에가면 金庫속에 돈다발이 드북히 잠자고 있단 말이다.」

곁들어서, 오징어, 땅콩등을 사가지고서, 이시이가 付託 해 두었던 집으로 갔다.

길에서 若干 떨어진 옛 武士가 살던 집이다. 마중나온 사람은, 몸가짐도 端正한 初老의 女人으로, 뒤따라 같은 나이의 男子도 얼굴을 내밀었다.

「말씀 드린대로, 房과 불을 빌리려 왔습니다.」

「어서오세요. 어서.」

場所를 確認했으므로, 료헤이는 이시이의 自轉車를 빌려타고서 사까다의 집으로 달릴려고 했다.

「어이, 잠깐.」

다까가끼였다.

「네에.」

「사까다의 집에 가려는 거지.」

「네에.」

「사까다가 있거든 같이 데리고 와라.」

「괜찮겠습니까?」

「응, 그치가 있는쪽이 議論이 얼키설키 뒤죽박죽이 되어서 더욱 재미있을게야.」

「그럼, 그렇게 하죠. 그런데, 벌써 돌아와 있을려나.」

여기에 이시이도 말을 거든다.

「어이, 와까스기. 아까 그 할아버지가 네사람이서 뒤섞어 자려면 여기서 자고 가도 좋다고 했다.」

「그거 고맙군요.」

「오늘밤은 사까다의 父親께서 계시겠지? 그렇게 無理는 하지 마. 그런데, 사까다는 그렇고, 요시꼬氏도 勸해 보렴.」

「그 사람은 오지 않아요.」

「그럼, 將軍의 姉妹는 어때. 亦是, 女子가 있는쪽이 좋으니까.」

「그런 일이라면 先生님, 가메다에게 付託해서 文化會의 女子애들을 불렀더라면 좋았을 걸 그랬어요.」

「바보같은 소린. 함부로 女學生을 불렀다간, 問題가 된단 말이다.」

료헤이는 사까다의 집에 到着하여 玄關에서 큰소리로 불렀다.

나타난 것은 요시꼬로서,

「어머, 어쩐 일이세요?」

놀라고 있다.

「깜짝 놀랬네. 가슴이 두근두근하네요.」

손을 가슴에 대고서 마음을 鎭靜시키는 흉내를 내고 있다.

료헤이는 事情을 說明하고서,

「그래서, 사까다와 當身을 부르러 왔어요.」

「난 가지 않아요. 그런데, 그렇담 우리집에서 자게 되는 건가요?」

「萬一 그렇게 해 주신다면······. 그런데, 房을 빌려준 집에서 네명이서 자고 가도 좋다고 했는가 봐요.」

「아니요. 우리집에서 자요. 도요쓰에 와서, 남의 집에서 잔다는것 許諾할 수 없어요. 그런데, 場所는 누구네 집?」

「미야모도(宮本)라는 사람의 집입니다. 消防署 展望臺에서 왼쪽으로 꺾어서, 若干 들어가다가 오른쪽의······.」

「아아, 그 畵家 할아버지 집이군요.」

「알고 있군요.」

「에에, 日本畵로서는 相當히 有明해요. 夫人께서도 書道家로서, 도요쓰 高女에서 習字를 가르쳤던 일이 있다고 했어요. 저도 좀 알기는 해요」

「이시이 先生님과 아시는 사이인가 봐요.」

「하여튼 우리집에서 자지 않으면 안 돼요. 只今, 가쓰나리는 沐浴中이세요. 自己도 함께 하면 어때요?」

「살짝 들어갔다가 나올꺼나.」

「그렇게 해요. 그 先生님들, 自己를 기다리지 않고 始作 할테니까요.」

료헤이는 집안으로 올라가서, 아직도 父親께서는 돌아오지 않으셨기 때문에, 母親에게만 人事를 드리고서, 沐浴湯으로갔다. 脫衣場으로 들어갔다. 유리창 저편에다 소리를 보냈다.

「어이 사까다.」

「오오, 短歌會, 너의 노래는 몇등째나 되었니?」

「그렇고 그래. 나 들어간다.」

「넌 누나와 함께 해.」

「바보같은 소리. 나 들어간다.」

옷을 벗으려는데, 문을 노-크한다.

「열어도 괜찮으세요?」

「들어오세요.」

요시꼬는 門만 열고서 팔을 뻗어,

「자, 비누.」

하고 말했다.

三

료헤이는 비누를 받기 前에 뺨과 뺨을 살짝 대었다. 재빠르게 입을 맞춘뒤,

「될수있는대로 빨리 돌아와요.」

하고 요시꼬는 떨리는 목소리로 속삭였다. 只今에사 입맞춤만으로 떨거나 하지는 않는다. 유리窓 넘어에 사까다가 있기 때문이다.

요시꼬가 나가고, 료헤이는 옷을 발가 벗었다. 그런데 困難한 일이다.

瞬間的인 입맞춤을 한것 뿐인데, 료헤이의 몸은 요시꼬를 向하여 反應을 보였고, 요시꼬가 나간 뒤에도 그것이 사그러들지를 않는다.

「어이, 왜 그러고 있는거야?」

사까다가 소리를 보내왔다.

「좀 기다려. 눈에 티가 들어갔는가 봐.」

겨우 사그러 들었기 때문에 유리門을 열고 들어갔다.

「이 時刻에 어찌된 일이야.」

「아아 기다려. 湯에 들어가서 말 할테니까.」

료헤이가 몸을 씻고 湯속으로 들어가자, 물이 넘쳐 흐른다.

요시꼬에게 말한대로 되풀이해서 말했다.

「으-ㅁ.」

사까다가 呻吟을 吐한다.

「이거 정말 困難한데.」

「뭔가 좋지않는 일이라도?」

하자, 사까다가 속삭여 왔다.

「요전번에 이야기 한적이 있지? 계집애 말이다.」

「음. 우리와 같은 學年의 계집애랬지?」

「그래. 저녁 後에 그 女와 密會하기로 되어 있거든.」

「그럼, 그런 다음에 와.」

「오래 걸릴는지도 모르는데. 아니, 오래 걸릴 것을 난 期待하고 있거든.」

「그렇다면?」

「여하튼, 그 女는 오늘밤 내게 許諾해 줄것같아.」

「그렇담 이 밤이 重要한 밤인데. 좋아, 천천히 密會를 하고서, 끝난 다음에 와도 돼.」

「그렇게 하지. 그런데, 어쩌다 보면 못갈는지도 모르겠다.」

「…………」

노래 會

「저- 말이야.」

사까다는 다시 목소리를 낮추었다.

「그 女房의 窓門으로 들어가서 아침까지 있을는지도 모르거든.」

「설마하니.」

「아니야, 요전번에 그 女, 그런 냄새를 풍기더란 말이야.」

「그렇담, 닳고닳아 반질반질 하겠구먼.」

「그래서 좋다는거야. 責任이 없으니까. 하여튼간에 男子란 女子를 알지 못하면 이야기가 되지를 않아.」

「그렇게까지는 아니지만, 그러나, 찬스는 찬스니까.」

「집에는 미야모토 畵伯집에서 잣다고 할거야. 음, 이거야말로 좋은 狀態로군.」

「그렇다면, 난 여기로 되돌아 올 수가 없겠구나.」

「바보같은 소리. 넌 돌아와서, 내 房에서 자는거야.」

사까다가 먼저 沐浴을 끝내고 나가자, 료헤이도 뒤따라 끝냈다.

마루로 나오자 부엌에 있던 요시꼬가 다가왔다.

「가쓰나리에게서 들었어요. 그 애는 미야모도氏 宅에서 자든말든, 自己는 돌아와요.」

「可能하면 그렇게 하죠.」

「可能하다면이 아니라, 꼭이에요.」

密會에 對해서는 사까다는 요시꼬에게 말하지 않은것 같다.

반드시 돌아온다는 約束을 하고서, 료헤이는 사까다의 집을 나섰다.

사까다도 함께였다. 료헤이가 沐浴하는 사이에 사까다는 急히 저녁 食事를 끝냈던 것이다.

途中에서 사까다가 다가선다.

「난 이쪽이다.」

「어데서 만나는거니?」

「오카사하라 神社앞에서.」

「음, 힘내라. 그런데, 헤어져서 房으로 숨어 들어 갈때까진 時間이 있겠지? 그 사이에 와 봐.」

「그렇게 생각하고 있는 中이야.」

사까다와 헤어진 료헤이는, 이시이의 말을 傳해 줄 겸해서 후까이宅의 門을 두드렸다.

(아무렴, 姉妹가 함께 오지는 않겠지만.)

그날 밤 以後, 노리꼬와 처음으로 얼굴을 마주치는 것이었다.

♣

16

밤의 饗宴

一

노리꼬는 結婚相對가 定해졌다고 한다. 나이를 생각해 보면, 當然한 일이다.

요시꼬의 입으로부터 이 말을 들었을때, 료헤이는 멍한 氣分이었다.

멍해지면서도, 마음 한구석을 찌르는듯한 아픔이 지나갔다. 여기에는 背信 當했다는 氣分도 包含되어 있다. 奮하다는 氣分도 드는 것이다.

그러나, 료헤이가 노리꼬를 만나지 않은 것은 그것 때문이 아니었다. 만날 機會가 없었을 뿐더러, 또한 그런 機會를 만들어 보려고도 하지 않았다.

學校를 끝내고 노리꼬가 勤務하고 있는 郵遞局 앞을

지나게되면, 요시꼬가 있는 사까다의 집앞으로는 갈 수가 없게된다. 亦是 료헤이는 요시꼬와 만나는 것을 選擇했던 것이다.

結婚 이야기를 들은 것은 "만나지 않는것이 좋다."라는 氣分을 좀더 强하게 한것에 不過했다.

玄關의 門을 열고서, 案內를 付託하자, 안에서 기척을 한다.

노리꼬의 목소리다.

노리꼬는 에프론을 한 모습으로 손을 딱으면서 나타났다. 스스꼬도 부엌에 서있다. 저녁때가 되니까 女子들이 빠쁘다.

「어머나, 와까스기氏.」

보고있는 사이에 노리꼬의 눈이 妖艶하게 빛났다. 그대로 내려서서, 료헤이를 껴안으려는 姿勢가 되었다.

집안에는 다른 사람이 있게 마련이다. 료헤이는 그것을 意識하고선, 緊張을 하면서도, 한편으로는 노리꼬의 妖艶스런 눈의 反應때문인지 몸이 뜨거워지면서 부풀어 오를려고 한다.

료헤이의 머리보다 보다 더 노리꼬를 記憶하고 있는 것 같다.

「왜 그렇게 뜸 했어요?」

「네에.」
「얼마나 기달렸는데. 至毒한 사람.」
「未安합니다.」
「자, 올라와요. 아버지께서도 기뻐하실거에요.」
「時間이 別로 없는데요.」
찾아온 理由를, 료헤이는 說明했다.
「흥.」
노리꼬는 새초롬히 눈을 치껴 뜨면서,
「當身이 오고싶어서 온게 아닌가요? 이시이 先生님의 命令으로 왔다구요? 命令받지 않았으면 繼續 오지 않으려 했던가요?」
「아니요, 그렇지 않아요. 機會를 봐서 오려고 했었습니다.」
「거짓말.」
「아니요, 정말입니다. 約婚의 祝賀도 드릴겸 해서요.」
하자, 노리꼬는 갑자기 입으로 료헤이의 입을 막았다.
재빨리 물러나서,
「그 이야기는 다음에. 좋아요, 미야모도氏 宅이라고요. 저녁 後에 스스꼬와 함께 가겠어요.」
「스스꼬氏, 괜찮겠습니까?」
「틀림없이 괜찮을거에요.」

「그럼, 기다리고 있을께요.」

「當身, 沐浴을 하셨나요?」

「네에.」

책보가 없네요. 亦是, 사까다 宅에서 머무나요?」

「글쎄요, 아직 몰라요. 미야모도氏 宅에서 모두 얼키설키 잘는지도 모르구요.」

「우리집에서 자는게 어때요. 이따끔씩?」

「네에, 그건 어렵겠는데요.」

료헤이는 自轉車를 달려서 모두가 기다리고 있는 곳으로 돌아왔다.

酒宴은 벌써 始作되고 있었다.

「늦었잖아. 왜그렇게 늦은거지?」

「사까다와 불알을 견주어보고 왔습니다. 沐浴 물이 좋아서요.」

「이 子息, 응큼한 子息이로군. 敎師를 기다리게 해놓고 沐浴을 하고 오다니. 그런데, 요시꼬氏는 오는겐가?」

「오지 않습니다.」

료헤이는 座席에 合流했다. 이시이가 술병을 기우려 료헤이의 잔에 술을 따라준다.

「요전번에는 스캇치, 오늘밤에는 燒酒로군.」

「네에, 뱃속으로 들어가면 모두 똑 같아요.」

료헤이가 되돌아 왔을때, 다까가끼는 무라세에게 사이또 시게요시(齊藤茂吉)의 『實相觀人』에 關해서 이야기하고 있는 中이었다.

노래會의 席上에서도 그랬었지만, 이시이의 弟子이면서도 무라세의 文學에 對한 생각은, 이시이보다도 다까가끼쪽에 가깝다.

무라세는 다까가끼의 말에, 한마디 한마디 首肯하고 있는 것이다.

료헤이도 그 이야기에 덧붙여 말했다.

「그런데.」

하고 다까가끼가 말했다.

「万葉集이라 했지? 누굴 좋아하나?」

「좋아한다기보다, 只今은 누까다노 오오기미(額田王)를 調査하고 있습니다.」

「무라사끼노유끼 시메노유끼(紫野行き標野行き),
 대단하이. 헌데 말이야,」

「네에.」

「재미있구먼. 万葉集에서 으뜸가는 情熱의 女流歌人이지.」

醉하면 醉할수록 師弟의 距離는 엷어져 갔다. 다까가끼도 이시이도, 自作의 노래를 朗讀한다. 그것을 옛날 노래처럼 註譯하는 것이다.

노리꼬가 스스꼬를 데리고 나타난 것은 네사람의 이야기가 노래를 떠나서 戰後 文學으로 옮기고 난 後였다.

노리꼬는 료헤이의 옆에 무릎을 꿇고 앉았다. 다까가끼도 姉妹를 알고 있다.

이야기는 繼續 되었다.

「나는 말이다. 戰後派의 그 拙劣한 文章은 理解가 안돼. 이시이氏, 當身은 어때요?」

「나도 마찬가지죠. 타자이도 그렇고, 오리다 쓰쿠루(織田作)도 그렇고, 自暴自棄的인 文體 같으면서도, 正確하게 小說을 理解하고 있고, 그러면서도 故意로 흐트러 버리고 말지요. 그런걸 보면 戰後派의 그치들, 小說을 이해 못하는것 아닌가 몰라.」

「첫째 日, 基本的인 文章이 되어 있지를 않아.」

무라세가 말했다.

「傳統的인 私小說의 手法을, 意識的으로 打破하려 하고 있는 겁니다. 새로운 人間像을 그리기 爲해서. 전, 作品으로서는 아직 未完成이라 생각 합니다만, 그 意圖는 높게 評價 하고 싶습니다.」

「와까스기는 어때?」

「읽어보면 틀림없이 재미가 없어요. 재미있지 않으면

안되는 것이 아닌가하고, 熱心히 읽었습니다. 工夫라고 생각하고 말입니다. 그런데, 亦是 재미가 없어요.

첫째, 文章이 어려워서 머리가 아파와요. 더군다나, 그네들이 썼던 것은 그네들의 戰前 戰中의 體驗 아닙니까? 나 自身과는 全的으로 동떠러진 世界의 獨白에 不過해요. 그렇기 때문에 핑하고 오지 않는 겁니다. 지카 나오자이(志賀直哉)라든지 고바야시 다기지(小林多喜二)라든지 自身이나 自身을 包含한 世界를 쓰면서, 거기에 普遍性이 있어서 高校生인 저희들에게도 잘 理解가 되죠. 진짜 理解했는지 않했는지는 別問題로 하고, 저 나름대로 재미있는 무언가를 느낍니다. 그런데, 그네들의 作品에서는 그것을 느낄 수 없어요. 未安스런 이야기지만, 그네들은 習作을 發表하고 있는 段階라고 생각되어요. 전 그런 未熟한 그 習作을 가지고 戰後作家의 方法이라는 것을 배우려하고 있습니다. 그것이 괴로운 겁니다. 전 小說이라는 것은 배우는 것이 아니라 感動하는 것이라고 생각하고 있으니까요.」

「다만,」

하고 이시이가 말했다.

「戰後派의 그네들, 旣成作家에게서는 찾아볼 수 없는 뭔가를 가지고 있다. 世代도, 거의 나와 같은 또래이니까.

같은 世代의 사람으로서, 그 意圖하는 바는 알 수 있지. 그런데 어떻게 되어서 고르고 고른것이, 그런 개똥같은 무리들이 나타났는지. 中央文壇은 어떻게 되어 있는지, 난 全然 알 수가 없어.」

「時代를 탓 할 수 밖에.」

하고 다까가끼가 말했다.

「이런 混沌의 時代이니까, 그런 文學이 選擇되는거다. 뜻을 모르니까 무언가 深遠한 思想이 있는것처럼 생각하지. 民衆이 意味不明의 內容을 고맙게 여기는 것이라고나 할까.」

「그러나, 그네들은 傳統的인 手法으로서는 현대의 思想은 表現 할 수 없다고 主張하고 있습니다.」

「問題는 바로 그거다. 그들에게 새로운 手法이 있는가 어떤가라는 것이다.」

二

이야기를 하면서 료헤이는, 테-블의 그늘에 가려서, 노리꼬가 료헤이의 무릎을 만지고 있다는 것을 意識하였다. 몸도 너무 가까이 붙어있다.

(이거야, 무슨 말을 듣게 생겼는데.)

그러나, 오래간만에 만난것이다. 떠러져서 고쳐 앉으면 노리꼬의 自尊心을 傷하게 할 수가 있다.

結局 이시이가,

「어이, 너희들, 너무 꼭 붙어 앉아 있는것 아닌가.」

하고 말한것은 文壇 最年少의 鬼才 미시마 유끼오(三島由起夫)에 對해서 이야기를 하고 있을 때 였다.

이시이가 適當한 評價를 내린데 對하여, 다까가끼가 痛烈히 깍아내리는 評價를 하고 있을 때이다.

「아, 未安합니다.」

료헤이는 자리를 고쳐 앉았다.

「이봐, 이시이氏, 내 이야기를 確實하게 들어 둬.」

하고 다까가끼가 火를 낸다.

「듣고 있어요.」

「아니야. 듣고있지 않았어. 當身은 너무 女子일에 對해서 神經을 많이 쓴다구. 빨랑 빨랑 結婚 해.」

文壇의 新人의 이야기는, 금새, 現實的인 問題로 바뀌어 졌다.

「結婚으로 말하자면,」

이시이가 노리꼬쪽을 돌아다 보면서,

「그럭 저럭, 祝賀할 때가 되었군요. 나 부러울 地境 입니다.」

하자, 노리꼬는 웃으면서,

「아직 祝福 못하세요.」

하고 對答한다.

「요전번 當身 宅에서 마실때, 이미 決定 段階에 있었죠?」

「에에, 글쎄요.」

「그런데도, 내게 希望이 있는듯이 暗示하고선. 이러니까, 女子란 무서운 것이야.」

「그건 옛날부터의 이야기지.」

다까가끼는 燒酒 盞을 기우리면서, 무라세의 어깨를 두드린다.

「너희들도 女子에게만은 操心하거라.」

「네, 제겐 걱정없습니다.」

무라세는 가슴을 편다.

다까가끼는 눈을 노리꼬에게 돌리면서,

「휘앙세(Fiance=프)는 어떤 사람인지?」

「普通 사람이에요.」

「戀愛인가? 仲媒인가?」

「글세요.」

「當身보다, 스스꼬에게 물어볼까. 어때, 君도 來年부터는 나의 弟子가 될텐데, 正直하게 對答해야 한다. 언니의 結婚相對는 어떤 사람 일까?」

「좋은 사람이에요.」

「그렇겠지. 그리고, 戀愛겠지?」

「그렇습니다.」

「그럼 그렇지. 헌데, 式은 언제쯤?」

「來年 봄입니다.」

「호오, 春三月의 結婚式이란 말이지.」

그곳에 사까다가 나타났다.

「늦었잖아.」

이시이가 高喊을 친다.

「只今껏 어디를 싸돌아 다니다가 오는 거야?」

사까다는 이시이의 옆자리에 앉자마자, 燒酒를 맛있게 마신다.

「여러가지로 바쁜 몸입니다. 할일없이 短歌會ㄴ가 뭔가를 하고있는 先生님들과는 달라요. 只今은 短歌會나 열 그런 時代가 아닙니다요. 實行의 時代 입니다.」

「무었을 實行하려는게냐?」

「그건 先生님들께 말씀 드릴 수 없어요. 수 틀리면 스트라이크라도 할는지 모릅니다.」

「이 子息.,」

다까가끼가 사까다를 가리키며,

「그러다간, 一年 半 남겨놓고 退學 當한다.」

「退學? 겁나지 않아요. 勞動者들은 목숨을 내걸고 싸우고 있습니다.」

「맥아-더에 占領된 狀態에서, 社會主義 革命이 되리라 생각하는거냐?」

「되구말구요. 오히려, 民族資本家들 위에 맥아-더가 있기때문이야말로, 더 좋은 機會거든요.」

사까다가 와서 이야기 方向이 달라졌다

료헤이는 낮은 목소리로 노리꼬에게 말했다.

「戀愛 입니까?」

그렇다면, 그날 밤 이미 노리꼬에게는 마음에 둔 사람이 있었다는 셈이 되는 것이다.

노리꼬는 속삭여왔다.

「當身의 요시꼬氏와는 달라요. 요다음 천천히 이야기할께요.」

무라세는 사까다가 하고 있는 運動에 對해서는 全的으로 興味가 없다. 그래서 이시이에게 議論을 걸어왔다. 이시이도 正面으로 받아 들인다. 노래會의 席上에서 議論했던 것을 다시 끄집어 내었다.

「좋구말구.」

다까가끼가 테이블을 쾅 하고 두드린다.

「자네들 아까 불알을 比較하려 했지. 여기서 比較 해 봐.」

「그렇게 해 볼테냐?」

이시이는 턱을 삐쭉 내밀었다.

「좋습니다.」

무라세도 지지 않는다. 두 사람 모두 알콜이 들어 있기 때문에 한층 더 大膽해져 있다.

「좋아, 내가 判定 해 주지. 서로 서로 꺼내 봐.」

「그만들 두세요.」

료헤이가 손을 내어 져었다.

「여긴 레이디가 두 분 계십니다.」

「이 子息 봐라.」

이시이가 눈을 부릅뜬다.

「아까는 女子가 없으므로 無意味하다고 떠버린 주제에.」

「이렇든 저렇든간에 無意味 한겁니다. 불알과 万葉集과는 關係가 없어요.」

「寒心스럽군.」

사까다가 고개를 흔든다.

「진짜 寒心스럽군. 全的으로 發想의 次元이 낮아. 個人에 너무 執着하는 證據입니다. 그런 精神이라면, 좋은

文學者가 될 수 없어요.」

「좋은 文學者란 뭐야? 너, 敎師에 對하여 失禮하는거다.」

「좋은 文學者란 民衆의 마음을 代表하여 時代의 進步에 寄與하는 文學者를 말하는 겁니다.」

「그건 틀린 말이다.

료헤이는 사까다를 誹謗한다.

「民衆이 뭐며 時代가 뭐야. 넌, 두번이나 民衆을 들먹거렸다. 진짜로 民衆을 알고 있는거야? 또한, 사랑하고 있다고 생각하는거니?」

「알고 있구말구. 어떻게 보면, 내가 바로 民衆 그것이니까.」

「거짓말 하지 마.」

료헤이의 意圖는 이시이와 무라세의 論爭을 흐지부지하게 만드는데 있다. 그렇게라도 하지 않으면, 노리꼬들 앞에서 불알을 끄집어 낼게 틀림없다.

「넌, 權力을 指向하고 있는것 뿐이다. 右翼의 곤도처럼.」

「뭐라꼬? 나와 그 反動 子息과 똑 같다고? 弄談하지 마. 全的으로 그 反對다.」

「反對처럼 보이지만, 本質的으로는 똑 같애.」

「이봐, 容恕 못해.」

「기다려, 기다려.」

이번에는 다까가끼가 仲裁로 나섰다.

「方今, 곤도 이야기가 나왔지? 그 애, 요즈음은 조용하게 있던데.」

「아닙니다. 무언가를 꾸미고 있는 거에요.」

이야기 하는 사이에도 모두들 燒酒를 마시고 있고, 따라서 漸漸 醉氣는 더해 가고 있다.

두 사람의 敎師의 젊음을, 료헤이는 마음속에서 느끼고 있다. 심지어 學生인 료헤이들과 이렇게 燒酒를 마시면서 對等하게 이야기를 한다는 것, 常識있는 敎師로는 도저히 생각도 할 수 없는 것이다.

「아, 와까스기氏,」

妙하게도 스스꼬가 료헤이에게 말을 걸어왔다.

「아버지께서, 끝내고 놀러 오시라고 말씀하셨어요.」

「閣下께서요?」

하자, 사까다가 옆에서 소리친다.

「閣下라고? 와까스기, 너, 狀態가 너무 지나쳐. 日本에는 말이다, 閣下라고 하는 도깨비는 存在하지를 않아.」

아까부터, 사까다는 스스꼬에게 한마디도 말을 하지 않았다. 亦是, 마음속에 속이는 그 무엇이 있기 때문이리라.

♣

17

飮酒의 敎訓

一

 이시이와 다까가끼는 마시면서, 또한 醉해 가면서, 큰 소리로 論議에 熱中하고 있다.
 료헤이들도 마시고는 있지만 亦是, 量은 적고, 또한 先生님들의 앞이라서 操心을 하고 있기 때문에, 그렇게 醉하지는 않았다.
 술 座席에서의 議論이긴 하지만, 서로가 平常時에 硏究한 것을 吐露하고 있기 때문에, 료헤이들게는 좋은 工夫가 되었다.
 다까가끼도 이시이도 自身에게 알맞는 文學論을 가지고 있지만, 그것이 서로 전혀 다르기 때문에 이야기가 제법 재미가 있다.

료헤이들은 醉氣에 朦朧해지면서도, 두 사람의 敎師의 議論을 듣고, 때로는 입을 열어 끼어들기도 했다.

　主로 質問을 하는것이다.

　熱辯의 途中, 初步的인 質問을 받는다는 것은 興味를 깨어버리는 것이지만, 다까가끼들은 그렇다 할 프로의 敎師들임에도 不拘하고, 귀찮다는 氣色없이 鄭重하게 說明해 주면서, 論議를 繼續한다.

　노리꼬가 료헤이의 배를 쿡쿡 찌른다.

　「우리들 그만 돌아가야 하는데.」

　료헤이는 팔목 時計를 본다. 아직도 여덟時를 조금 지난 時刻이다.

　「조금 더 있다가 가시면 안되나요?」

　하자, 스스꼬가 妙하게도 스스로 입을 열었다.

　「아버지께서 료헤이氏를 기다리고 계세요.」

　사까다가 스스꼬에게 말했다.

　「나 따라가면 않되나요.」

　「아니요, 같이 가 주세요.」

　「그럼 그렇지.」

　처음으로 사까다는 빙긋 웃었지만, 아까 만나고 온 그 女와는 어떻게 하고 왔을까, 료헤이는 그것이 무척 궁금했다.

료헤이는 사까다에게 말했다.

「그럼, 넌 이 분들과 먼저 가 있어. 난 조금 더 마시고 갈테니까.」

「그건 안 돼. 그렇담 나도 마실테다.」

료헤이들과 노리꼬들 네 사람이 묫수도 燒酒를 마시면서 이야기를 나누고 있는 先生님들과 헤어져서 畵家의 집을 나선 것은 아홉 時가 거의 다 되어서 였다.

료헤이도 사까다도 제법 醉해 있다.

길에는 사람들 그림자도 보이지 않는다. 各各의 집들에는 二重窓門까지 닫혀져 있다. 벌써 商店들도 門을 닫고난 時間이다.

사까다는 醉한 氣分으로서인지 용감하게 스스꼬의 어깨를 안고 걷고 있다.

무언가 熱心히 꼬득이고 있는것 같다.

노리꼬가 료헤이의 손을 붙잡아 왔다.

조금씩, 걸음을 늦추었다.

間隔이 若干 벌어졌다.

「오늘밤, 진짜로 우리집에서 자고 가요.」

「사까다가 異常하게 생각합니다.」

「사까다氏에게는 先生님들에게로 돌아간다고 하면 되잖아요.」

「그렇게하면 곧 들통나고 말아요.」

하는데, 벼란간 사까다의 高喊 소리가 들려왔다.

「너희들 누구야?」

료헤이는 발걸음을 빨리했다.

스스꼬를 保護하면서 몸을 도사리고 있는 사까다앞에, 검은 그림자가 둘이 서있다.

료헤이는 사까다와 나란히 섰다.

「오오, 醉해 있구먼. 더군다나 女子들과 함께.」

목소리가 들은적이 있는 목소리다.

곤도였다.

相對가 도요쓰의 學生이라는 것을 알고서는, 료헤이는 安心이 되었다.

「아니, 너, 곤도 도시히로가 아닌가.」

「오오, 와까스기도 함께로군. 先生님, 이 子息들 어떻게 할까요?」

하니까, 다른 그림자가 앞으로 나선다.

「사까다와 와까스기라.」

體繰敎師인 구로오까였다.

「이 女性들은?」

노리꼬가 앞으로 나서서 이름을 밝혔다. 危險스런 무리가 아닌것을 알고서 安心했던것 같다.

「호오, 후까이 大將님의 따님이시라. 이거 이거 失禮가 많습니다. 그런데, 이 學生들은 어데서 飮酒했던가요?」

「우리들 아는 사람 집에서요. 아닙니다, 쬐끔밖에요.」

「그렇지도 않는것 같은데요. 어이 사까다, 飮酒는 禁하고 있다는 것 알고 있겠지?」

「알고 있습니다.」

「마시게 한 것은 누구야?」

「그런것은 어찌됐건 相關없지 않습니까? 나 스스로 마셨습니다.」

「좋아. 알겠다. 내일, 敎務室로 오라.」

「알겠습니다.」

「와까스기 너도 함께다. 와까스기, 넌 집이 도요쓰가 아니지 않느냐?」

「네에.」

「이런데서 돌아다녀도 괜찮은 거야?」

「오늘밤은 사까다집에서 잡니다.」

「辯明은 내일 듣기로 하지.」

구라오까와 곤도는 가버렸다.

「재미없게 되어버렸는데.」

「좋아, 와까스기. 넌 이 분들과 함께 가거라. 난 이시이 先生님들에게 가서, 구로오까에게 들켰다고 말하고, 對處를 相議해 놓고 올테니까.」

「付託한다.」

료헤이들은 후까이 宅으로 들어갔다.

二

노리꼬의 어머니께서 마중을 한다. 언제보아도 조용한 분이시다.

「아버지께서는?」

「조금 前에 주무신다.」

「그럼, 전 여기서 이만.」

료헤이가 돌아 가려고 하자, 노리꼬가 손을 붙잡고 놓지를 않는다.

「사까다氏도 여기로 올텐데.」

그도 그렇고 해서, 료헤이는 勸하는 대로 應接室로 들어갔다.

「별로 재미없는 先生에게 걸렸어요. 그 구라오까 先生, 사까다가 언제나 攻擊對象으로 삼는 말하자면 保守反動의 先生 입니다. 都大體, 그 두 사람, 이런 時刻에 어디에서 무엇을 하고 있었을까.」

하자, 스스꼬가 말했다.

「그들도 술을 마신것 같아요.」

「그랬던가, 음-. 이쪽은 唐慌해서 그것에는 미쳐 생각도 못했었군요. 잘못됐군. 곤도도 마셨다면 피장파장이다.」

곤도의 집까지는, 自轉車로 달리면, 十五分 程度의 距離다. 아니, 只今부터 쫓아가면 途中에서 붙잡게 될는지도 모른다.

「좋아.」

료헤이는 일어섰다.

「只今부터 自轉車로 쫓겠습니다. 곤도가 마셨다는 것을 確認해서, 피장파장으로 하지 않으면 안 돼. 사까다가 오면 집에서 기다리라고 말해 주세요.」

료헤이는 大將의 집의 倉庫에서 낡아빠진 自轉車를 끄집어내어서, 그것을 타고 달렸다.

도요쓰의 거리를 뒤로하고 숲을 빠져 나와서, 연못쪽으로 언덕길을 내려간다. 브레이크를 삐걱거리면서 달리고 있자니, 노래소리가 들려온다.

軍歌다.

곤도의 목소리다.

길에 사람 그림자가 보인다.

앞을 가로 질러서서 自轉車를 멈추었다.

「곤도.」

「여어, 와까스기냐?」

료헤이는 自轉車에서 내려서, 곤도의 얼굴에 얼굴을 대었다. 정말로, 술냄새를 풍기고 있다.

「구라오까는……」

「돌아갔지. 그치에게 걸렸다는 거 너희들 運이 나빴던 거다.」

「아니, 그렇지도 않아. 너도 마셨거든. 구라오까도 마셨고. 너희들 어딘가에서 마셨지, 그렇지.」

「난 마시지 않았다.」

「거짓말 하지 마. 아까 그 女子들이 너희들에게서 술냄새가 나더라고 分明히 말했다.」

「그런말, 證據가 되지않아. 너희들은 마셨다고 分明히 自白했단 말이다.」

료헤이는 곤도의 팔을 붙잡았다.

「마셨는지 마시지 않았는지, 第三者에게 判定을 받아보자.」

「시끄러. 나 집에 가야 돼.」

곤도는 료헤이에게서 팔을 빼려고 한다. 료헤이는 더 세게 팔을 틀어 잡았다.

「와까스기, 너, 내게 暴力을 쓰려고 그러냐?」

「그렇지 않아. 진짜로 구라오까는 내일의 職員會議에서 우리들의 飮酒를 問題 삼으려고 하겠지. 그렇다면 우리는 너를 끄집고 들어가지 않으면 안 되겠다. 現在 너도 마셨다는 것을 第三者에게 確認시켜 둘 必要가 있어. 자, 아까의 따님들을 만나려 가자.」

「끈질기구나, 누가 만나러 간대?」

곤도는 료헤이의 손을 뿌리치자 달리기 始作했다. 自轉車가 넘어졌다. 료헤이는 얼른 일으켜 세우고 날쌔게 올라탔다.

아무리 낡은 自轉車라도 달리는 自轉車는 사람보다는 빠르다. 잽싸게 따라붙자, 옆에서 自轉車를 놓아버리고서 곤도에게로 날라갔다.

곤도는 뒤뚱거리면서 두 사람은 서로 엉긴채 논보다는 약간 높은 길가 斜面으로 나가 떨어졌다.

「네멋대로 굴테냐?」

「놓지 못하겠다.」

「알았다, 알았다. 내일 아침, 구라오까에게 말 해 둘테니까.」

「싫소이다. 넌 구라오까와 함께 마셨다. 구라오까는 네게 술을 마시게 해놓고서, 우리들의 술을 問題 삼으려

하고 있다. 뻔뻔스럽기 짝이없어. 問題를 삼을테다. 그러기 爲해서 너를 第三者에게 確認 시키려는거야.」

곤도는 마른 풀위에 벌렁 드러누웠다.

「데리고 오려거든 데리고 와 봐. 난 끔쩍 않할테니까.」

「아니, 무슨 수를 쓰더라도 데리고 갈거야.」

「갈 것 같애. 너희들은 구라오까에게 飮酒를 確認해 주었다. 더군다나, 女子들을 데리고서. 난 飮酒하지 않았다.」

길에는 지나가는 사람이 없다. 료헤이는 곤도가 逃亡치지 못하도록 注意하면서,

(그런데, 어렵게스리 붙잡기는 했는데, 어떡하면 좋다지?)

생각에 잠긴다. 얼씨구나하고 따라 갈 理가 없다.

「어이, 와까스기. 아침까지 이러고 있을래?」

「이러는 사이에 누군가가 오겠지.」

「마지막 列車도 벌써 끝났다. 사람이 올 理가 없잖냐.」

「사까다가 마중나올거야. 두 사람이면 너 하나쯤은 새끼로 꽁꽁 묶어서 끌고 갈 수 있어.」

「어이, 너희들의 일 問題 삼지 않겠끔 한다고 말 했잖냐.」

「싫구먼. 問題를 삼아주면 좋겠다. 곁들어서 네게 술

을 마시게 한 구라오까도 모가지를 시켜버릴거야.」

「모가지가 되겠어? 그만한 일로.」

「되지 않아도 相關 없어. 하여튼, 바람 한번 불어 넣어 주어야겠다.」

「좋다. 그렇다면 구라오까의 집으로 가지 않겠냐?」

「어딘데?」

「女高 近處다.」

「좋아, 가자.」

두 사람은 길을 기어 올라 가서, 료헤이는 自轉車를 세웠다.

오르막길을 오른다.

「정말, 네게는 두손 번쩍 들었다.」

「아름다운 말씀을 늘어 놓아 問題를 일으킨 쪽은 너희들이다. 우리는 自衛本能으로 이렇게 하고 있는거야.」

三

二十分 後, 료헤이와 곤도는 구라오까의 집에 到着했다.

구라오까는 짧은 잠옷바람으로 나왔다.

「都大體, 무슨 일들인가?」

「이 子息한테 붙잡혔어요.」

곤도는 뒹굴어 떨어질때 생긴 뺨의 傷處를 문지르면서, 얼굴을 찡그렸다.

「이 子息, 내가 술을 마셨다고 主張하는 거에요. 先生님, 전 마시지 않았죠, 그렇죠?」

「음.」

구라오까는 날카로운 눈길을 료헤이에게 보냈다.

「自身의 잘못을 깨닫지 못하고, 이런 못된 行動을 하다니.」

료헤이는 곤도를 붙잡았을때 부터의 곤도의 말이나 態度에서,

(이 子息 마신게 틀림없어.)

하고 確信하게 되었다.

「거짓말 하셔도 다 압니다. 곤도는 술을 마셨습니다. 先生님, 곤도에게 술을 마시게 한것은 先生님이시죠. 自身은 學生에게 술을 마시게 해 놓고서, 우리들이 마신 거에 對해서만 問題를 삼으시려 하시는 건가요?」

「初正月은 小學生들도 마시는거다. 그 量이 問題지.」

「그럼, 곤도는 어느만큼 마셨더랬죠?」

「但只 한잔이다. 마셨다곤 할 수 없는거야.」

「저희들도 딱 한잔입니다.」

「곤도는 내가 監督하고 있었다.」

「그럼, 마셨다는 것은 認定하시는군요. 알겠습니다. 이것으로 足합니다.」

료헤이는 머리를 숙였다.

「전, 이만 돌아 가겠습니다.」

「기다려.」

「…………」

「너, 사까다와 같은 애와 어울려 다니면, 좋지 못하다는 거 알겠지.」

「왜 그런데요?」

「잘 생각 해 봐. 하여튼, 오늘 밤의 일은 없는걸로 할 테니까, 反省 해.」

료헤이는 곤도를 남겨둔채 구라오까의 집을 나왔다. 후까이 宅으로 向했다.

노리꼬들은 아직 자지않고 있었다. 사까다도 와 있다.

「어떻게 되었니?」

「붙잡아서 구라오까의 집으로 끌고 갔다. 亦是, 그치들도 마셨었다.」

료헤이는 只今까지의 일어났던 일을 仔細하게 말했다.

「그 子息..」

사까다가 呻吟을 吐한다.

飮酒의 敎訓 271

「人間, 防禦的인 姿勢만를 取해서는 안되는 거로구먼. 그치들도 마셨다는 거 쬐끔도 눈치채지 못했는 걸.」

「스스꼬氏 덕택이지.」

「우리들보다 沈着해 있었기 때문이지.」

甚한 運動을 한 때문인지, 료헤이의 醉氣는 맑아오기 始作했다.

「이시이들은?」

「只今도 마시고 있단다. 내가 뭐라 말해도 듣는등 마는둥이야. 많이 醉한것같아. 알았다, 알았다 라는 말만 되풀이 할 뿐이다. 그럼, 슬슬 가 볼꺼나. 누나가 기다리고 있단다.」

노리꼬가 말했다.

「와까스기氏, 오늘밤에는 여기서 주무세요. 房에 이불을 펴 놓았어요.」

「아닙니다 그런 弊는 끼치고 싶지 않습니다.」

「이 時間에 사까다氏 宅으로 가는거야말로 弊를 끼치는 거에요. 그리고, 구라오까 先生님에게도 오늘밤은 우리집 손님이라고 말해 두었는데요.」

「네에.」

「어떡하면 좋지.」

사까다가 고개를 끄덕인다.

「넌 오늘밤에는 여기서 자는거다. 그게 좋을것 같은데.」

「아니야, 너의 집으로 가겠다.」

「暫間 나 좀 봐.」

료헤이의 팔을 끌면서, 사까다는 複道로 나갔다. 귀에다 입을 모은다.

「付託 해. 여기서 자라. 난 이 길로 집에가서, 이시이들과 자게 되었다고 일러 둘테니까.」

「…………」

「난 只今부터 밤 行脚을 해야만 돼. 너 혼자만 집에 간다면 異常하게 생각하겠지? 너가 집으로 가지 않으면 나도 가지않아도 돼.」

「진짜로 가는게냐?」

「그럼. 窓門으로해서 숨어들어 가는거야. 저쪽은 잠을 쇠를 따놓고 기다리고 있거든. 그 女의 寢室은 家族들의 房과 若干 떨어져 있단다.」

「…………」

「付託한다.」

「하는 수 없군. 그렇게 하지. 그런데, 내가 집에가서 이시이들과 새도록 마시게 되었다고 알려놓겠다.」

「그렇게 해 준다면 더디욱 고맙겠다.」

房으로 돌아온 료헤이는,
「그럼 재워주시면 고맙겠습니다.」
하고 말했다.
「그 代身에, 이런 狀況을 사까다의 집에 알려주려 다녀와야겠습니다. 사까다는 이시이 先生님들 한테로 合勢하여 밤새껏 마시겠다는군요.」
료헤이와 사까다는 함께 후까이宅의 大門을 나섰다.

18

暗夜의 行脚

一

요시꼬는 자지않고 기다리고 있었다.
「어서 와요.」
언제나처럼 多情스럽게 맞이한다.
「가쓰나리는?」
「그게 말입니다, 글쎄, 거기서 醉해 쓰러져 있으면서, 모두들 이구석 저구석에서 자고 있습니다.」
「저런, 그래서 自己만이 돌아왔다는거군요. 그럼, 들어와요.」
「아니요.」
료헤이는 自身이 거짓말을 하고 있다는 뒤가 켕기는 것 때문에 눈을 바로보지 못하고서,

「저도 그곳으로 가지 않으면 안 됩니다. 자지 않고 기다리고 있다고 생각되어서, 그것을 알려 드리려 왔습니다.」

「또 가는건가요?」

「네에.」

「그만 두세요. 너무 늦었어요. 그런데도, 갔다 왔다 힘들겠어요. 모두 醉해서 자고 있겠죠? 가더라도 더 以上 이야기는 할 수 없잖아요?」

「네, 그런데, 사까다도 없는데 저만이 잔다는것도……」

「그런거, 마음에 둘 거 없어요. 自己 寢具는 다 準備되어 있는걸요.」

료헤이는 奇妙한 생각이 들었다. 노리꼬의 집에서도 료헤이의 이불을 깔아놓고 있는 것이다.

「그러나, 모두들 기다리고 있습니다. 先生님들도 함께이니까, 亦是 가야겠어요.」

「그런거 마음쓰지 않아도 되는데……」

「亦是, 마음에 걸려요. 어디까지나 先生님은 先生님이시니까. 그리고 전 오늘밤은 先生님과 같이 있는걸로 되어 있으니까요.」

結局, 료헤이는 요시꼬를 說得시키는데 成功했고, 료

헤이를 머물게 하는데 失敗한 요시꼬는, 집 밖으로 나와서 大門을 잠겄다.
「그럼, 아침 食事는 집에와서 들어요.」
「사까다와 함께 와서 그렇게 하죠.」
료헤이와 요시꼬는 담옆으로 다가가서 서로 끌어 안았다. 처음부터 요시꼬는 료헤이의 입술을 세게 빨아 주었다.
하면서 언제나처럼 료헤이는 요시꼬의 허벅지사이를 만지려한다.
요시꼬가 拒否를 한다.
「왜 그래요?」
「허지만 다른 곳으로 가버리니까.」
「事實은 가고싶지 않아요.」
「그럼, 가지 말아요.」
요시꼬는 몸부림을 한다. 료헤이의 손은, 얇은 천위로 해서 불룩 솟아있는 곳을 쓰다듬어 준다.
「아침에 돌아 올께요.」
요시꼬와 헤어진 료헤이는 門앞에 넘어져 있는 自轉車를 타고서 후까이 宅으로 갔다.
이번에는 노리꼬가 맞아준다.
「늦었네요.」

반짝이는 눈으로 료헤이를 바라본다.

「요시꼬氏, 떨어지지 않으려 했죠?」

「네에.」

「입술에 립·스틱이 묻어 있네요.」

「그런말에는 속아넘어가지 않아요. 첫째, 그 女는 립·스틱같은 거 쓰지를 않거든요.」

「미워죽겠어. 하여튼 올라 와요.」

료헤이는 머리를 左右로 저었다.

「亦是 전 이시이 先生님들이 계신 곳으로 가야겠습니다.」

「왜 그러는데요?」

「그러는 편이 마음이 가벼워서 좋고, 先生님들 아직까지 議論을 하고 있는지도 모르니까요.」

「사까다氏도 只今 그쪽에 가 있겠죠?」

노리꼬들은 사까다의 밤의 行脚을 모르고 있다.

「사람이 너무 많아요.」

「아닙니다. 全部 醉해있기 때문에 相關 없어요.」

노리꼬는 료헤이에게 다가와서, 팔을 잡는다.

「요시꼬氏에게 罪責感을 느끼는 건가요?」

「그런것은 아니지만, 하여간에 그쪽으로 가렵니다.」

「意外로, 常識家로서 小心하군요.」

「未安합니다.」

료헤이는 다시 自轉車를 타고서 미야모토 宅으로 달렸다.

놀랍게도, 이시이와 다까가끼는 아직도 燒酒를 마시고 있었다.

「야, 잘 돌아왔다.」

무라세는 房 저쪽구석에 쓰러져서 드높은 콧노래를 흘리면서 자고 있다.

「자아, 마셔. 구라오까에게 들켰다면서? 相關없어, 相關없어. 그 親舊도 運動部들과 함께 언제나 마시고 있어.」

「그 点에 있어서는 걱정 없습니다. 確實하게 못을 쳐놓고 왔으니까요.」

「사까다는 어떻게 된게냐?」

「親舊들과 議論이 있다고 갔는데요. 때문에 전 사까다의 집으로 가지 못하고, 여기로 되돌아 온겁니다.」

「음, 이건 確實히 禮儀를 分別 할 줄 아는 處事다. 좋아. 자, 마셔, 다까가끼氏는 뭘 몰라서 困難하단 말씀이야.」

「무슨 말을 하는게야?」

다까가끼는 고개를 저었다.

「當身이야말로, 文學의 文字도 모르는 사람이야.」

이렇게 하면서 論爭은 아직도 繼續되고 있는 것이다.

二

門을 두드리는 소리에 눈을 떳다.

아직도 창밖은 어둡다. 밤이다. 다까가끼와 이시이는 코고는것 까지도 競爭을 하고 있다.

마시고 있을 때에는 文學論으로 싸우고, 잠을 잘때에는 코골기로 競爭을 한다. 진짜로 걸맞는 名콤비이다.

反對로 료헤이가 돌아 왔을때 드높았던 무라세의 콧소리가 조용해 졌다.

코골이란 것은 나오기도하고 멈추기도 하는 건가 보다.

「누구야?」

「나야. 문 좀 열어.」

사까다였다.

료헤이는 窓門을 열자, 輕快한 몸놀림으로 들어왔다. 옷을 벗자말자 료헤이의 옆으로 파고 들었다.

「어떻게 되었나?」

「成功이지.」

「하고 온거냐?」

「음-.」

「祝賀 해 주지. 그런데 들키지 않았단 말이지?」

「念慮없어.」

「왜 조금 더 있지 않고?」

「잠에 떨어지면 困難하니까. 그래서 理性을 일깨워서 이렇게 살짝 숨어 나왔지.」

「感想은.」

「豫想 그대로다. 그런데, 亦是 女子란 귀여운 것이야.」

「저쪽은 經驗者이니까 리-드는 저쪽에서 했겠구먼. 저쪽이야말로, 그렇게 말했겠지?」

「그랬었는지도 모르지.」

「豫防은 어떻게 했니?」

「오늘밤은 念慮없다고 했단다. 그런데, 조마조마했단다.」

「무었을?」

「어느 程度 떨어져 있다해도 한지붕 아래 父母들이 자고 있거든. 그런데도 그 子息, 소리를 지른단 말이야.」

「女子란 소리를 내게 되어 있어.」

「아아니.」

사까다는 료헤이를 바라본다.

「너, 어떻게 알지?」

「아니, 사람들의 이야기지. 기다니들이 흔히들 말하고 있잖니.」

「흠. 그런데 난, 그 女의 過去를 여러가지 들었단다.」

「닳고 닳은 女子?」

「아니, 그렇지도 않아. 한 두 셋 程度는 알고 있는것 같아. 그런데, 한가지 멋들어진 것을 알고 왔단다.」

「음.」

「그 女, 야마가미와도 몇 번 같이 잤다고 告白했다. 말하자면, 나와 야마가미와는 兄弟之間이 되었다는 거다.」

「그 親舊, 아주 誠實한 척 하면서 그런 짓을 했단 말이군.」

「그럼, 男子고 女子고 間에, 겉으로 보아서는 모른다는 것이지. 그런데 너, 왜? 스스꼬네 집에서 자지 않았니?」

「아니야, 亦是 辭讓했다. 그보다, 詳細하게 이야기 해봐. 밤에 숨어 들어간다는 거, 이야기로서는 많이 들어봤지만, 처음이다. 도요쓰에 그런 風習이 있다는 거 미쳐 몰랐거든.」

「바보같은 소리. 그런 風習같은 거 없는거야. 淳朴한 마음이지. 나였기 때문에 될 수 있었던 아방튀르-란다.」

두 사람은 낮은 소리로 이야기 하고 있다.

「어떻게해서 숨어들어 갔지?」

「저쪽에서 기다리고 있었기 때문에, 簡單하지. 庭園으로 숨어 들어가니까, 그 女의 窓門이 조금 열려 있었다. 다가가서 불렀지. 저쪽에서 재빨리 일어나서 窓門을 열어주길래, 只今처럼 넘어 들어갔지. 그대로 이불속으로 들어가서 껴안았단다. 그 女, 잠옷속에는 아무것도 입지 안고 기달리고 있었단다.」

「처음에는 깜짝할 사이에 끝났지?」

「너, 잘 알고 있구나. 바로 그대로야. 어이, 女子의 그 속은 뜨거운 곳이더군.」

「으-ㅁ.」

「그런데, 그렇게 氣分좋은 곳이라고는 예전에 미쳐 몰랐단다. 實은 天國에서 노니는 氣分이었다니까.」

「으-ㅁ.」

「工夫하는 學生에게 섹-쓰가 墮落의 原因이라는 그 理由를 알았다. 틀림없이 强熱한 快樂 이었다. 혼자 숨어서 自慰하는 것과는 하늘과 땅 差異더라.」

「다운(Down)되고 나서 곧 바로 일어 서드냐?」

「二分이 채 안되어서 原狀復歸.」

「빠르구나.」

暗夜의 行脚 283

「그리고, 두번째에는 제법 오래 持續했지. 그 女가 소리를 지른것은 세번째였다.」

「都大體가 어떤 앤데?」

「그건 말 못해. 그쪽의 名譽를 위해서 秘密이다.」

「그 女, 오늘밤부터 너를 좋아하게 되는것 아냐?」

「그런 일은 없겠지. 事理가 分明하니까.」

「넌, 어떻게 생각 해?」

「나도 마찬가지야. 어디까지나 그 女는 欲望의 處理機關이다. 앞으로도 繼續 될는지는 모르지만, 서로가 서로를 利用하는게지. 내가 푸욱 빠져있는 것은 오직 스스꼬뿐이다.」

「스스꼬에게 잘못했다는 생각은 들지 않는단 말인가?」

「그렇게 생각 않기로 했다. 自慰하는 것과 같은 意味니까. 속인다고 생각하면 끝이 없단다.」

「그럼, 스스꼬가 너의 戀人이 되었을 때에는 어떻게 할 참이냐?」

「스스꼬는 所重히 保護해 주고싶다는 氣分이다. 내가 사랑하는 女子의 處女性은 所重한 것이니까. 그러나, 한편으로는 얼른 스스꼬를 내것으로 만들고 싶은 氣分도 드는구나. 矛盾된 心理속에서 난 헤매고 있는거야.」

三

 사까다는 疲勞해 있는게 틀림없는데도, 初經驗에 依한 興奮때문인지. 잠이오지 않는것 같다.
「음.」
「나, 다시 가고싶어졌다.」
「세번씩이나 했는데도?」
「응, 아뭏든, 처음이니까.」
「그러나, 窓門이 닿혀있겠지. 只今은 새벽 한時란 말이다.」
「날이 새려면 아직 대여섯 時間이 남았거든. 살짜기 노-크하면 되겠지.」
「그만 자지그래. 다음 機會가 있잖나.」
「아니야, 亦是 가겠다.」
 사까다는 일어나서 옷을 입기 始作했다.
 다까가끼의 목소리가 들렸다.
「뭣들을 하고 있는게야?」
「散策이나 하려구요.」
 료헤이의 끈질긴 說得에도 아랑곳없이 사까다는 들어왔던 窓門으로 다시 나갔다.
 료헤이는 다까가끼쪽을 돌아다 보았다. 다까가끼는 半

은 자고 있으면서 소리를 지른것 같고, 긴슥은 다시 콧노래를 드높이 울리고 있다.

료헤이는 눈을 감았다.

사까다의, 情熱이라 해야 좋을지, 하여튼 그 行動力에는 두손을 번쩍 들 程度다.

노리꼬의 집에서 잤을 境遇, 어떻게 되었을까? 大膽스런 노리꼬 였기 때문에, 모두가 잠들었을때, 몰래 들어왔겠지.

사까다의 집에 머물었을 때에도, 똑같은 狀況이 되었을는지도 모른다. 적어도, 이렇게 사까다에게 두들겨 깨워져서 잠을 설치는 일은 없었을 거다. 좀더 悅樂的인 밤이 되었음에 틀림없다.

그럼에도 不拘하고 兩쪽을 다 拒絶하고, 이렇듯 두 사람의 教師들의 콧노래에 괴로워 하고 있는 것이다.

(그렇지, 하는 수 없는거야. 요시꼬氏가 그렇게 勸하였는데도 뿌리치고 왔는데, 후까이 宅에서 잘 수야 없지.)

아침.

료헤이가 눈을 떳을 때에는, 방안이 환하게 밝아 있었다.

이시이가 이불을 걷어차고서 자고 있다. 仔細히 보니까, 훈도시(남자의 음부를 싸서 가리는 좁고 긴 천)에서

自己 것을 끄집어 내어, 그것을 오른손으로 쥐고있다. 그 것이 勃起狀態로 되어 있다.

(亦是, 先生님도 男子로군.)

료헤이나 사까다의 것보다 색이 거무티티하고 堂堂해 보였다. 그리고 털도 많다.

사까다는 보이지 않았다.

(곧 바로 집으로 갔겠지.)

료헤이는 무라세를 깨웠다.

「어이.」

목소리를 죽였다.

「보기힘든 眞景이야. 이시이를 봐 봐라.」

무라세는 눈을 비비면서 억지로 일어 났지만, 이시이 의 狀態를 보고선, 대단히 좋아했다.

「이거 宏壯한데, 寫眞 한장 찍어두고 싶은데. 흐음, 꿈 속에서도 나와의 불알 競爭을 實行하고 있는걸까.」

그 불알도 훈도시 밖으로 흘러나와 축 늘어 뜨려져 있 다.

「어때? 견주어 보지 않아서 多幸이겠지?」

「엇비슷 한것같은데. 불알은 그렇다치고, 줄기는 나보 다 굵은데. 음, 이렇게 두고 보니까, 멋들어진 豪傑이로 군.」

「자, 넌 感想이나 하고 있거라. 난 사까다집으로 갈테니.」

「나도 돌아 갈래.」

結局 이시이의 中心部에 담요를 덮어 주고서, 료헤이와 무라세는 그 집을 나섰다.

途中에서 무라세와 헤어져, 사까다 집으로 갔다.

요시꼬가 나와 맞는다.

지난밤 헤어질때의 나긋나긋하면서도 쓸쓸해 보이던 風情은 찾아볼 수가 없고, 아침의 爽快한 모습 이었다.

「저기, 찬물로 얼굴이나 씻어요.」

「네.」

마당의 우물가에서 얼굴을 씻는 료헤이에게, 요시꼬는 펌프질을 해준다. 손을 바쳐 찬물을 마셨다.

「맛있다.」

「푹 잤어요?」

「그럼요. 사까다도 벌써 돌아와 있겠죠?」

「아니, 함께 있지 않았나요?」

「에-ㅅ.」

료헤이도 놀랐다.

「전 벌써 돌아와 있는 줄 알았는데요.」

「그럼, 自己房에서 자고 있는걸까?」

사까다의 房을 보려 간 요시꼬가, 고개를 저으면서 되돌아 왔다.

「없어요.」

「異常한데.」

「벼란간 요시꼬의 表情이 엄하게 굳어져 왔다.

「와까스기氏.」

「네에.」

「이쪽으로 봐요. 내 눈을 봐요.」

「네에.」

「自己, 어젯밤, 어데서 주무셨죠?」

「미야모도라는 畵家의 집에서요. 先生님들과 무라세와 사까다와 함께요.」

「거짓말, 사까다는 아직도 그곳에서 자고 있죠? 自己, 노리꼬氏 宅에서 자고 왔군요?」

「아닙니다. 사까다에게 물어보면 알아요. 그런데, 사까다는 어쩐 일이죠?」

不安스런 마음이 가득했다. 요시꼬의 誤解는 이시이에게 물어보면 풀리게 마련이다.

♣

19

背信

一

사까다는 뭣을 하고 있을까.

벌써 밤이 밝고서 오래 되었다. 숨어 들어간 집의 사람들도 깨어 있을 것이다.

(이 親舊, 잠이 들었구나. 女子애도 氣分이 좋아서 잠에 떨어져 버렸고. 두 사람 모두 잠에 떨어졌다. 잠에서 깨어나니 아침이었던 것이다. 이 親舊, 나가려해도 나갈 수가 없었겠구먼.)

요시꼬는 료헤이의 팔을 끌었다.

「어젯밤, 自己의 態度, 異常 했어요. 내게 뭔가 숨기는게 있어요. 女子는 敏感해요.」

「감추고 있는 것 없습니다.」

「自己, 후까이氏 宅에서 주무셨죠? 않그러면 딴곳에?」

「아닙니다. 진짜, 미야모도氏 宅에서 先生님들과 함께 잤습니다. 내가 요시꼬氏에게 거짓말 할 理由가 없잖습니까.」

「정말 모르겠어,」

요시꼬는 고개를 갸웃둥 했다.

울음이 터질듯한 表情이다. 눈도 젖어있다. 그건 情熱的이었을때의 젖은 눈이 아니었다. 不安하기 때문이다.

그러나, 그 点에 있어서 만은 泰然했다. 적어도 어제밤만은 先生님들의 코골이에 뜬눈으로 새우다싶이 했던 것이다.

問題는 사까다 였다. 사까다가 돌아오지 않고 있다. 그리고, 료헤이 혼자 돌아온 것이 異常하다.

「實은,」

료헤이가 머리를 숙였다.

「未安합니다. 내가 거짓말을 한겁니다.」

「어쩌면.」

漸漸 요시꼬는 새파래져 갔다.

라고 생각하는데, 몸이 힘없이 흔들리면서, 넘어질려고 했다.

「왜 이러십니까.」

唐慌해서 료헤이는 요시꼬를 부축했다.

「놓아요. 醜雜스러워요. 大略 알것같아요. 싫어욧.」

「기다려요. 誤解하시면 困難해요. 내가 先生님들과 같이 잤다는 것은 事實입니다.」

「거짓말, 거짓말.」

요시꼬는 몸을 버둥거리면서, 얼굴이 새파래졌다. 自身 스스로는 서 있을 수가 없어서, 료헤이에게 기대고 있으면서, 몸을 버둥거리고 있다.

「아닙니다. 정말이에요. 사까다가 자지 않은 겁니다.」

가까스로, 요시꼬는 고개를 돌려 료헤이를 쳐다 보았다. 그 눈속에 새로운 빛이 반짝이고 있다.

「사까다가 어딘가 親舊집에 자러 간 것 입니다.」

「............」

「그 親舊, 活動하고 있는 親舊들이 많으니까, 어딘지는 모르겠어요. 아무래도, 밤새껏 討議하고서, 그냥 자고 있는 것이 아닌지 모르겠어요.」

「정말? 自己가 아니고, 가쓰나리가 어딘가에 갔단 말인가요?」

「그렇습니다.」

겨우, 요시꼬는 精神을 가다듬고 혼자서 서게 되었다.

「그렇다면 좋아요. 어서 들어가서 食事 해요.」

사까다의 일이 마음에 걸렸으나, 하여튼, 요시꼬가 간단히 믿어 주었기에 安心했다.

(亦是나 여러분과 같이 자게되어서 千萬多幸이다. 그런데, 萬一, 후까이 宅에서 잤었다면, 假令 아무일도 없이 밤을 새웠다손 치더라도 큰 問題가 일어날 뻔 했다.)

라고 생각하면서, 밥상앞으로 다가 앉았다.

요시꼬도 마주 앉았다. 이젠 요시꼬는 언제나와 같은 얼굴로 되돌아 온 것이다.

쌀로만 지은 밥이다.

「야, 이건 대단한 밥인데.」

쌀만으로 지은 밥을 『샤리』라고한다. 普通의 家庭에서는 아주 드문 일이다. 보리만이 섞여있는 밥도 上等에 屬한다. 大豆나 감자나 고구마나 강냉이, 심지어는 깻묵도 넣는다.

「農家의 어떤 분이 가져왔어요. 그러니까 하얗죠?」

「잘 먹겠습니다.」

함께 먹기 始作했다. 벌써 요시꼬의 아버지는 出勤을 하셨고, 어머니는 다른 房에 계신다. 두 사람 만이니까, 편해서 좋다.

「사까다는 늦잠을 자고 있을 겁니다.」

「어딘지 모르나요?」

「글쎄요. 斟酌이 가지 않는데요. 난 사까다의 親舊들과는 어울리지 않잖아요. 이 親舊가 가까이하고 있는 사람은 모두가 左翼 뿐이니까요.」

「이 애도 참 困難해요. 정말, 輕薄스럽게 놀아나서요.」

登校時間이 되었는데도, 사까다는 돌아오지를 않는다. 거의 막다른 時間까지 기달린다.

「이젠 가는게 좋겠어요.」

「하는 수 없군. 그렇게 하죠.」

요시꼬는 도시락을 두개 싸 가지고 왔다.

「곧바로 學校로 갈는지도 몰라요. 이거 가지고 가세요.」

「그럼, 다녀 올께요.」

「돌아갈때, 잠깐 들려줘요.」

「그렇게 하죠.」

료헤이는 사까다의 집을 나섰다. 이미 列車通學의 大群은 通過한 後이다. 길을 채촉한다.

그러자, 前方에 사까다가 비틀거리면서 걸어오고 있는 것이 보였다.

곁에 한 사람의 中年男子가 꼭 붙어있다. 가-키색 舊軍隊의 服裝을 하고, 머리는 중대가리 이다.

그 男子는 가슴을 떡 벌리고 걷고 있고, 사까다는 움추린 모습으로 비틀거리며 걷고 있다.

가까이 다가왔다.

료헤이를 보고서는, 사까다는 눈으로 信號를 보낸다. 그러나, 그 意味가 뭔지 모르겠다. 료헤이가 다가섰다. 사까다도 멈춰섰다.

「먼저 가 봐.」

쉰목소로 사까다가 말했다. 平常時와는 달리 元氣가 없어보인다.

「넌 어떡할려고. 이봐, 너의 보따리는 여기 있다. 같이 가자꾸나.」

같이 온 男子가 마음에 걸렸으나 無視하고 말하자, 사까다는 고개를 저었다.

「가지고 가. 난 집에 좀 들릴 일이 있으니까.」

「어서 가.」

男子가 소리친다.

「우물쭈물 하지말고 빨랑빨랑 가기나 해.」

료헤이는 그 男子의 얼굴을 쳐다 보았다.

제법 날카롭고 무작스런 얼굴이다. 사까다를 보는 눈에 미움이 가득 차있다.

재빠르제 료헤이는 알아차렸다.

(숨어들어간 계집애의 아버지로구나. 들켰다. 그래서,

집으로 끌려 가는 것이다.)

「어떻게 된 일이야?」

「아니야, 아무것도. 이 분이 우리집에 若干 볼 일이 있단다. 무슨일인지 나도 몰라.」

「시끄럿.」

男子가 소리친다.

「자, 빨리 걸어.」

사까다는 걸어가다가, 곧 료헤이를 돌아다 보았다.

「걱정 하지 마. 나 잘못한 일 없으니까. 네게 말한것이 全部 그대로니까.」

學校를 재촉하면서 료헤이는 생각했다.

(사까다가 그 女 房에서 자고 있다가 그의 아버지에게 틀킨 것이다.)

그러나, 그 女 아버지, 學校에까지는 알리지 않겠지. 딸애의 羞恥니까. 알리기만하면 사까다는 退學을 當한다. 그러나, 그런 일은 일어나지 않겠지.)

(요시꼬氏 놀래겠지. 그러나, 그 女는 나로 因해 男子의 欲望을 알고있다. 그렇게 쇼크는 받지 않으리라고 본다.)

(아니지. 相對가 스스꼬였다면, 쇼-크를 받지 않을는지 모르지만, 좋아하지도 않는 女子가 相對라면, 亦是 쇼크

를 받을거야.)

(요시꼬氏는 그렇다고 치고, 사까다의 아버지에게까지 알려지게 된다. 이것이 問題다.)

二

學校에 到着하자마자 곧 授業이 始作 되었다. 첫째 時間은 이시이의 國語 였다.

혹시 이시이 先生님이 느지막하게 오시지나 않을까 생각했는데, 使喚이 鍾을 울리자 三十秒도 채 않되어서 敎室에 모습을 들어내었다.

틀림없이, 아직도 얼굴이 若干 발가스름 하다.

敎壇에 서자말자, 먼저 료헤이를 바라보았다.

싱긋 웃는다.

료헤이는 다른 學生의 앞이라서, 모르는 척, 얼굴을 숙였다.

「사까다가 보이지 않는구나.」

하는 이시이의 소리에 얼굴을 드니까, 이시이는 료헤이를 보고있다.

「네에.」

료헤이는 일어섰다.

「가자고 했는데, 熱이 많아 자고 있습니다. 熱이 내리는대로, 달려 올것입니다. 可能한한 빨리 달려오라고, 제가 책보따리를 가지고 왔습니다.」

「그런가, 좋아.」

이시이는 定規授業을 하지않고, 어제 있었던 短歌會의 이야기를 始作했다. 아직도 醉氣가 있는듯이, 혀가 잘 돌지를 않는다. 다까가끼의 理論을 끄집어 내어, 辛辣(신랄)하게 批判한다. 그것은 子規以來의 歌壇의 本流를 否定하는 論理로서, 그 말투가 너무 激烈했지만, 生徒들은 모두들 재미있어 했다.

료헤이는 어이가 없었다.

(저 先生님 아직도 醉해 있구나. 어제밤의 議論을 아직까지 繼續하고 있는거야.)

이시이의 얼치기 授業이 끝나자, 가메다가 찾아 왔다.

「雜誌가 다 되었습니다.」

가져온 雜誌를 료헤이에게 내 밀었다. 表紙에 검은 글씨로『雜草 創刊號』라 했다. 그림은 빨갛고, 二度 印刷였다.

료헤이는 冊張을 넘겼다. 小說, 엣세이, 詩와 短歌, 普通의 文藝部 雜誌와 비슷하다.

아이가와의 小說이 실려 있다.

「제법 그럴듯한데.」

「아닙니다. 아직도 不滿이 많죠. 內容이 別로 神通찮거든요. 二號는 좀더 忠實히 할겝니다.」

「드디어 나왔단 말이지. 더군다나 活字化해서. 부러운데.」

「와까스기 先輩님도 心術만 부리지 마시고 參加해 주세요.」

「心術을 부리는 것이 아니야. 여러 事情이 있는거다. 이거, 얼마?」

「贈呈하죠.」

「未安한데.」

「아니요. 當然하죠. 사까다 先輩는?」

「쉬고 있다.」

「이거 안 됐는데요. 요다음 合評會를 열려고 합니다. 參席하시는거죠.」

가메다가 나가고, 료헤이는 雜誌를 보고 있다. 그렇게 두텁지는 않다. 그러나 雜誌는 雜誌다. 이러저러 批判을 받아가면서도 가메다들은 雜誌를 만들었다. 文藝部는 아무것도 한 일이 없다. 短歌會는 작은 그룹으로서도 可能한 것이다.

册床에 앉아 雜誌를 들쳐 보고 있자니, 이번에는 곤도

가 나타났다.

얼굴에 擦過傷이 있다.

「좀 나와 줄래.」

複道로 나갔다.

곤도는 료헤이를 노려 보고 있다.

「어젯밤에는 未安한데.」

「아니야. 當然한거지. 人事를 받을 程度의 일은 아닌 것 같은데.」

「구라오까가 火를 내고 있단다. 너가 한 일은 先生님에 對한 禮儀를 완전히 잃어버린 行動이라고.」

「보는 觀點이 다른거겠지.」

「가까운 時日內에, 너희들의 不良써-클을 徹底하게 해치울테니 두고 봐.」

「이야기란 이것뿐인가.」

「이 봐,」

곤도가 얼굴을 가까이 한다.

「너가 사까다의 쫄개라는 것, 이번에 確實하게 알았다.」

「그렇게 생각하고 있다면 그렇게 생각 해도 좋아.」

세 時間째, 該當教師가 休務라서 自習하게 되었다.

료헤이는 教室을 빠져 나와 사까다의 집으로 달렸다.

門을 들어서자, 마당의 우물가에서 빨래를 하고 있는 요시꼬의 모습이 보였다.

나즈막한 소리로 다가갔다.

돌아다 보면서, 요시꼬는 고개를 끄덕이면서, 입에 손가락을 대었다.

두 사람은 헛간이 있는 그늘안에서 마주섰다.

「큰일이 났어요.」

「學校가는 길에 두 사람을 만났습니다. 아직 안에 있나요?」

「그럼요. 어머니와 셋이서 이야기하고 있는 中이세요.」

「…………」

「眞相은 어떻대요?」

요시꼬가 료헤이의 팔을 끈다.

「眞相?」

「에에. 두 사람의 이야기가 各各 달라요. 가쓰나리는 나스짱과의 合意下에 숨어 들어 갔다고 했고, 가와나베 아저씨는 그렇지 않다, 고 들 해요.」

「나스(奈津)짱? 가와나베(川邊)?」

료헤이가 相對의 女子애를 全然 알지 못한다는 것을 알고서, 요시꼬는 說明해 주었다.

學校옆의 산을 내려가서 시루이도라는 마을로 가는 途中에 있는 집의 딸이란다. 도요쓰 高女의 二學年生으로, 료헤이들과 同學年이다. 아까번에 료헤이가 만난 것은 亦是 그 女의 아버지로서, 木材의 브로커-를 하고 있다고 했다.

「合意였다고 들어 알고 있습니다.」

「가쓰나리는 그렇게 말하고 있어요. 以前에 約束해서, 窓門을 열어두기로해서, 堂堂하게 들어갔대요. 堂堂하게라면 若干 異常하게 들릴는지 모르겠으나, 하여튼 나스짱도 그런 氣分이었대요.」

「그렇지 않았다고 저쪽에서는 말한단 말이죠?」

「그래요. 發覺되었을때 나스짱이 "도와줘요." 하고 소리 치면서 房을 뛰쳐 나갔다고 했어요.」

「흐음.」

「가쓰나리가 벼란간 窓門으로 뛰어 들어 와서, 脅迫하면서, 强制로 덮쳐 왔다고 하는가 봐요.」

「그건 말도 안 돼. 사까다는 밤중에 한번, 우리가 있는 곳에 왔다가 다시 갔거든요.」

「가쓰나리는 그렇게 말했어요. 그런데도, 아저씨는 全然 믿지를 않아요. 어디까지나, 나스짱은 가쓰나리에게 强制로 當했다고 말해요. 말하는 것을 들어 보고 警察에

告發하겠다고 욱박지르고 있어요.」

「그건 안 되지. 벌써부터 사까다는 같이 놀아 줄 女子가 생겼다고 말했어요.」

「그렇지만 狀況이 가쓰나리에게 不利하게 돌아가요. 하여간, 發覺 되었을때 "도와줘요." 하고 외치면서 뛰쳐나왔다고 했으니까요.」

「自身의 立場을 謀免하기 爲해서 사까다를 惡黨으로 몰아부쳤군.」

「진짜, 가쓰나리가 말 한 그대로?」

「진짜로 그래요. 그렇지 않다면, 밤중에 우리들이 있는 곳으로 올 까닭이 없어요. 말하자면, 사까다는 한번 더 밤의 行脚을 하려 했던 겁니다.」

「그렇지만 證據가 없잖아요?」

「내가 證人이 되죠.」

「두번 다 脅迫이었다고 解釋되지 않는 것은 아니지만.」

「그런데, 무서운 女子로군. 그 女, 야마가미氏와도 關係를 가졌다고 했어요.」

「야마가미氏와도?」

요시꼬는 눈을 휘둥그레 떴다.

이런 境遇였다 할지라도, 료헤이는 요시꼬의 表情에

어떤 쇼크의 色깔이 일어날것인가, 注意 깊게 바라보았다.

普通으로 조금 놀랬다는 表情 以外는 없는것 같다.

「정말일까요?」

「그 女子애가 그랬었다고 告白을 하더래요. 사까다는 어제밤이 처음이었고, 그 外에 두셋쯤 男子와 關係가 있었을거에요. 그 中 한 사람이 야마가미氏 랍니다.」

「야마가미氏가 그런 사람이었나요. 그리고, 나스짱도 그런 女子인가?」

「그런것 같아요.」

료헤이가 집안을 드려다 보았다.

그러자, 바로 그때,

「야! 이 子息아, 건방진 말을 뇌까리고 있어.」

男子의 怒聲이 흘러나왔다. 요시꼬는 새파랗게 질려서 료헤이에게 꼭 붙어섰다.

20

눈에는 눈을

一

男子의 怒聲을 듣자 갑자기 료헤이는,

(좋아, 내가 가서 辯護해 줘야지.)

하고 覺悟를 단단히 했다.

그리고서, 말리는 요시꼬의 손을 살짝 두드려 주고서, 마당으로 나왔다. 마루를 건너 房門앞에 섰다.

장지문이 열린채로 여서 房안이 훤히 들려다 보였다. 가와나베라는 사람은 얼굴이 붉으락 푸르락 火가 나 있다. 그옆에, 사까다가 가슴을 떡 벌리고 앉아 있다.

(아니나 다를까, 몸을 움추리고 죽었습니다하고 있으면 좋을텐데, 제까짓게 뭘 잘했다고 버티기는 뭘 믿고 버텨.)

「어이.」

하고 료헤이가 불렀다.

「널 데리러 왔다.」

「오오, 걱정시켜 未安하다. 그런데, 解決이 될때까지 學校는 가지 않아.」

사까다는 自身있게 이렇게 말한다.

「困難 해, 너.」

료헤이는 고개를 흔든다.

「이시이 先生님이 用務가 있단다. 너무 甚하지 않다면 데리고 오라고 하신다.」

「갈 수가 없어.」

「무슨 일인데?」

「내가 네게, 어제밤, 가와나베 나스가 誘惑을 하길래 거기에 간다고 했잖니?」

「女子애의 이름은 몰라. 그러나, 그렇게 말한것은 事實이야. 그게 열 時頃 이었던가?」

「그렇지.」

「그런데, 넌 한번, 내가 자고 있는 곳으로 돌아와서 잠깐 눈을 붙이고서, 다시 나갔다. 내가 말렸지만.」

「그대로야. 只今 생각해보면, 가지 않아야 했었다.」

「거짓말 해도 믿지 않아.」

가와나베가 소리친다.

「우리 딸이 너희들 같은 不良子息을 誘惑하다니 있을 법한 일이야?」

「너희들이 아닙니다. 誘惑 當한 것은 나 혼자에요.」

「도둑고양이 새끼 흉내를 낸 놈이, 딸에게 罪를 뒤집어 쒸우려고 하고 있다. 그런 根性이 밉단 말이다. 일찍 發見하지 않았다면 딸애가 自殺이래도 했을거야.」

아무래도 이 父親은 자기 딸이 處女 그대로 라고 생각하는 것 같다. 료헤이는 이거다하고 생각함과 同時에, 사까다가 沈着해 있는 理由도 알았다.

「하여튼 이야기는 다음에 하기로하고 學校에나 가자꾸나.」

「아니야. 그건 안 돼. 가려면, 이 이야기를 끝내고 나서 가라. 誠意를 봐서 말이다.」

「誠意란 뭔데요?」

「誠意란 誠意지. 난 말이다, 强姦未遂로 告訴도 할 수 있단 말이다.」

「그렇게 해 보세요. 告訴할테면 告訴해도 相關없어요.」

「이, 이 子息이.」

가와나베가 사까다에게 달겨 들려고 했다. 료헤이가

눈에는 눈을　307

날카롭게 외쳤다.
「기다려요.」
「넌 뭐야.」
「萬一 사까다가 强制로 했다고 합시다. 두번씩이나 갔는데 두번씩이나 房안으로 불러 들인 것은 어떤 까닭입니까? 따님께서는 애초부터 소리를 질렀어야만 했습니다.」
「아마도, 첫번째는 다른집에 숨어 들었겠지.」
「그렇지가 않습니다.」
사까다는 입을 열었다.
「이 子息이 사람을 嘲弄하고 있어.」
사까다를 노려보는 가와나베의 눈에는 强한 미움이 가득 차 있다.
「어이 사까다,」
료헤이가 불렀다.
「相對方도 불러 오면 어때? 어차피, 學校를 쉬고 있겠지?」
「안 돼. 딸애가 올것까진 없어. 每事가 確實하단 말이다. 나 혼자만으로도 充分 해.」
「그럼,」
료헤이가 사까다에게 말했다. 야마가미氏를 데리고 올

까?」

「오오..」

사까다가 고개를 끄덕였다.

「그렇게 해 줘. 그러는 쪽이 좋을는지 모르겠다. 이렇게 된 以上 무엇이든 간에 全部 파 헤쳐 보자.」

門을 나서려는 료헤이를 불러 세웠다. 사까다 였다.

되돌아 가니까, 사까다가 귀에 입을 대고 속삭인다.

「이봐, 잘못하면 앞뒤가 다 틀려버린다. 멋지게 야마가미氏를 불게 만들어야만 돼.」

「그렇게 하려고 한다. 너를 背信하면서 自己 自身만이 貞淑한 체 좋은 애라고 認定받으려고 하는 계집애에게 義理를 지켜 줄 必要가 없다.」

「付託한다. 트릭(Trick)을 써야 할게다.」

「알겠다.」

료헤이는 야마가미氏 宅으로 달렸다. 야마가미는 鷄舍에 들어가서 鷄舍를 고치고 있는 中이었다.

료헤이가 부르자, 곧 나왔다.

「只今 무슨 일로 온게냐」

「가와나베 나스氏 關係로 왔습니다.」

「나스? 그 女에게 무슨일이라도 생겼단 말이냐?」

「自殺 할는지도 모릅니다.」

「뭐, 뭐라꼬?」

「當身은 그 女를 欲望의 對象으로 하고서, 그 後로는 한번도 돌아 보지도 않았지 않습니까?」

「어데서 그런 말을 들었지?」

「本人에게서죠.」

「그 女가 그런 것을 말하는 人品이었나? 잘못 안것 같은데.」

「그건 어떤 意味이죠?」

「그 女가 무엇을 어떻게 말했는지는 모르겠으나, 原因은 내가 아니란 말일세.」

「아니죠. 當身 以外는 생각이 않나요. 자, 같이 가 주세요.」

「어디로?」

「하여튼 갑시다. 當身은 나스氏의 戀人이 아닙니까.」

「틀렸네.」

「그럼, 뭣이죠?」

「좋으냐, 새파란 애벌레야. 잘 들어 둬. 내가 그 女를 안아준것은 半年도 훨씬 以前이란 말이다.」

「…………」

「그나마도, 두세번 程度야. 저쪽도 一時的인 氣分놀이였고, 나 亦是 놀이에 不過 해. 요 半年間, 한번도 만난 일도 없다. 그런데, 그 女가 무엇을 했는지 모르겠지만, 나를 原因으로 한다는 것은 있을 수도 없는 일이다. 그 女에게는 男子들이 數도 없이 따라다니고 있단다. 자네도 그 中 한 사람이 아닌지도 모르지.」

「설마요, 그런데, 요 半年間에는 만난 일이 없다는 겁니까?」

「勿論이지. 妊娠했다고 하면, 只今쯤이면 알 수 있지. 나의 子息이 아니야. 딴데 가서 알아보는 게 좋아.」

「그렇다면, 여하튼간에 가서 證言 해 주십시오.」

「只今, 난 바뻐.」

「저도 마찬가지 입니다. 只今쯤은 授業時間이거든요. 授業中인데도 이렇게 부르려 왔지 않습니까. 같이 가 주세요. 단 한마디, 요 半年間 만난 일이 없다고 한 말씀만 해 주시면 됩니다.」

「시끄러운 親舊로군. 異常한 騷動에 휘말려 들고 싶지는 않다네.」

「가주지 않는다면, 只今까지도 그 女와 만나고 있는걸로 됩니다. 그렇기 때문에 避한다고 할 수 밖에 없겠군요.」

「그 女에게는 많은 男子가 있단 말일세. 半年前의 나에 對한 것은, 아마도 只今쯤은 까맣게 잊고 있을거야.」

「그렇다면 가서 그렇게 말씀하시면 되는 겁니다. 어느 누구도, 半年前 이야기를 追窮하거나 하지는 않습니다. 現在의 일이 問題가 되는 겁니다.」

「그럼, 가 줄거냐?」

二

료헤이는 야마가미를 데리고 사까다집으로 向했다.

「뭐야? 사까다네 집이 아닌가?」

「그렇습니다.」

「이집과 그 女와 무슨 關係가 있길래?」

「가보면 알게 됩니다.」

逃亡가지 못하게 료헤이는 야마가미의 팔을 부뜬다.

「하여튼 들어가 봅시다.」

「나 돌아 갈래.」

「困難합니다, 모처럼 證人이 되겠다고 오시지 않았습니까. 이렇게 하시면 當身이 疑心을 사게 되어요.」

「이거, 놓아.」

「싫습니다.」

밀치락 닥치락하고 있는 소리를 듣고서, 사까다가 나왔다.

「야아, 야마가미氏, 잘 와 주셨습니다.」

「都大體 무슨 일인데 이러는거야」

야마가미가 묻자, 사까다는 료헤이의 눈을 바라본다. 료헤이는 끄덕거린다.

사까다는 야마가미에게 달려가서, 그의 손을 끌었다.

「重大한 誤解가 있었습니다. 남의 일이 아니에요. 오셔서, 辯明 해 주세요.」

조금있으면 다음 授業이 始作된다. 그러나 료헤이는, 授業때문에 이제부터의 재미있게 벌어질 드라마를 觀覽할 수있는 재미에 등을 돌릴 수는 없었다.

사까다와 야마가미는 玄關으로 해서 집안으로 들어갔다.

료헤이는 마당으로 돌아갔다.

료헤이가 마루쪽으로 다가 섰을때, 야마가미는 자리에 가서 앉았다.

「그럼, 야마가미氏. 말씀 해 주세요.」

생각지도 않았던 가와나베가 와 있어 唐慌하고 있는 야마가미에게, 사까다는 재촉을 하고 있다.

「이 분의 딸인 나스氏가 어떤 女子인지, 야마가미氏는 잘 알고 있으리라 봅니다.」

「난 잘 몰라.」

야마가미는 고개를 젖는다.

「내가 알고 있는 것은, 벌써 옛날 일이야. 只今은 몰라.」

「그 옛날의 일입니다.」

「仔細히는 난 몰라.」

「簡單하게 하세요.」

「하여튼 난 잘 몰라. 넌 내가 무슨 말을 하기를 바라는 거야?」

「그럼, 具體的으로 묻겠습니다. 지난 날에는, 야마가미氏는 나스氏의 戀人 이었습니까?」

「戀人이라고? 아니야. 그 女에게는 確實한 戀人이 있었다.」

「거짓말 하지 마.」

가와나베가 高喊을 친다.

「무슨 證據로 그따위 말을 하는거야?」

「證據?」

호통을 當하자, 야마가미의 얼굴이 漸漸 발갛게 되었다.

「證據 그딴거 없어요. 本人에게 물어 보면 알겠죠. 나와 當身 딸과는 말해서 親舊 사이 입니다. 그 女에게는 나 보다도 確實한 戀人이 있었기 때문이니까요.」

「그럼.」

사까다가 틈을 주지않고 물었다.

「그 戀人과 肉體關係도 하고 있었다는 말입니까?」

「勿論.」

야마가미는 어깨를 움추린다.

「이건 前에 本人에게서 確實하게 들은 것인데, 그렇게 말하더군. 어떤 根據로 내가 여기로 끌려왔는지는 잘 모르지만, 그건 잘 못 짚은거다. 詳細한 것을 알고 싶으면 그 男子에게 물어보면 알 수 있을게야.」

「우,우,우,우, 이 子息이.」

가와나베는 呻吟소리를 吐했다.

「거짓말을 흘리지 맛. 난 너희들같은 빨갱이는 信用하지않아. 내 딸이 그런 못된 짓을 할것 같은가.」

興奮한 나머지, 가와나베는 야마가미의 가슴을 웅켜잡는다.

「暴力은 그만 두세요. 난 어림 斟酌으로 말하는 것이 아닙니다. 나스氏에게서 들은 것입니다. 무슨일이 있었는 지는 모르겠으나, 난 關係 없어요. 벌써 만난지 半年도 넘었으니까요.」

「그럼,」

사까다는 무릎을 세우면서,

「야마가미氏가 나스氏와 마지막 關係를 한것은, 二月이 아니고, 半年前 일이었단 말씀이군요?」

「두달 前에?」

야마가미는 사까다를 바라본다.

(사까다 子息. 誘導訊問을 하는구나.)

內心 료헤이는 싱긋 웃으면서, 야마가미의 입언저리를 바라 보고 있다.

두달 前이라면 只今쯤 妊娠했는지 아닌지를 알 수 있는 때가 된다. 나스는 妊娠을 했구나. 하고 야마가미는 생각했음에 틀림없다.

「當치도 않아. 두달 前이 될 理가 없어.」

야마가미는 손을 크게 내어 저었다.

「내가 만난것은 半年도 훨씬 넘은 그 前前이야.」

「만나고 안만나고가 問題가 아니라, 마지막 肉體關係를 한것이 두달 前이 아니란 말씀이죠?」

「當然하지. 만나지도 않았는데 關係를 가질 수가 없잖은가.」

「그럼, 半年 以前이로군요?」

「半年도 훨씬 以前이라니까.」

「半年 前이, 肉體關係를 한 마지막이라 이말씀이죠?」

「너무 甚하군. 그렇다니까.」

「알겠습니다.」

사까다가 禮를 하고서 가와나베쪽으로 向했다.

「어떻습니까. 이것으로, 當身의 딸이 어떤 女子였는지, 잘 알았겠죠?」

「너희들,」

가와나베의 불끈 쥔 주먹이 떨었다.

「나의 딸을 장난감으로 잘도 가지고 놀았단 말이지.」

「잘못 알고 계시는군요.」

사까다가 冷情하게 對答한다.

「男子를 장난감 取扱하면서, 차례 차례로 갖고 논것은 當身의 딸입니다.」

야마가미도 사까다의 뒤를따라,

「하여튼, 두달 前의 일은 난 몰라요. 난 半年 前의 일이었으니까요.」

사까다의 트릭에 對하여 아직도 알아차리지 못하고 있다.

「시끄럿.」

가와나베는 일어섰다.

「하여튼, 딸애에게 물어보겠다. 거짓말 이었다면, 그냥두지 않겠다.」

가와나베가 가고난 뒤, 야마가미는 사까다를 바라 보

앉다.

「그 女가 妊娠이래도 했단 말인가?」

「글세요.」

「그런데 相對가 나라고 말한다는건가?」

「그런말 하지 않았어요.」

「그렇다면 왜 나를 불렀지?」

「가와나베 나스라는 女子가 어떤 類의 女子였나를, 야마가미氏가 證人으로 해 주셨으면 하고요. 關係를 認定해 주셔서, 저도 多幸이었습니다.」

「너-.」

야마가미는 顔色이 變하면서 사까다의 목덜미를 쥐어 잡는다.

사까다의 母親은 가와나베를 餞送하려 玄關으로 나가고 앉계신다.

「내게 올가미를 씌었구나.」

「火 낼것까진 없잖습니까.」

사까다는 沈着해 있다.

「난 當身에게 感謝하고 있어요.」

「이, 이 子息이.」

여기에 요시꼬가 들어왔다.

「거칠은 行動은 그만 두시고 葉茶라도 마셔요.」

야마가미는 사까다에게서 손을 놓았다.

「야마가미氏,」

요시꼬가 부른다.

「이것으로 더 以上 내게 프로포-즈는 하지 않겠죠.」

「그 女와는 놀이에 不過해요.」

야마가미가 억울하다는 表情으로 돌아가고 난 後에, 료헤이와 사까다는 學校로 向했다.

「가와나베 나스라는 애, 어떤애냐?」

「요다음에 만날때가 있겠지.」

「學校에 가지 않았다면 只今쯤은, 頑强한 自己 아버지에게 신나게 두들겨 맞고 있겠지.」

「나를 背信한 벌을 받고 있는거야. 萬一 그때에 나를 감싸주기만 했던들, 난 그 女를 좋아하게 되었는지도 모른다.」

「으음.」

「어때? 너도 한번 안아볼래. 淫亂이라는 글자는 그 女를 두고 만들어 낸듯한 그런 女子란다.」

學校는 授業中이라서 조용하기만 했다.

♣

21

再會

一

　료헤이와 요시꼬의 사이는 微妙한 線上에서 노닐고 있다.

　료헤이의 마음속에는 언제나 요시꼬의 幻影이 떠오르고 있는 것이다.

　그런 요시꼬도 아직 료헤이를 사랑하고 있다는 것은, 만날때에는 確實하게 이쪽의 가슴으로 울려오는 것이다.

　두 사람만이 있을때에는 서로 끌어 안는다. 입술을 갖다 대고선, 愛撫의 손을 交換한다.

　료헤이의 손가락은 이미 요시꼬의 매끄럽고 따스함을 熟知하고 있다. 心情的으로는 남이 아닌 사이 이다.

　그 허리를 안고서, 몸에 걸치고 있는것을 끌어 내리고

선, 풀숲에 얼굴을 파묻는다.

요시꼬는 료헤이와 만날때에는 이렇게 되리라는 것을 알고 있는 것이다. 언제나 新鮮한 맛을 풍겨준다. 료헤이의 혀가 이리저리 움직일때마다 안타까운듯한 소리를 내는 것이다. 료헤이는 요시꼬가 좀더 强하게 反應하는 場所를 몇군데 發見했다. 그 場所에 따라 일어나는 感覺의 色깔이 달라지는 것이다.

요시꼬도 亦是 료헤이를 愛撫하고, 뺨으로 문지르거나, 입에 넣기도 한다.

한두번쯤 肉體關係를 가진 사이보다도, 두 사람은 相對方의 몸을 더 잘 알고 있다. 그런데도, 두 사람은 아직도 맺어지지 않고 있다. 처음 만날때와 같이 適當한 場所에 두 사람만이 오래동안 있을 수가 없었기 때문이다.

이젠 언제라도 료헤이가 要求만 한다면 요시꼬는 拒否하지 않을 것이다.

但只, 亦是 요시꼬는 보다 더 理想的인 狀況에서 初夜를 맞고 싶다는 것은 事實로서, 료헤이도 그런 氣分을 重視하고 있는 것이다.

이래저래 해는 저물어 갔고, 昭和 二十四年을 맞게 되었다. 三學期가 끝나고 바로 봄 放學으로 들어갔다.

그 三月 末, 가와우찌 社長이 行方不明이 되었다.

放漫한 經營으로 因하여 資金回轉이 되지를 않자, 多額의 不渡를 내고서, 逃亡해 버렸다.
　여러 사람들이 四面八方으로 찾아 보았다. 어데로 갔는지, 夫人도, 료헤이의 兄도 모른다.
　그 어느날, 료헤이는 집안 일로 오구라에 갈 일이 있어서,
　(어찌보면 或是 여기에……)
　하고 생각이나서 유메가오의 집을 訪問했다.
　玄關앞에 서서 소리를 보내자, 밖으로 나온것은 생각지도 못했던 미찌꼬 였다.
　놀라고 있는 료헤이에게,
「어머나, 이게 왼일이에요.」
　미찌꼬의 눈이 조금씩 조끔씩 둥그래진다.
　그 눈으로 료헤이를 뚫어지게 바라보면서, 바닥으로 내려와서, 료헤이의 어깨에 손을 얹는다.
「어떻게 지내셨어요?」
「네, 그냥 그렇죠.」
　미찌꼬는 빨은 머리 그대로, 洋服에 앞치마를 두르고 있다.
「자, 올라와요. 오늘아침 눈을 떳을때, 무언가 좋은 일이라도 있을것 같은 豫感이 들었어요.」

「네에-.」

료헤이는 미찌꼬의 손이 얹혀져있던 部分이 아플 程度로 느껴져오는 것을 記憶하는 한편, 反射的으로 몸이 뜨겁게 부풀어 오르는 것을 느꼈다.

몸이 미찌꼬의 情熱과 愛撫를 記憶하고 있는 것이다.

「유메가오氏는 안계신가요?」

「그럼, 그럼요. 그에 對해서도 當身에게 할 이야기가 있어요. 하여튼 올라와요.」

료헤이는 올라갔다.

집안의 感覺이 前과는 다르게 느껴져 왔다. 裝飾品들도 달라져 있다. 유메가오의 솜씨가 아닌 것이다.

勸하는대로 방석위에 앉자, 미찌꼬는 무릎을 꾸부리고 앉자마자, 료헤이의 무릎위에 손을 얹었다.

「언니 말이에요, 가와우찌氏와 함께 逃亡 갔어요.」

「亦是 그랬었군요.」

「이 집은 언니의 名義로 되어 있어요. 그게 좋지 않을것 같아서, 내가 산것처럼 하고서, 집을 지키고 있는 거에요.」

「혼자서?」

房안을 휘 둘러본다. 男子의 物件은 보이지 않는다.

「그럼요, 후후후.」

미찌꼬는 웃었다.

「그런데, 一週日에 한번쯤 書房님이 오세요. 그건 어쩔 수 없잖아요?」

「가와우찌氏와 逃亡친 것은 亦是 유메가오氏였단 말이죠.」

어딘지 모르게 료헤이는 安心이라는 氣分이 드는 것이다.

「그래요. 언니말이에요, 여러가지 事情으로 여기에서 살기가 힘들었구요, 가와우찌氏도 破産해 버렸고, 서로 손을 다시 맞잡고서, 逃亡해 버렸다는 거예요.」

「어디로 갔을까요?」

「아마도, 오오사까(大阪)가 이닌지 모르겠어요. 債權者들은 언니의 實家도 알고 있을 뿐더러, 그쪽으로도 손을 뻗겠죠. 붙들리고 말아요. 가지 않으리라 여겨져요.」

「連絡도 없으세요?」

「없어요. 그렇지만, 가와우찌氏니까, 어딘가에서 꼭 일어서고 말거에요. 그 点에 對해서 걱정을 하지 않아요. 다만 險한 苦生은 若干 하리라 보고 있지만.」

二

이야기를 하고있는 사이에 正午가 되었고, 돌아 가려

는 료헤이를 미찌꼬는 한사코 말렸다.

「너무 오랜간 만인데 食事도 하지 않고 돌아가신다니, 그런 게 어디 있어요. 네에, 곧 準備를 할테니까 조금만 기다려요.」

結局, 료헤이는 點心을 맛있게 얻어 먹고 가기로 했고, 미찌꼬는 부엌으로 들어갔다.

「學制改革이 있어서, 當身들은 高校生이 되었죠?」

「그렇습니다.」

「그러니까 高校 三學年?」

「그렇습니다.」

「舊制의 中學으로 卒業하는 사람들도 있겠군요?」

료헤이도 어떡하면 中學을 卒業하고 就職을 하는 것이 아닌가, 하는것도 생각해 보았었다.

그런데 집에는 舊制中學을 卒業하는 사람들이 있다는 것을 秘密로 해 두었었다.

모두가 自然히 新制高校 三學年이 되는것처럼 이야기해 두었고, 집의 여러분에게도 學業 一年延長을 認定해 주도록 했던 것이다.

그래서, 료헤이는 卒業하고 就職해 나가는 親舊들에 對해서,

(훌륭해.)

하고 感動을 하는 한편 그 어떤 劣等感을 느끼기도 했다.

「저도, 진짜로 그네들 親舊들처럼 했어야만 했습니다. 그들의 집보다도 우리집이 더 가난하거든요.」

「그게 아니에요.」

도마소리를 내면서, 미찌꼬의 목소리가 높아졌다.

「當身은 오로지 學問을 해야만 해요. 그렇게 얼굴에 쓰여 있는걸요. 大學까지 가야만……..」

「그런 일, 꿈같은 이야기 입니다.」

奇蹟(기적)이라도 일어나지 않는 한, 그런 일은 있을 턱이 없다.

「아니에요. 일어납니다.」

부엌일을 하다 말고, 미찌꼬는 房으로 들어와서, 료헤이의 베갯머리에 앉았다.

「當身은 그런 얼굴을 하고 있어요. 틀림없이 大學에 가게 돼요.」

드러누워 있는채로 료헤이는 미찌꼬의 얼굴을 바라보면서 쓴웃음을 흘렸다.

「그런말 듣고보니 기쁘긴 하지만, 受驗工夫는 전혀 하지도 않았으니까요.」

「이제부터래도 늦지 않았어요.」

「하더라도 方法이 없다고 생각하니까, 별로 마음이 따라가 주지 않아요.」

「그렇게 생각하면 안 돼요. 어떻게 하든 工夫는 해야 해요. 우리같은 사람, 이런 職業에 빠져버렸기 때문에, 그러니만치 工夫할 수 있는 사람들이 부럽게 느껴져요.」

드디어 食事準備가 끝나고, 食卓에 料理를 얹어 왔다.

「無理하게 붙들었지만 別로 차린게 없어요.」

「아닙니다. 갑자기 찾아와서 未安합니다.」

「자, 술이에요. 한잔 程度 마셔도 괜찮겠죠?」

「네에.」

료헤이는 盞을 받아들고 술을 받았다. 마시는 입언저리를 미찌꼬는 바라보고 있다.

「다 마시고 제게도 한 잔 줘요.」

食事만이라고 생각했는데, 술도 함께 나왔다. 그 술을 한잔 마시면서,

(모처럼이니까 천천히 놀다 가자.)

라는 氣分이 되었다. 그러나, 過去에 愛撫를 받은 적이 있었지만, 다시 그와같은 情況이 되리라고는 료헤이는 생각하지 않고 있다. 갑자기, 그러한 것을 期待하고 있는 것처럼 보이지 않기 爲해서 禮儀도 바르게 應對했다.

그때에는, 가와우찌는 미찌꼬에 對해서는 貴重한 손님

이었다. 그러니까 가와우찌의 親戚뻘인 료헤이에게 親切했던 것이다.

가와우찌는 只今 破産해서 債權者들에게 쫓겨 다니는 身世이고, 미찌꼬 側에서 본다면 利用價値가 없는 存在인 것이다.

이렇게 맛있는 料理로 待接을 받고는 있지만 그건 單純한 親切뿐이고, 더 以上 서-비스할 必要가 없는 것이다.

處身을 分別 할 줄 알아야 한다.

료헤이는 이렇게 스스로를 責하였다.

그래서, 미찌꼬와 술잔을 주거니 받거니 하면서 밥상 위의 料理를 먹으면서도, 行爲나 態度에 벗어나는 行動은 하지않았다.

미찌꼬는 자꾸자꾸 료헤이에게로 다가와서는, 드디어는 어깨를 나란히 하고 앉았다.

「무언가 異常하네요, 當身.」

「네에.」

「남을 待하는듯한 行動이네요. 나와의 일 벌써 잊었나요?」

드려다 보는 눈이 妖艶스럽다. 술때문에 눈언저리가 발그레 해 보였다. 료헤이의 등으로 손을 돌려 안고서, 왼손으로 료헤이의 입에 술잔을 갖다 대어준다.

「자아, 쭈욱 마셔요. 오늘밤, 나 座席에 쉬는 날이에요. 그러니까, 천천히 마셔요. 술은 얼마든지 있으니까요.」

「아닙니다. 늦게까지 있을 수가 없어요.」

적어도 밥상위에 올려져 있는 料理나 술은 미찌꼬의 男便돈으로 산 것이겠다. 普通의 家庭에서는 흔히 求할 수 있는 것이 아니다.

「어째서요?」

「이젠 가와우찌氏도 없고, 누님께서는 나에게 親切하게 待해 줄 理由가 없기 때문입니다.」

「어쩌면.」

벼란간 미찌꼬는 몸을 곧바로 세웠다. 료헤이쪽을 바라본다.

「잠깐, 이쪽을 봐요.」

「네에.」

「當身, 내가 가와우찌氏 때문에 當身과 只今껏 이렇게 만나고 있다고 생각하세요?」

「전……」

말이 너무 지나쳤다고 後悔했다. 正直하게 말 할 수 밖에 없다고 생각했다.

「전 自身이 너무 건방스레 굴지나 않을까 두려워서요.」

再會

미찌꼬는 고개를 저었다.

「當身, 내가 妓生이니까 蔑視(멸시)하는거죠? 무엇이든간에 돈 돈 돈, 돈때문에 살고 있다고 생각하는 거죠? 그래요, 그렇게 생각하고 있음에 틀림없어요. 그러니까 그런 말을 할 수가 있는 거에요.」

强한 어투였다.

료헤이는 고개를 저었다.

「그렇지 않습니다. 輕蔑이라구요, 當치도 않아요. 이 世上에는 건방스럽게 굴다가 恥辱을 當한 男子가 얼마든지 있습니다. 전, 그런 흉내는 내고싶지 않으니까요.」

「그럼, 내가 當身과의 일을 잊고 있다고 여기는 건가요? 아니면 當身이 벌써 잊어버렸나요?」

미찌꼬는 료헤이보다 두 倍 程度 빠른 速度로 마시고 있다. 若干 醉해 있다고 료헤이는 생각했다.

만나지 못했던 지난 歲月이, 過激함이 넘치는 語套(어투)속에서, 一擧에 사라져 버렸다고 느꼈다.

三

「아닙니다.」

료헤이는 다가오는 미찌꼬의 몸을 避하지 않았다. 避

하고싶은 意志는 있었다. 그 反對의 氣分도 있다. 그런데도 避하지 않는 것은 그런 期待를 기다린 것이 아니고, 避한다면 더 더욱 미찌꼬를 興奮시키는 것 밖에 되지 않는다고 생각했기 때문이다.

「잊지않고 있습니다. 잊으려고 애쓰고는 있지요.」
「왜요?」
미찌고의 목소리가 낮으막해졌다.
「當身은 너무 아름다워요. 그리고 너무 魅力的이기 때문 입니다.」
「이쪽으로 봐요.」
미찌꼬는 兩손으로 료헤이의 몸을 돌려 앉혔다.
「진짜로 그렇게 생각하시나요?」
「그렇게 생각합니다.」
료헤이는 미찌꼬의 눈을 똑바로 바라 보았다.
「때문에 두려운 겁니다.」

거짓말이 아니었다. 료헤이가 여기에 오지 않은 것은 自制心으로 눌렀기 때문이다. 그러나, 原來는 그것만이 아니었다. 미찌꼬가 男子에게 웃음을 파는 女子라는 것도 主要한 要素中의 하나였다. 다만, 그런 말은 할 수가 없었다.

미찌꼬는 잠자코 있다. 말없는 그대로, 얼굴이 가까이

다가왔다. 입맞춤을 願하고 있다는 것을 얼른 알아차릴 수 있다. 避하면 안 된다고 료헤이는 斷念했다. 避하면 火를 낼 게 分明하다. 입술이 맞닿는 瞬間, 미찌꼬의 體重이 쏠리어 왔다. 얼굴이 맞다으면서 입술과 입술이 포개어졌다. 찐하고 찐한 입맞춤이 되었다. 途中에 미찌꼬는 혀를 내어 밀었다. 혀는 獨立된 動物처럼 움직여 왔다. 서툴은 요시꼬와의 입맞춤에만 親해져 왔던 료헤이에게는 너무나 肉感的인 입맞춤 이었다. 놀라움이 가슴에 져며든다.

드디어 입술을 떼고서 미찌꼬는 술병을 들었다.

「오늘은 천천히 놀다가도 괜찮겠죠?」

「다섯 時 半 汽車로 돌아가야만 합니다.」

驛으로 가기 前에 市內의 古書店을 몇군데 돌아보는 것도, 豫定에 들어 있었다. 學校의 圖書館이나 간다의 貸本店에서는 찾아볼 수 없는 册을 찾아보기 爲함 이었다.

「그럼, 아직 마실 時間이 있네요.」

그리고선, 마시면서 미찌꼬는 료헤이의 요즈음의 生活에 對해서 묻기도 한다.

「前에 우리들을 襲擊했던 사람들 어떡하고 지내나요?」

「아직 있어요. 하나도 變함 없이요. 이따끔씩은 그네

들이 부러울 때가 있습니다.」

「너무 가깝게 지내지 않는 것이 좋아요. 當身은 그네들과는 人種이 달라요.」

「그건 누님께서 저를 잘 봐 주시는 겁니다.」

너무 醉하다보면 저녁때쯤에도 精神이 바로 돌아오지 못할것 같다. 료헤이는 술병에 다시 술을 채우려는 미찌꼬를 말리고선,

「더 以上 마시면 안되겠어요. 밥을 먹겠습니다.」

하고 말했다.

「그만 마실래요?」

미찌꼬는 不滿스런 얼굴이었으나, 그런대로 얼른,

「그렇네요. 그렇다면, 그만하죠.」

하고 말하고선, 자리를 고쳐 앉았다.

食事가 끝나고 료헤이는 醉해서 朦朧한 氣分으로 다다미위에 벌렁 누웠다.

부엌 설거지를 끝내고서 미찌꼬가 다가왔다.

「조끔, 눈을 붙일래요? 자리를 펼까요?」

「아니요. 이대로 좋아요.」

「感氣들어요. 조금 자는 것이 좋아요.」

미찌꼬는 옷장을 열고 이불을 꺼내어 펴고서 새로운 시-트를 깔았다.

「자, 옷을 벗어요.」

「누가 오기라도하면 어쩔려구요.」

「同生이 되는거에요. 설마, 오늘은 아무도 오지 않아요.」

옷을 벗고 누우면 어떤 일이 일어날 可能性이 짙다는 것을 료헤이는 充分히 알고 있다.

그렇게 되었으면하는 바램도 있다. 그렇게 되면 안 된다는 理性의 목소리도 들린다.

료헤이는 上體를 일으켜 세우고 兩班다리를 하고 앉아서 하얀 시-트위의 벼개를 바라 보았다. 벼개의 커버도 새것이었다.

미찌꼬가 다가와서,

「자, 벗지 않으면, 疲勞가 가시지 않아요.」

하고 말하면서, 윗저고리의 단추를 끌르기 始作했다. 위에서부터 順序的으로 끌러온다.

료헤이는 하는대로 내버려 두었다.

♣

22

陶醉 속으로

一

 마음을 다잡아 먹고서, 바지를 벗었다. 가만히 있게되면, 미찌꼬가 벗기려 할 것이다. 그렇게되면 더불어 異常하게 되어버린다.

 료헤이의 몸이 벌써 變해져 있기 때문에, 몸을 돌려 벗자마자 이불속으로 들어갔다.

 미찌꼬는 이불을 덮어주고서는 부엌으로 갔다.

 이불에는 미찌꼬의 體臭가 짙게 배어 있다. 隱隱한 香氣가 풍기어져 왔다.

 (이 이불 속에서 그네 書房님과 함께 恒常 즐기고 있었을께 아닌가.)

 이 이불속에 누어 있다는 것에 어떤 스릴을 느꼈다.

不安한 마음이 없는 것은 아니다. 누구도 올 사람이 없다고 미찌꼬氏는 말하고 있지만, 書房이라는 人種은 언제 갑자기 나타난다는 것을 료헤이는 册에서도 읽어 보았다.

그런 場面이 일어나지 말란 法도 없는 것이다.

그런 境遇, 假令 미찌꼬와 關係가 없었다해도, 이렇게 이불속에 드러누워 있다는 것 만으로도 辯明의 餘地가 없는 것이다.

(그때는 그때다.)

료헤이는 이렇게 생각하기로 했다.

人生, 언제까지나 돌다리를 두들기고 건너 갔다가는 심심하고 따분해서 견디기가 힘든 것이다.

요시꼬에 對한 罪意識은, 아까 입맞춤을 할때부터 가슴속을 파고 들었었다.

(萬一 이렇게 누워 있는것을 본다면.)

두번다시 만나 주지도 않을것이라고 생각했다.

그러나, 여기에서는 요시꼬에의 그런 罪意識은 멀리 쫓아내어 버리지 않으면 안 되었다.

미찌꼬는 부엌일을 끝내고서 돌아왔다. 앞치마를 벗고서 벼갯머리에 앉았다.

「졸리지 않나요?」

료헤이는 눈을 감는다.

「잠이 올려고 해요. 이불속으로 들어 오니까, 도리어 잠이 달아나 버리네요.」

「그럼, 곁에 누워서, 자장가라도 불러드려야 겠네요.」

미찌꼬는 옷을 입은 그대로 자리속으로 들어와 료헤이의 곁에 누웠다.

료헤이를 안는다. 료헤이는 그대로 가만히 있다.

「이봐요.」

「네에.」

「當身 女子를 알고 있군요.」

「어떻게 알죠.」

「그야, 알 수 있죠. 그때 말한 그 女子?」

료헤이는 고개를 저었다.

「아닙니다. 제법 나이가 위인 女子 입니다.」

「誘惑 當했군요?」

「글세요. 어쩌다 그렇게 돼버렸어요.」

「억울 해.」

미찌꼬는 몸을 크게 뒤척이면서 반듯이 누워있는 료헤이의 아랫배옆으로 몸을 密着 시켜 왔다.

「내가 갖고싶었는데.」

「…………」

陶醉 속으로

「只今도 繼續, 그 女와 지내고 있나요?」

「그 사람, 얼마있으면 結婚 해요. 그리고, 만날 時間도 別로 없구요.」

「只今도, 그 女를 좋아하나요?」

「아닙니다. 좋아하기 때문에 그런 거 아니니까요.」

「그 女가 結婚하더라도 아무렇지도 않아요?」

「別로요, 아무렇지도 않을것 같아요.」

「冷情한 사람이군요.」

「原來부터, 그 사람에게는 난 놀이의 對象으로 밖에 여겨지지 않았으니까요. 나를 사랑해 줄 理가 없잖아요?」

「몇번 程度 關係를 가졌나요?」

「단 한번 뿐입니다.」

「언제?」

「지난 여름.」

「어머, 그럼 그 後론 어떻게 하고 있나요?」

「어떻게 하지도 않아요.」

「참고 견디나요?」

「네에, 그러는 셈이죠.」

「가여워라. 알기 前과는 달리, 견디기 힘들죠?」

미찌꼬는 료헤이를 안았다.

「그렇지도 않아요.」

요시꼬와 精神的인 만남이 있다. 그런대로, 서로 서로 짙은 愛撫도 한다.

그러나, 미찌꼬에게 그런것까지 미주알 고주알 說明할 必要가 없는 것이다. 그렇게 한다면 不愉快하게 여길 게 틀림없기 때문이다.

「내게 마음쓰지 않아도 괜찮아요.」

미찌꼬는 료헤이의 서-츠안으로 손을 넣어 가슴언저리를 쓰다듬어 준다.

(이제부터 이 사람과 맺어질는지도 모른다. 이건 벌써부터 豫定되어 있는 것이 아닌지 모르겠다.)

미찌꼬는 료헤이의 젖꼭지를 만져준다.

(以前에도 이렇게 했었지.)

快感이 그곳으로부터 몸 全體로 퍼져갔다. 젖꼭지가 단단해지는것이 自身으로서도 알것같다.

「이봐요. 이쪽으로요.」

료헤이는 미찌꼬를 向해 돌아 눕는다. 미찌꼬는 입술을 要求해 왔다.

짧고 찐한 입맞춤을 하고 나서,

「난 달라요.」

하고 미찌꼬는 속삭인다.

「나 當身을 只今껏 좋아해 왔어요. 잊어버리지 않아

요. 언제나, 도요쓰로 가서, 當身의 歸家를 기다리고 싶었어요.」

「榮光 입니다.」

젖꼭지를 떠난 미찌꼬의 손은 점차 료헤이의 몸 아래쪽으로 미끄러져 갔다.

료헤이의 몸은 아까부터 미찌꼬의 손이 쥐어 줄것을 期待하면서, 우뚝 솟아 있다.

료헤이는 미찌꼬를 끌어 안았다.

「나, 이대로 자고 싶어요.」

「좋아요 그대로 주무세요.」

「…………」

갑자기 미찌꼬의 손이 째빠르게 움직이더니 얇은 천 위로해서 료헤이를 움켜 잡는다.

「이것 봐. 이렇다면 잘 수가 없잖아요.」

勝利를 자랑이라도 하는듯한 목소리 였다. 그리고선 료헤이를 꼭 쥐었다.

「滿足하고 나면 푹 자게 되어요. 그런데요, 이젠 나같은 거 싫어요?」

「싫어서 그러는게 아닙니다.」

「戀人에게 義理를 지키고 싶어선가요? 내가 妓生이니까 싫으신가요?」

「그런게 아니라니까요.」
료헤이는 미찌꼬를 껴안았다.
「저도, 누님을 좋아해요.」
미찌꼬는 能熟하게 손을 놀려, 이번에는 直接 쥐었다.
그 손의 感觸을 료헤이는 確實하게 記憶하고 있다. 조용하고 차분하게 감싸주는듯한 움직임이다.
미찌꼬는 마음을 달래지 못하는 안타까운 목소리로 말한다.
「當身도 나를…….」
료헤이는 미찌꼬의 엉덩이로 손을 돌렸다. 狀況은 繼續되고 있는 것이다.
이젠 가는데까지 가지 않으면 안 되게 되어 버렸다. 이렇게까지 되어서 새삼스레 미찌꼬를 拒否한다는 것은 自身의 眞實에 拒逆하는 것이다.
(이 사람은 妓生은 틀림없지만 아무하고나 잠자리를 하는 그런 妓生이 아니다.)
언젠가 가와우찌가 들려준 말이 료헤이의 마음 밑바닥에 깔려왔다.
特定한 男子만을 지키고 있는 淸潔한 女子라고 하는 이메-지를 그 말 한마디가 지켜주고 있는 것이다.
妓生의 世界에 對해서는 료헤이는 아무것도 모른다.

陶醉 속으로   341

그러므로 가와우찌가 한 말에 信憑性(신빙성)이 있는지 어쩐지를 밝혀낼 知識을 갖고 있지 못하다. 다만 只今까지의 만남에서 적어도 이 사람만은 그런 사람이라는 印象을 품게 되었다.

그러므로 미찌꼬와 맺어진다 하더라도 『娼婦를 안았다.』라는 不潔感이 들지 않는다.

(이미 이렇게 된 以上, 狀況의 흐름에 맡겨버리는 게 좋겠다.)

미찌꼬에게는 特定의 男子가 있다는 事實이, 료헤이의 마음에 그늘을 던져주고는 있다.

只今 료헤이는 그 男子로부터 미찌꼬를 도둑질 하려 하고 있는 것이다.

若干의 抵抗感이 있다.

그런데,

(이 사람은 놀랍게도 그 男子를 사랑하고 있지 않는 게 틀림없다.)

라는 直感이 떠오른다.

(只今까지의 義理나 因緣때문에 시중(隨從)을 들고있을 뿐이다.)

그런 男子에게 罪責感을 느껴야 할 必要가 없다. 그런 『書房』이라는것 無視해도 좋다.

료헤이의 손은 처음으로 미찌꼬의 秘部에 닿았다.

미찌꼬는 다리를 벌려서 료헤이의 손을 받아 드린다.

二

그곳은 뜨겁게 젖어있다. 료헤이의 손이 물끼에 젖어있는 꽃잎의 봉오리를 만져주자, 미찌꼬는 길게 꼬리를 빼는듯 呻吟을 하면서, 료헤이의 몸을 꼭 쥐어온다.

「세게 만지지 말아요.」

하고 말한다.

료헤이는 고개를 끄덕거린다. 진짜 아무것도 모르는 少年의 心情으로 시키는대로 하면 되는 것이다. 미찌꼬도 그래주기를 바라고 있는지도 모른다고 생각했다.

료헤이의 손은 그 뜨거우면서도 부드럽고 複雜한 花園의 자그만한 世界를 맴돌기 始作했다.

「너무 좋아.」

하고 미찌꼬는 속삭인다. 上氣된 목소리다. 呻吟하기 始作한다. 한편으로는 료헤이에 對한 愛撫도 쉬지않고 해준다.

「나 말이에요,」

미찌꼬는 속삭인다,

「오른쪽 안쪽이 더 좋게 느껴져요. 살짝 살짝….」
료헤이는 두개의 손가락을 그곳으로 넣었다.
손가락끝은 只今까지의 보드러운 皮膚와는 달리 若干 도톨도톨하게 느껴지는 곳을 만졌다.
(이것봐라?)
그 도톨도톨한 곳을 만지자마자 미찌꼬는 소리도아닌 呻吟을 吐하면서 꼭 껴안겨 온다.
(좋은가보다.)
그렇게 생각했기 때문에, 集中的으로 그곳을 愛撫해 주었다. 매우 작은 돌기 같은것이 그 部分에만 퍼져 있는 것 같다. 다른 손가락으로 벌리면서 그곳을 愛撫해 주었다.
미찌꼬는 痙攣을 일으키려한다.
「아 아, 거기야, 거기.」
나쁜 病菌이라도 나오지 않을까 하는 不安이, 료헤이의 가슴에 스며온다. 여하튼 花柳界의 女子인 것이다.
(疑問이 있다면 물어보는 것이 옳다. 二十代의 憲法 그대로.)
以前에 미찌꼬에게 있었는지 없었는지 모르겠으나, 그것은 알 수가 없다. 다만, 요시꼬에게나 노리꼬에게는 그런 異物感이 느껴지지 않는 것은 틀림없는 事實이다.

「이봐요. 이것말인데요. 무언가 있는데, 이거 다른사람에게도 있나요?」

료헤이는 미찌꼬의 氣分이 傷하지 않도록 注意하면서, 귀에다 속삭였다.

「오톨도톨한것 말이죠? 걱정하지 말아요. 나쁜 病이 아니에요.」

미찌꼬는 료헤이의 不安을 얼른 알아 채린것 같았다. 火를 내지도 않고 說明해 주었다.

「아직 男子를 알기 前에 알았어요. 유메가오 언니에게는 없대요. 나, 그곳을 만져주면 무척 좋아요. 나의 즐거움을 爲해서 貴重한 거에요.」

료헤이는 安心이 되어서 고개를 끄덕이고는,

「어떻게 좋은데요?」

「恍惚해지는 氣分. 그리고, 뭔가를 갖고싶은 氣分. 네에, 위로 올라 와요. 이것을 내게 넣어줘요.」

미찌꼬는 반듯이 누우면서, 료헤이를 올리려했다.

료헤이는 더 以上 抵抗할 수가 없다. 하는 그대로 내버려 둘 수 밖에. 미찌꼬의 다리는 료헤이를 휘감으면서, 료헤이를 그 女의 그곳으로 引導한다. 료헤이는 兩팔로 그 女의 어깨를 끌어안았다.

한마디 알려주어야만 할 말이있다.

陶醉 속으로

「나, 너무 빨리 頂上을 맞게 되어버려요.」

「괜찮아요.」

미찌꼬는 고개를 끄덕이면서, 뜨겁게 젖은 눈으로 료헤이를 바라보았다.

「神經쓰지 말아요. 그 代身에, 얼른 다시 元氣를 回復하게 되는거죠.」

「음, 그럴거에요.」

「차분히, 서둘지 말아요.」

료헤이는 미찌꼬에게 密着시키면서, 그 뜨거움을 強하게 느꼈다. 自身으로서는 沈着하게 하고 있다고 여겼지만, 亦是 心臟의 鼓動은 너무 빨리 뛰고 있다.

(노리꼬氏와 關係할 때에는 只今보다도 훨씬 醉해 있었다. 그래서, 堂堂하게 行動 할 수가 있었다. 只今도 제법 마셨지만, 그때만큼은 못되었다.)

自身도 그렇게 생각했다. 그로 因한 自制로서, 猛進하고픈 欲望을 抑制하고서, 가만이 있었다.

미찌꼬는 료헤이의 그것을 가지고 自己 혼자서 문지르거나 비벼대고 있다. 료헤이는 官能의 世界를 헤매고 있다.

「나요, 이렇게 하고 있어도 너무 좋아요. 누구도 妨害 놓을 사람은 없어요. 멋있고 재미지게 즐겨 보자구요. 只

今요, 當身것과 내것이 서로 人事를 交換하고 있는 거에요. 서로가 確認을 하고 있는 中이세요. 내가 當身꺼를 빨아 당기고 있다는 거 알겠어요.」

미찌꼬의 속삭임 속에는 詩的인 餘韻을 풍기고 있다. 熱情的으로 거칠게 느껴질 程度로 받아 드렸던 노리꼬와는 달리, 이렇게 맺어지는 過程도 함께 즐기고 있는 모습이었다.

(그렇구나. 아까부터 내게 急히 서두르지 말라고 말 한 것은 바로 이런 때문이구나.)

(틀림없이, 性의 交換이라는 것은 進行하는 過程도 즐거운것이로구나.)

只今까지 알지 못했던 것을 료헤이는 깨닫게 되었다.

「當身꺼 정말 멋져요.」

미찌꼬는 료헤이에게 입을 맞춘다.

「내가 付託한대로 참고 견디고 있네요.」

료헤이는 고개를 끄덕인다.

「말 그대로 하고 있어요.」

「그럼, 내 눈을 봐요.」

두 사람은 서로를 바라보았다. 미찌꼬의 눈 깊숙히에는 無限한 에로티시즘(Eroticism)이 多情함과 함께 넓게 퍼져있는듯이 보였다.

이것은 사랑이라 불러도 좋을만치 觀念的인것이 아니었다. 보다더 生生함을 發散시키는 것이었다. 료헤이를 바라보는 미찌꼬의 눈 또한, 그와 비슷하면서도 그게 아닌 것이다.

「좋아해요.」

하고 미찌꼬는 말했다. 그 말만은 아무렴 거짓은 아닐 것이다. 이쪽은 率直하게 들어만 주면 되는 것이다. 그렇지만, 그 말을 過大視하면 안 되는 것이다. 료헤이는 그것을 自身에게 들려주면서,

「나도요.」

하고 對答했다.

이것은 사랑의 盟誓가 아니다. 情熱을 確認하는것 뿐이다.

「네에, 그대로 조금씩 내게로 前進시켜봐요, 조금씩요. 當身 것을 받아드리는 感覺을, 천천히 맛보고 싶어요. 當身도 내것을 맛보세요. 可能하겠죠? 急히 서두르지 말아요 네.」

료헤이는 몸을 前進시킨다. 따스함이 全體에 퍼져왔다. 따스함에 휩싸이는 部分이 점차 넓어져 갔다. 이것은 快感이 넓게 퍼져오는 것이다.

「그래요, 그렇게요. 아아, 當身이 오고 있어요. 오고 있

네요, 아 멋있어.」

조금씩 조금씩 료헤이는 律動을 한다. 그러니까, 周圍의 壓迫이 强하게 느껴진다.

조여드는 感覺이 느껴진다.

미찌꼬는 료헤이의 눈을 쳐다본다. 료헤이도 내려다보고있다.

벼란간, 미찌꼬의 입에서 낮은 呻吟소리가 들린다. 료헤이는 미찌꼬의 情熱을 確認하기 爲해서 停止했다.

「…………」

느낀대로 말을 하니까, 미찌꼬는 고개를 끄덕인다.

「當身을 내것으로 만들고 있어요. 當身 것을 붙잡고 있는거에요. 이젠 놓아주지 않을테니까.」

이번에는 전번보다 더 세게 조여든다.

(꼭 끼운다고 하더래도 前進이야 못할라고.)

료헤이는 눈을 감았다. 알르켜 준 대로 맺어지고 있는 것을 깊숙히 맞보기 爲해서 였다.

「싫어요. 눈을 떠요.」

하고 미찌꼬가 말했다. 료헤이는 눈을 뜬다.

「조금만 前進시켜줘요. 조금만요.」

료헤이는 그 指示에 따라 했다. 그리고 멈추려 했다.

그런데, 自然히 료헤이는 前進을 한다. 미찌꼬가 빨아

당기는듯한 느낌이다. 멈추기 爲해서는 反對로 잡아끄는 힘을 表示하지 않으면 안 된다.

료헤이는 그것을 말했다. 錯覺인지 現實인지를 미찌꼬에게서 배우고 싶어서였다.

23

官能의 바다

一

自己도 모르게 료헤이는 進行하고 있다는 느낌이 든다. 료헤이 自身은 意識的으로, 停止하려 하고 있다고 여기고 있는데, 波濤에 흔들리면서 바다속으로 빨려 들어가는 듯한 느낌이 드는 것이다.

이것은 錯覺인가, 아니라면.

「뭐가 뭔지 모르겠어요.」

하고 료헤이는 미찌꼬의 귀에다 속삭인다.

「머리가 멍 해져 와요. 전 누님이 말 한대로 지키고 있다고 생각해요. 멈추고 있다고 생각합니다. 그런데 말이에요, 빨려들어가고 있는듯이 느껴져요. 진짜, 어떻게 되는 일일까요?」

미찌꼬는 多情스런 손으로 료헤이를 쓰다듬어준다.

「나도 몰라요.」

노래를 부르는듯하는 목소리다. 恍惚에 陶醉된 달콤한 意味가 그 餘韻 속에 녹아있다.

「나도 너무 恍惚해서 멍해 있어요. 빨아 당기고 있는 것도 같아요. 아니, 누름을 받고 있는것일까? 當身을 꼭 싸안고 있는지도 몰라.」

「아 아!」

료헤이는 미찌꼬의 분홍빛 귓부리를 살짝 깨물어준다.

「이대로, 세게 밀어 넣고싶어. 안되나요?」

「좀 기다려.」

미찌꼬는 沮止를 한다.

「조금만 더 기다려 줘요.」

료헤이의 뺨에 입을 맞춘다.

「조금만 더요. 只今의 그대로를 맞보고 싶어요.」

료헤이는 應諾했다, 미찌꼬의 말대로만 하면 틀림없다고 생각했기 때문이다. 료헤이는 學生이고, 미찌꼬는 先生인 것이다.

드디어 료헤이는, 自身과 미찌꼬가 어떠한 狀況속에 노닐고 있는가를 이해할 수가 있었다.

進行하고 있는것이 아니다.

그렇다고, 但只 停止해 있는것도 아니다.

료헤이의 몸을 미찌꼬의 뜨거움이 포근히 싸안고 있는 것이다.

굿이 말한다면, 가운데 떠있는 셈이다.

그리하여, 작은 幅으로 밀었다간 빼고, 빼었다간 밀고를 反復하고 있는 것이다.

작은 배가 波濤에 흔들리는 것처럼, 一定한 리-듬에따라 흔들리고 있는 것이다.

그 리-듬의 基礎가 되고 있는 것이 미찌꼬의 呼吸이라는것도, 意識을 最大限으로 움직여서, 겨우 알 수 있었다.

그리고 좀더 仔細한 狀況을 確認하려는 姿勢로 變했다.

꽃잎은 료헤이에게 완전히 짖눌려져 있는것 같다. 그러니까, 미찌꼬의 문짝은, 조금씩 조금씩 바로앞에 있는 료헤이를 쥐거나 풀거나를 反復하고 있는 것이다.

미찌꼬가 속삭여준다.

「異常하네요, 當身.」

「…………」

「나 이대로 먼저 오를것같아요. 그런 氣分이에요.」

「나도 그럴것같은데요」

「안 돼, 안 돼. 꾹 좀 참고 있어줘요. 나 알것같아, 난 當身을 좋아하고 있다는 것을. 나 좋아하고 있는 사람과 이렇게 하는거 처음이에요. 只今까지와는 全然 달라요.」

미찌꼬의 이 말은 眞實일까, 아니라면, 男子를 즐겁게 해 주는데 熟練되어 있는 솜씨일까.

아마도, 若干은 眞實性이 있는지는 몰라도 眞實 그 自體는 아닐는지 모른다. 료헤이의 理性은 그렇게 생각했다.

그런데도, 미찌꼬의 그런 말을 듣고서 기뻐하고 있는 自身을 否定할 수는 없다.

(이사람은 나를 기쁘게 해 주려고 하고있다.)

(그리고 그것뿐만은 아니다. 그 女 自身도, 그렇게 생각함으로 因하여 하나의 幸福感을 얻으려 하고 있다.)

(只今까지 어떠한 男子와 어떠한 形態로 愛撫를 해 왔는지, 요시꼬氏와 노리꼬氏와는 比較 할 수 없는 슬픔이 있었음에는 틀림이 없다. 그런 過去나 現在와, 只今의 이 瞬間과는 다른 것이다, 이 사람은 이렇게 생각하고 있는 것이다.)

료헤이는 깊숙한 陶醉속에서 헤매고 있다. 그 陶醉는 官能的인 것이다. 自身을 꼭 싸 안고서, 빨아 드리거나, 밀어 넣거나, 律動을 하고 있는 미찌꼬와의 살과 살의 交

슴속에서, 그것이 일어나고 있는 것이다.

그렇지만, 미찌꼬의 달콤한 속삭임은, 미찌꼬의 過去를, 只今의 境遇를, 료헤이에게 想起시킴으로 해서, 료헤이에게는 非常한 精神的인 氣分이 掩襲해 왔다.

료헤이는, 그 어떤 敬虔(경건)한 氣分이 되었다.

祈禱에 恰似한 感情이 넘쳐 흐른다.

「미찌꼬氏.」

낮은 목소리로 그의 이름을 부른다.

「으-o.」

눈을 감고 있는채, 미찌꼬는 對答한다. 눈썹이 발그스럼하게 물드려져 있고, 그것이 살며시 움직이고 있다. 그 움직임은 료헤이와 합쳐져있는 部分의 움직임과 對應하고 있는것 같다.

눈을 뜨지않는 것은, 푹 젖어있는 感興을 깨지않게 하기 爲함이다.

「좋아해요.」

「고마워요.」

미찌꼬는 사알짝 고개를 끄덕인다.

눈이 살며시 열였다.

二

젖어있는 눈이다. 료헤이의 눈과 마주친다. 가느다란 微笑가 그 女 얼굴에 넓게 퍼진다.

(아름다운 微笑로구나. 淸潔한 微笑다.)

료헤이는 이렇게 느꼈다.

두 사람은 只今, 交合하고 있다. 좀더 깊숙히 交合하려 하면서, 官能의 바다속에서 노닐고 있는 것이다. 이것은 淸潔이라는 感慨와는 矛盾된 것이어야만 한다. 좀더 强熱한 表現이 適合할는지도 모른다.

그런데도 不拘하고, 료헤이는 現在의 狀況에 어떤 神聖함을 느끼고 있는 것이다.

瞬間, 료헤이는 男子와 女子의 性的 交合의 진짜의 意味를 理解했다고 생각했다.

그 깊은 뿌리는 欲望이 아니고 이렇게 共感하는 것에 있는것이 아닌가. 서로가 목숨을 사랑하는 것이다. 이런 생각을 보다 確實하게 確認하기 爲해서, 男女는 交合하는 것이다. 이런 意味를 가지지 않는 男女關係는 空虛한 行動에 不過한 것이다.

하고 反省하는 생각이 든다.

(只今의 이 瞬間, 난 틀림없이 이 사람을 사랑하고 있

는 것이다. 그렇다면, 요시꼬氏는 어떻게 되는건가? 내가 只今 느끼고 있는 것은 虛構의 世界의 幻想에 지나지 않는 것이 아닌가.)

그럴는지도 모른다고 료헤이는 自問自答 해 본다.

(幻想의 華麗하기만 한 꽃---그러나 只今은 그렇게 嚴하게 追求할 것이 못된다.)

미찌꼬는 눈을 천천히 감는다.

「나, 氣分 좋아요. 肉體뿐만이 아니고 마음 깊숙히 까지요, 아 아.」

아까부터 두 사람은 움직이지 않고 있다. 肉體的인 움직임은 停止狀態이고, 마음의 世界에서 놀고 있는 것이다. 이것은 료헤이의 感覺의 上昇을 鎭靜하는데 도움이 되었다.

「이봐요.」

벼란간 미찌꼬는 입을 움직여 稀微한 소리를 내었다.

「조금씩 밀어줘요.」

「네에.」

이렇게 停止해 있는 意味는 그 狀況속으로 精神性을 挿入시키기 爲한 것이었다고, 료헤이는 理解했다.

그렇지만, 미찌꼬는 그것에까지 計算하고 있는 것은 아니다. 本能的으로 要求하고 있는 것이다.

官能의 바다

료헤이는 미찌꼬의 어깨를 끌어 당겼다. 미찌꼬의 어깨는 아까보다 움추리고 있는듯한 느낌 이었다.

밀어 넣는다.

하자, 미찌꼬의 內部가 벼란간에 넓어졌다. 료헤이는 感覺을 잃어버렸다.

하고 생각하고 있는데, 그것이 反轉해서 이번에는 銳利하게 료헤이를 꽉 끼어 놓는다.

길게 꼬리를 끄는 소리가 미찌꼬의 입에서 흘러나왔다.

感動의 暴風이 료헤이를 掩襲한다.

이것은 感覺的인 行動임과 同時에 觀念的인 즐거움이기도 했다.

激情에 휩싸인 료헤이는 여기서, 一擧에 進行하고 싶은 衝動을 느꼈다.

겨우, 이것을 참고 견디었다.

참기 爲해서,

「으-ㅁ.」

하고 呻吟을 吐했다.

미찌꼬는 强하게 료헤이를 要求했고, 그 뜨거움은 료헤이의 뿌리에까지 浸透해 들어옴을 느낄 수 있다.

「미찌꼬氏.」

자즈러 들어가는 목소리로 말했다.

「왜요?」

소리로 對答함과 同時에 그 몸으로서도 對答을 하는 듯이 여겨졌다.

「나, 限界인것 같아요.」

「............」

「强하게, 몸전체로 强하게, 안고 싶어요.」

미찌꼬는 고개를 흔든다.

「이런 狀態로 繼續해 줘요. 조금씩 조금씩, 當身을 내 것으로 하는 中이세요. 난 當身것으로 되고 있어요, 한발자욱 두발자욱……..」

아직도 忍耐를 繼續해야 되는구나하고 생각했다.

그러나, 이것은 忍耐가 아니라고 말 할 수 있다. 료헤이는 미찌꼬의 中心을 向하여 律動을 繼續하고 있는 것이다.

(길이 잘 들어있는 男子들은 이런 速度로서도 完全히 陶醉될 수 있겠지.)

료헤이는 손가락지를 끌어 조이면서 暴走하지 않도록 操心하면서, 다시 進行을 한다.

(어떻게보면 이 사람 나의 自制心과 柔軟性을 試驗해 보고 있는지도 모른다.)

官能의 바다

「눈을 떠요.」

라는 미찌꼬의 소리가 들렸다.

료헤이는 음칫했다.

언제인지도 모르게 눈을 감고 있었던 것이다.

그 눈을 떴다.

미찌꼬는 妙하게 眞摯 한 눈으로 료헤이를 쳐다보고 있다. 아까보다도 더 더욱 젖어 빛나고 있고, 검은 눈동자가 짙게 보였다.

「나의 눈을 보면서 밀어 넣어줘요.」

료헤이는 이를 首肯하면서, 드디어 本格的으로 犯해도 좋다는 許可가 내려졌음을 感知했다.

료헤이는 미찌꼬의 눈을 내려다 본다. 그 눈속에는 無限의 世界가 넓게 펴져있다. 요시꼬에 對한 것은 只今은 잊어버리지 않으면 안 된다.

뜨거움이 넓게 퍼져온다. 또다시 미찌꼬는 료헤이를 꼭 조여온다.

료헤이는 미찌꼬의 몸속에 들어있는데도, 미찌꼬는 료헤이의 몸속에 들어오고 있다.

그러한 느낌이 드는 것이다.

「當身,」

료헤이의 등을 휘감고 있는 미찌꼬의 팔에 힘이 加해

진다. 몸이 꿈틀거린다. 낮으면서도 強한 呻吟소리가 그 女 입에서 흘러 나온다. 료헤이도 그 女를 꼭 껴안고, 깊숙히 저어준다. 瞬間, 미찌꼬의 뜨거움이 료헤이의 全身을 감싸준다.

「아 아!」

미찌꼬의 목소리가 떨려 나온다.

「꼭 누르고 있어줘요.」

틈하나없이 꽉 차 있다. 료헤이를 감싸고 있는 미찌꼬의 皮膚에는 그 數도 알 수 없는 妖精이 춤을 추고 있다. 이것은 료헤이에게 속삭이면서, 간지르고, 戱弄한다. 료헤이도 그런 미찌꼬에게 鼓動의 餘韻을 보내주고 있다.

「…………」

自身이 最上의 즐거운 感覺속에서 헤매고 있다는 것을, 료헤이는 미찌꼬에게 告白한다.

三

다음의 指示를 료헤이는 기다리고 있다. 료헤이는 이제는 焦燥해 할 必要가 없다.

오히려, 이른 爆發을 抑制하는데 努力 할 뿐이다. 새삼스런 말이지만, 어떻게 해서라도 오래오래 持續시키고 싶은 心情이다.

「가만히 누르고 있어줘요.」

다시 미찌고는 이렇게 말했다. 미찌꼬도 조용히 있다.

그런데, 미찌꼬는 작은 動作으로 몸을 뒤척이고 있는 듯한 錯覺을 료헤이는 느끼고 있다.

「네, 사알짝, 천천히 빼어 봐요.」

료헤이는 그대로 했다. 꼭 쥐어오는 미찌꼬와는 反對로의 行動이다. 미찌꼬는 呻吟을 한다. 밀어 넣을때와는 그 色彩가 다른 感覺이 掩襲한다. 미찌꼬도 몸을 끌어당기고 있는듯한 姿勢다.

빠지려는 순간, 료헤이는 멈췄다.

「다시 천천히 넣어요.」

이번에는 료헤이가 前進한다.

動作을 천천히 하기 때문에, 료헤이는 自身이 爆發해 버릴것같은 危險을 느꼈다. 無數한 妖精이 다시금 료헤이에게 무리지어 달려든다.

密着되어 있는 門짝이 非常한 힘으로 료헤이를 조이고 있다.

「움직이지 말아요.」

切迫한 목소리로 미찌꼬는 말한다. 두 사람은 뺨과 뺨을 맞대고 있다. 미찌꼬의 呼吸이 거칠게 그리고 빨라져 왔다.

　密着해 停止하고 있으면서, 세게 껴안고 있는 것이다. 이렇게 하고있는 限, 제법 오래동안 繼續할 수가 있을것 같다.

「저요.」

「음.」

「나,나, 뭔가가…….」

「…………」

「이대로도 좋아요. 그대로 있어요. 세게 안아줘요. 내가 움직이려해도 움직이지 말아요.」

「음.」

　미찌꼬는 찢어지는 소리를 내기 始作했다. 몸이 꿈틀거린다. 豫告한대로, 몸을 치켜오르는듯이 뒤척인다. 료헤이는 그 女의 가슴을 안은채, 그것을 防止한다. 미찌꼬는 또다시 宏壯한 소리를 지른다.

　다시금 미찌꼬의 뜨거움을 感知했다. 繼續해서 미찌꼬의 속에서 무거운듯한 꿈틀거림이 일어났다. 몸이 다시 뒤틀린다. 료헤이는 興奮한 나머지 精神없이 움직이었고, 미찌꼬의 뒤를 따랐다. 드디어, 눈앞이 아찔해지는 瞬間이 닥쳐왔다.

　벌렁 누워있는 료헤이를 미찌꼬는 수건으로 부드럽게

닦아준다.

그 얼굴을 료헤이는 거의 無意識 狀態에서 쳐다보고 있다.

뺨에 한가닥 머리털이 살짝 붙어있다.

미찌꼬는 료헤이의 곁으로 와서 누우면서 껴안아 왔다. 그리고 나즈막하게,

「너무 좋았어.」

하고 말한다.

료헤이는 몸의 方向을 바꾸면서, 미찌꼬의 등을 껴안았다.

「너무 빨리 끝났죠?」

「아니 이만하면 充分해. 요다음은 좀 더 여러가지로 멋지게 할 수 있을것 같애.」

적어도 미찌꼬는 료헤이가 오래 持續하지 못하리라는 것을 알고서, 그런데도, 료헤이에게 悲慘한 생각이 들지 않겠끔 停止한 狀態에서 自身을 불태웠음에 틀림이 없다.

미찌꼬의 손은 료헤이의 몸을 쓰다듬어 준다.

(이제부터 다시 始作하는거야.)

미찌꼬의 손은 곧바로 료헤이의 몸으로 가지 않고, 어떤때는 멀찍하게 周圍를 맴돌다가는, 다시 가까이 다가

오더니 그제서야 살며시 쥐어준다.

  도타운 愛撫가 始作 되었고, 료헤이는 다시금 우뚝 솟아 올랐다.

「어머나.」

미찌꼬는 료헤이를 꼭 쥐어온다.

「벌써……..」

놀라움에 찬 목소리였다. 演技가 아닌 진짜로 놀란 목소리였다.

  입을 맞추어 온다. 입술이 겹쳐지는 것과 함께 미찌꼬의 혀가 젖혀 들어왔다. 료헤이도 혀로 應對한다. 다시금 自身의 것이 元氣도 좋게 솟아 오르는 것을 느낄 수 있다.

  (이제부터가 本格的인 交換인 것이다.)

  그렇게 생각하는 료헤이의 귀에, 門을 두드리는 소리가 들렸다.

  입술을 떼고서, 료헤이는 말했다.

「누군가가 왔어요.」

「거짓말, 놀래키지 말아요.」

「아니야. 門을 두들기고 있어요. 저것 봐.」

  거짓소리가 아니었다. 이번에는 確實하게 그 소리가 들려왔다.

「어이, 미찌꼬. 자고 있는거야?」

굵은 男子의 목소리였다.

틀림없다. 그런데, 普通의 訪問客이 아니다.

미찌꼬의 얼굴이 굳어져 왔다. 머리를 베개에서 들어올리면서 료헤이를 바라본다.

어찌보면 두려워하고 있었던 最惡의 事態가 일어나고 말았다는 것을 료헤이는 알아차렸다.

24

密通者

一

미찌꼬는 재빨리 일어났다.

「자, 빨리 옷을 입고, 뒷 門으로 나가는거에요. 곧바로 驛으로 가세요.」

「누님은 어떡하려구요?」

「난 괜찮아요.」

료헤이는 일어나서 급히 옷을 입었다. 그 사이에도 門을 두드리는 소리는 여전했다.

겨우 바지를 걸치고 上衣를 집으려는 瞬間, 門을 두드리는 소리가 그쳤다. 목소리도 들리지 않는다.

료헤이는 뒷 門쪽으로 나가려고했다.

「기다려요.」

미찌꼬는 료헤이를 멈추게 했다.

「돌아 갔는가 봐요.」

「이니야, 그럴 理가 없어.」

「글세 어느쪽에 있는지 몰라요. 나가는게 危險해요. 그대로 가만히 있어요. 내가 動靜을 보고 올테니까요.」

「누님도 나가면 안 되는 거 아닙니까. 出他中이라고 생각했는지도 모르잖아요.」

「그렇네요.」

낮은 소리로 이렇게들 말하면서 어떻게 했으면 좋을까 생각하고 있는데, 벼란간 커다란 소리가 들렸다. 金屬性의 소리다.

미찌꼬의 얼굴이 恐怖에 젖었다.

「뒷 門을 부수고 들어왔어요. 玄關으로 해서 逃亡쳐요.」

그러나 그때에는 이미 거치른 발소리가 들리고, 장지門이 열렸다.

머리를 스포-츠 型으로 깍은 五十代의 健壯한 男子가 서 있다.

日本式 外出服 차림이다. 오른손으로 왼손을 감싸 쥐고. 왼손에서 피가 뚝뚝 떨어지고있다.

「當身, 피가.」

료헤이를 가리우면서, 미찌꼬가 소리친다.

「시끄럿.」

男子는 高喊을 지르면서 료헤이를 노려보고 있다. 그리고선, 천천히 房안을 휘둘러본다.

펴져있는 이불을 바라본다.

품에 손을 넣더니 손수건을 꺼내어 손을 싸 매었다. 미찌꼬는 료헤이의 손을 꼭 쥐어 준다.

손수건은 漸漸 빨갛게 물드려 졌지만 피는 좀처럼 멎지않는다.

男子는 큰걸음으로 다가온다.

「뭐야, 또 제비族이냐?」

미찌꼬는 고개를 끄덕이면서,

「전에도 말씀드렸던 同生인 지로에요.」

「흠.」

다시금 男子는 이불을 돌아다 본다. 한쪽볼에 冷笑가 흐른다. 천천히 兩班 다리를 하고 앉는다.

「자, 너희들도 앉아.」

미찌꼬는 앉았고, 뒷쪽으로 若干 떠러져서 료헤이도 앉았다. 고개를 숙였다.

「그래, 同生이라. 그럼, 紹介를 해야지.」

「네에.」

密通者

미찌꼬는 再次 같은 이름을 부른다. 그리고 료헤이를 돌아다본다.

「나를 돌봐주고 있는 후루가 교타로(古賀京太郞)氏야.」

가슴속에서 료헤이는 움찔 놀랬다. 기다니들의 이야기 中에 언제나 튀어 나오는 이름이다. 이 地方 一帶의 우두머리이다. 자그만한 몸집이 어느새 크게 돗보였.

료헤이는 다다미에 손을 집고서 머리숙여 人事를 했다.

「흐-ㅁ, 왜? 門을 열어 놓지 않았지?」

「罪悚해요. 놀라서 唐慌했던거에요. 이 애가 와 있는 것을 말씀드리지 않았기 때문에요.」

「늘 찾아 오는겐가?」

「언니가 가고 나서는 처음이에요. 그래서, 더욱 놀랬었어요.」

「흐음, 좋아, 藥을 가져 와.」

「네에.」

미찌꼬는 일어나서 壁欌門을 열고서 커다란 箱子를 안고왔다. 후루가는 손을 펴서 내 밀었다. 미찌꼬는 손수건을 벗기고, 傷處를 돌보았다. 료헤이는 箱子를 들려다 본다. 藥과 繃帶가 가득 들어있다.

(亦是나 頭目의 妾이로구나. 藥을 이렇게 많이 準備해 놓은 것을 보면.)

傷處를 다 싸매고 나서, 미찌꼬는 부엌으로 갔다. 손을 씻기 爲함이다.

「꼬마.」

후루가가 목소리를 죽이면서 부른다.

「네에.」

「이쪽으로 다가 와 봐.」

료헤이는 危險을 感知했다. 그러나, 相對는 맨손이다. 품속으로 손을 넣는 기척이 없다. 精神을 바싹 차리고 다가갔다.

「언제부터 關係하고 있었느냐?」

二

同生이 아닌것을 후루가는 알고 있다. 이것은 當然한 일이다. 미찌고의 辯明이 어딘가 不自然스러웠다.

그러나, 미찌고의 앞에서는 왜 알았다는듯한 態度를 取한것일까?

료헤이는 諦念한듯이 對答했다.

「오늘이 처음입니다.」

「그 女와 같이 잤나?」

료헤이는 얼굴을 들고 후루가를 바라 보았다. 후루가는 날카로운 눈으로 료헤이를 노려본다. 야쿠자 特有의 끈끈한 눈매다.

「아니요.」

료헤이는 고개를 저었다.

「그런 일 하지 않았습니다.」

후루가의 눈 깊숙히에 安心했다는듯한 色彩가 비치는 것을 료헤이는 느꼈다.

미찌꼬가 되돌아 왔다.

「그럼, 지로, 그만 가 봐.」

「네에.」

「얼른 일어서요.」

미찌꼬는 눈 信號를 보내면서, 료헤이를 재촉한다. 무었보다 료헤이의 安全을 爲해서 이 場面에서 벗어나게 하려고 한다.

그러나 그렇게 되면 혼자 남는 미찌꼬가 두 사람 分의 罰을 몽땅 받게 되는 것이다.

료헤이는 고개를 흔든다.

「조금만 더 있다 가죠.」

「안 돼요. 어서 돌아가.」

미찌꼬는 안절부절 못하면서 強한 語調로 말한다.
「기다려.」
하고 후루가가 미찌꼬를 制止한다.
「어렵게스리 만나지 않았나. 이 아이, 술 마실 줄 알겠지. 準備 해 주게. 가깝게 지내자는 意味로 한잔 하지.」
「그렇지만…….」
「글세, 좋아. 이봐. 마실 줄 알겠지? 앉아서 조금씩 마셔도 괜찮아.」

結局, 료헤이는 후루가의 相對를 하게 되었고, 미찌꼬는 부엌으로 나갔다.

한데, 갑자기 후루가는 이불을 잡아 재꼈다. 하얀 시-쓰의 그 部分이 젖어있다. 후루가의 얼굴이 점점 險惡해져 왔다.

낮으막하게,
「너, 거짓말을 하고있구나.」
「전 모르는 일입니다.」
「거짓말 지꺼리지 마. 자, 말 해. 언제부터 密通 해 온 거야?」

료헤이는 목덜미를 붙잡혔다. 그 눈에는 미움이 불타고있다.

미찌꼬의 발소리가 들렸다.

密通者

후루가는 재빨리 료헤이로부터 손을 떼고서, 이불을 먼저대로 해 놓았다.

나타난 미찌꼬는,

「술을 데울까요?」

하고 후루가에게 묻는다.

「찬게 좋아. 빨리 가져와.」

후루가는 기침을 하고나서, 귀찮다는듯이 말했다. 두 사람의 모습이 異常하게 여겨져서, 미찌꼬는 우두커니 선채로 있다.

「여보, 오늘은 구마모도쪽으로 갔던게 아니었나요?」

「구마모토 問題는 一段落 되었다.」

「그거 잘되었군요.」

미찌꼬는 후루가와 료헤이를 번갈아 바라본다.

후루가는 미찌꼬를 쳐다본다.

「아무일도 없을테니까 걱정 않해도 돼. 빨리 술이나 準備하라구.」

「네에.」

미찌꼬가 나가자마자, 후루가는 다시 료헤이에게로 다가와서,

「너 子息, 그 女의 書房님이 이 후루가 교타로라는 것을 알고서 그 女에게 안겼느냐 말이다.」

「몰랐습니다.」

「그렇겠지. 너같은 놈 얼마나 勇氣가 있는지 모르겠다만, 내 女子라는 것을 알고서는 敢히 손을 뻗지 못했겠지.」

「…………」

「좋아, 돌아 가. 두번다시 만났다간 命줄이 끊어질 줄 알아.」

「…………」

「알겠나?」

「알겠습니다.」

후루가가 부엌을 向해 소리를 지른다.

「자네가 먹여 키우는 同生이 돌아 가겠단다.」

「그래요. 그게 좋겠군요.」

료헤이가 일어서자, 후루가도 따라 일어섰다.

「차게 하지말고 데워서 마시겠다. 괜찮아, 내가 바래다 줄테니까. 자넨 부엌일이나 봐.」

후루가의 案內를 받으면서 료헤이는 玄關을 나섰다. 뒤돌아 보니까, 餞送을 禁止當한 미찌꼬가 우두커니 료헤이를 바라보고 서 있다. 情이 담뿍서린 눈매였다.

玄關을 나서자마자 후루가는 다시 료헤이의 팔을 붙잡는다.

密通者

「住所와 學校와 이름을 대 봐.」

「............」

「걱정할 것 없어. 參考로 들어 두는 거니까.」

료헤이는 거짓말로 일러주었다. 多幸스럽게도, 도요쓰의 學帽는 바지주머니속에 넣어져 있다.

「좋아, 곧바로 집으로 가는거야.」

門을 나선 료헤이는 暫時동안 멈쳐서 귀를 기우렸다. 그런데, 집안에서는 아무런 소리도 들리지 않았다.

료헤이는 걸음을 재촉했다.

살았구나, 하는 實感이 일어났다. 후루가에게 거짓말을 한것이 不安했다.

그건 그렇다치고, 후루가는 왜? 료헤이가 同生이 아닌 것을 알면서도, 미찌꼬 앞에서는 속아 주는 척 했을까, 그것을 알 수가 없다.

미찌꼬도 自身의 거짓말이 벌써 綻露가 낫다는 것을 알고 있는듯 했다. 그런데도, 沈着 해 있다.

후루가는 속아주는 척 함으로써 頭目으로서의 貫祿을 보여주려 하는 것일까.

미찌꼬는 그런 후루가의 虛榮心을 알고서 같이 便乘해 준 것일까.

三

　그 다음 다음날, 료헤이는 開墾地로 나가서 삽질을 하고 있었다.

　젊은 女子가 길을 걸어 오고 있다. 무심코 바라보는데, 어덴가 그 몸매에 親近感이 느껴졌다. 멀기 때문에 얼굴을 알아 볼 수가 없다.

　하는데, 女子가 멈춰서면서 이쪽을 보고 있다.

　미찌꼬다, 고 얼른 알아 보았다. 미찌꼬는 손을 흔들면서, 이쪽으로 向해왔다.

　료헤이는 삽을 내리고 걸어 나갔다.

　두 사람은 밭두렁에서 만났다.

　「저가 누님의 同生이 아니라는 거 그 者는 알고 있었습니다.」

　「알고 있어요. 그렇지만 그 사람, 내앞에서는 아무것이나 터트리지 않아요.」

　「…………」

　「내가 바람을 피우고 있다는 것을 알았다면, 나와 헤어지든지 아니면 나를 죽이든지 둘 中 하나에요. 頭目의 體面이 있으니까요.」

　「네에.」

「當身, 내가 없었을때 어떤것을 물어 보던가요?」
「住所와 이름……」
「그건 알고 있어요. 當身이 거짓말로 일러 준것도요.」
미찌꼬는 하얀 브라우스에 곤색 스커-트 차림으로, 얼굴에는 化粧도 하지 않았다.
어떻게 보더래도 妓生으로는 보이지 않는다. 그러나, 얼굴이 하얀것이나, 全身에서 피어나는 妖艶함은 亦是 普通家庭의 아가씨들과는 달라 보인다. 료헤이는 通行人의 눈을 意識했다.
「냇물가로 내려가요.」
앞서서 뚝길을 내려갔다. 냇물가 바위위에 걸터 앉았다. 미찌꼬는 꼭 붙어 앉는다.
「그런데요. 當分間 오구라에 오시면 안 돼요. 그리고, 우리들의 이야기 누구에게도 말하면 안 돼요.」
「亦是, 部下들을 시켜 나를 노린다는 말씀이군요.」
「그러리라 봐요.」
미찌꼬는 고개를 살짝 흔든다.
「나때문에 當身에게 萬에 하나 일이 벌어진다면, 나도 죽어버릴테니까요.」
「어디에 살고있는지 모르니까, 내가 나타나지만 않는다면 괜찮겠군요.」

「그럼요. 아마도 오구라 市內에 살고 있는 高校生으로 알고 있을 거에요. 그래서 市內에 있는 高校生을 찾을테지만 도요쓰까지는 오지 않겠죠.」

「어제, 나를 왜 釋放시켰을까요?」

「頭目의 貫祿을 보여 준거에요. 그리고, 그 사람, 自己 스스로는 絕對로 손을 쓰지 않아요. 그곳에서 무슨 일이 일어나, 當身에게 萬一의 일이 생기면 그의 탓이 될테니까요. 그래서 모르는 척 했을 뿐이세요.」

「죽인다는 말입니까?」

「글쎄요. 그것에까지는 가지 않겠지만. 하여튼 發覺되면 큰일이 일어나요. 그 사람들 執念이 强해요.」

「結局, 前科者가 된 셈이군요.」

료헤이는 恐怖를 느끼면서도, 異常하게 沈着해져왔다.

「바보, 前科者란 警察에 쫒끼고 있는 犯人을 말하는 거에요.」

「그 作者들은 警察보다도 더 무서워.」

「한가지 方法이 있긴 해요.」

다리 方向으로 雜木이 서 있어, 다리를 건느고 있는 사람들에게는 두 사람은 보이지 않는다. 미찌꼬는 료헤이의 허벅지에 손을 얹는다.

「어떤 方法인데요?」

「내가 바람을 피우는 거에요. 그리고 바람피우는 場面을 그 사람에게 들키는 거에요. 사랑의 逃避라는 흉내를 내는겁니다. 그렇게하면, 그이는 當身을 잊어버린채, 그 男子쪽에 熱中하게 되는게죠.」

「그렇게 되면 누님이 큰일나요.」

「난 괜찮아요. 甚하게 꾸중을 當할지 모르겠지만, 傷處는 내지 않아요. 傷處가 생긴다면, 팔리지 않는걸요. 흥!」

미찌꼬는 어깨를 움추린다. 自身을 스스로 嘲弄하고 있는 것이다.

료헤이는 미찌꼬의 손등을 눌렀다.

「그렇지만 그런 일 그만 두세요.」

「그 方法 外는 當身을 잊게할 方途가 없어요. 어수룩한 男子하나 犧牲이 되겠지만 그것으로 끝나는 거에요.」

「난 싫군요. 그 男子에게도 안 됐지만, 첫째 누님께서……..」

「바보로군요. 난 야쿠자의 손아귀에 있는 者로서, 妓生이에요. 누구와 잔다고 해서 슬퍼하거나 할 몸뚱이가 아닙니다.」

「…………」

「그러니까, 내가 그렇게 할 때까지 밖으로 나돌지 말

아요. 오구라에는 絶對로 와서는 안 돼요. 但只, 學校와 집으로만 왔다갔다 하는거에요. 유꾸하시의 거리에도 可能한 限 나가지 않는 편이 좋아요. 오늘 벌써, 當身이 거짓 住所를 알려 주었다는 것을 알았을거에요.」

「누님에게 캐어 묻겠죠?」

「내가 말 할것같아요? 입이 찢어져도 말 않해요. 그 点만은 安心하세요.」

「아닙니다. 제가 걱정하고 있는 것은 누님께서 顧問(고문)이나 當하지 않을까 하는 겁니다.」

「問題 없어요. 그 사람 내게 홀랑 빠져 있는걸요. 뒷門을 부수고 들어닥칠때의 그 사람 얼굴을 봤죠? 五十이 넘었는데도, 나이값도 못한다니까요.」

미찌꼬는 료헤이의 허벅다리를 쓰다듬어 준다.

「빠른 時日內에 連絡할께요. 安心해도 좋다고 생각될 때에.」

「그렇지만, 男子를 고르는 거 그만 두세요.」

「알겠어요. 이런 일 當身에게 말해서는 안되는건데. 하여튼, 내가 連絡 할 때까지에는 注意해야 해요.」

미찌꼬는 周圍를 둘러보고서는 손을 뻗어온다. 료헤이를 붙잡는다. 료헤이는 그것을 拒絶하지 않았다. 重大한 이야기를 하고 있었는데도 不拘하고, 허벅지를 쓰다듬거나 꼭 끼어 앉을때부터 료헤이는 欲情의 불을 지피고 있었던 것이다. 아까부터 부풀어 올라있었다.
 미찌꼬는 그것을 꼭 쥐면서,
 「이제부터에요, 우리 둘 사이.」
 하고 말했다.
 료헤이를 바라보는 눈이 촉촉히 젖어 있다.

25

마지막 學年

一

新學年이 始作되었다. 료헤이들은 三學年이 되었다. 文科 理科의 크라스 分離가 廢止되었고, 크라스는 再編成되었다.

그러나, 료헤이들의 크라스의 大部分은, 같은 크라스·메이트로 남게 되었고, 이시이 가쓰노리가 擔任을 맞게 되었다.

그러는 사이에 가와아이 마사다께(河合正武) 校長은 오구라 校長으로 轉出하셨고, 舊 도요쓰 高女의 야기 시스오(八木靜雄) 校長이 統合後 初代 校長이 되었다.

그런데, 四月中, 統合은 名目上 뿐이었다. 先生들도 줄곧 合同會議만 하고 있었다.

그리고, 아직껏 男女學生들 사이에는 交流가 없었다. 統合이라는 實感이 나지 않는다.

「이렇게 된다면, 이름만 같고, 校長만 같을뿐 다른 게 없잖은가. 재미있는 거 쬐끔도 없다야.」

學生들 사이에 不平이 일기 始作했다.

모두들 아메리카等地의 男女共學을 알고 있다. 같은 敎室에서, 男女가 같이 배우는 것이다.

「아니야, 그건 不可能 할거야.」

사또가 모두에게 說明한다. 료헤이가 轉入해 왔을때에 크라스의 級長이었던 사또는, 級長이 委員으로 改名되었고 學校로부터 任命制가 廢止된 後에 選擧制로 바뀐 뒤에도, 亦是 사까다를 제치고 首席委員 자리를 지켜왔다.

卓越한 學力은 말할것도 없고, 결코 남과 타투지 않는 圓滿한 人品이 크라스 全體의 支持를 얻게 된 것이다.

「男學生과 女學生은 그 學力差가 다르거든. 적어도 말이야, 女高의 三學年은 우리學校의 二學年 實力밖에 되지 않아. 같은 敎室에서 工夫한다는 거 꿈속의 꿈이야. 첫째, 그 女들이 불쌍해.」

「그렇다면 뭣때문에 統合하는거지.」

「學校行事나 그룹活動은 함께 하게 되겠지. 그것 때문에, 只今도 先生님들은 每日 만나고 있는거야. 야기 校長

도 괴로울거다. 두 學校의 校長이니까. 아마도 來年에 入學하는 學生들부터 實質的인 共學이 始作 되겠지.」

舊 男子高를 南高, 舊 女子高를 北校라 불렀다. 南과 北으로 나뉘어져 있기 때문이다.

男子高쪽은 敎師 25名, 講師 2名, 事務官 3名, 事務職 3名, 給仕 1名, 生徒 645名,

女子高쪽은 敎師 12名, 講師 1名, 事務官 2名, 事務職 2名, 給仕 1名, 生徒 237名.

사또로부터 그 리스트를 듣고 서는,

「헤에, 女子高는 우리 반쪽밖에 되지 않잖아.」

모두는 처음으로 그 事實을 알게 되었다.

가메다처럼 뻔뻔스럽게 女子高를 들락거리는 特殊한 學生들을 除外하고는, 女高는 밖에서 學校建物이나 學生들의 登下校만을 바라 볼 뿐 實로 먼 存在였다.

「이렇다면, 學生은 二對一 밖에 되지 않잖아. 이렇다면 男子 모두에게는 女子가 不足한데.」

「이런 바보. 戀人을 짝 맞추어 주려고 統合하는 줄 아니.」

「그야 그렇지만. 이거야 넘쳐 나오는 者가 제법 생기겠는데, 우리쪽에서 말이야. 數的으로 봐서도 女子쪽이 有利하구먼. 二對一이니까.」

「걱정하지 마. 너처럼 걸걸대는 놈만이 있는 것은 아니니까. 어떤 놈은 受驗工夫 一邊倒이고, 어떤 놈은 女子에게는 興味를 갖지 않아. 미야꼬 高女도 있어. 그렇게 덤벙대지 않아도 돼.」

「아니야, 나 唐慌하고 있단다. 좋은 계집애들은 모두 노림을 當하고 있을테니까. 누구보다 재빨리 침을 발라 놓지 않으면 안 된단 말이다.」

「더러워질라. 네게 침을 발리우고 좋아할 女學生은 없을테니까.」

共學制의 實施가 學生들에게 던진 波紋은 대단했다.

그것은 端的으로 말해서,

『只今까지 머나먼 存在였던 異性이 몸가까이 存在하는 것이다.』

라는 것만을 意味하는 것이 아니었다.

戰爭 以前에도 存在하였고 戰時中에는 보다 더 嚴格하게되었던 『男女七歲不同席』이라는 儒敎思想에 基礎를 둔 靑春期 男女交際 嚴禁이라는 基本方針이, 一擧에 깨어져 버리고 마는 것이다.

이것은 男女交際의 自由化에만 머무는 것이 아니고, 日本의 옛 道德觀이나 慣習이 崩壞(붕괴)되고 새로운 常識이 誕生하게되는 것을 象徵하고 있는 것이다.

쇼오와(昭和) 二十四年(1950) 이다.

一月一日에 맥아-더는, 日本이 이젠 새로운 基盤위에서 復興할 수 있는 段階에 와 있다고 判斷되어, 國旗의 使用을 許可하는 年頭 멧세이지를 發表했다. 敗戰이래 前年까지 『히노마루(日の丸)』의 日本旗의 揭揚을 許可하지 않았었다.

繼續해서 치루어졌던 選擧에서 요시다 首相이 이끄는 保守自民黨이 壓勝을 하였고, 戰後 처음으로 絶對多數黨이 되었다.

社會黨은 慘敗를 當했고, 카타야마 아끼라 委員長도 落選의 苦杯를 마셨다. 그 代身에 共産黨이 도쿄 全區에서 當選, 네사람에서 一躍 三十五名으로 불어났다.

二月에 第三次 요시다(吉田) 內閣이 結成되었고, 後에 總理가 되었던 이께다 이사히도(池田勇人)가 藏相으로 뽑혔다.

三月, 蔣介石을 쫓아낸 毛澤東은, 朱德과 周恩來와 함께 北京에 入城했다.

四月, 菜蔬類의 統制가 廢止되었는데, 只今까지는 당근이나 우엉을 들고 다녔다가는 沒收 當했었다.

主食은 以前부터, 生鮮이나 肉類는 繼續 統制를 받고 있고, 特權階級을 除外하고는 一般民衆의 飢餓는 深刻할

마지막 學年 387

程度이다.

사까다 가쓰나리는 中國의 狀況에 非常한 關心을 보이고 있다. 이미 揚子江 以北을 解放시킨 紅軍은, 繼續해서 國府軍을 追擊하면서, 드디어는 南京을 包圍하게 되었다.

「아메리카가 제아무리 大量 援助를 하더라도, 人民便에 서 있는 毛澤東의 軍隊에 蔣介石이 이길 턱이 없다. 南京陷落은 바로 눈앞의 일이야.」

「그렇지만 戰爭은 繼續 될 껄.」

「그야, 領土가 넓으니까.」

四月 二十三日 結局 南京市가 陷落(함락), 紅軍은 南京市內로 進入했다.

아메리카로부터 援助를 받고 있는 國府軍은 各地에서 全部 瓦解 되어 버렸다.

蔣介石은 政府機關을 廣東으로 移轉했다.

하나의 巨大한 革命이 實現되려 하고 있는 것이다. 사까다가 가슴을 조이면서 그 進展을 直視하고 있는 것은 當然한 일이겠다.

「南京政府가 毛澤東의 和平提案을 拒否했다는 것은 알려진 事實이다. 拒否當한 毛澤東은 全軍에 進擊의 命令을 내린것도 歷史의 必然이다. 이러한 歷史는 누구도 되돌려 놓을 수가 없는거야. 한번 눈을 뜬 人民은 다시 노예의 生活로 돌아가지 않는 法이다. 그런데도, 도요쓰의 얼간이들, 女高와의 統合이 어쩌고 저쩌고, 英語試驗이 어쩌고 저쩌고, 그런 쬐끄맣고 別 볼 일 없는 일에 온 神經을 곤두세우고 있단 말이거든. 程度가 낮아도 한참이다. 어쩔 수 없는 무리들 이라니까.」

사까다가 이처럼 火를 내는것처럼, 틀림없이 도요쓰의 學生들은 政治에도 國際情勢에도 無關心인채, 自身 周邊의 일들에만 意識을 뿌리고 있는 것이다.

풀숲에 휩싸여 있는 시골 高校라는 環境때문도 있겠다.

때문에 사까다의 運動도 別로 進展도 없고, 空回轉만 되푸리 하고 있는 狀態이다. 사까다에게는 學生들의 無自覺的인 泰平스러움이 火가 나서 견딜 수 없는 것이었다.

「첫째 너부터가 못마땅하단 말이다.」

統合되는 것을 찬-스로 해서, 完全한 學生會 組織을 만들어서 學校에 對抗하려 하는데, 그런 휘파람에도 꿈적하지않는 學生들에게 애를 바싹바싹 태우면서, 사까다는 四面八方 左衝右突 하고 있다.

「내가 하는 말에는 首肯을 하면서도, 아무것도 하려

들지를 않아.」

「난 行動하는데는 無能하니까.」

「핑게대지 말어. 너와같은 무리들이 第一 까다로워. 알고 있으면서도, 아무것도 모른체 하고 있어. 너 말이다, 文化會의 會員들을 끌어 낼 수 있는 絶好의 立場에 있지 않나.」

「글쎄다, 그렇게 火 내지 말어. 난 말이다, 네가 하는 말 全部 옳다고는 생각한다. 그러나, 난 完全한 正義의 人間이 못돼. 正義의 優等生이 되려는 것을 抛棄(포기)한지 오래다.」

二

끝내 四月中에는, 女高의 學生은 한사람도 男高에 오지 않았다. 男子高의 學生들도 女高에 가지 않았다.

「놀랄 노자로군. 흠, 이게 말하는 男女共學이라는 겐가. 形式的인 것 밖에 없잖아. 大略的으로 말해서, 父兄들이나 先生들이 두려워하고 있는 게야. 우리들과 계집애들과 만나게하면, 今方이라도 桃色遊戱라도 始作되는것처럼 생각 한다니까.」

그러나 이런 不滿들도, 별안간에 생각이 난 애들이 스

스럼없이 입에 올리는 것 뿐, 여러 學生들은 그 일 보다
도 亦是, 이럭 저럭 最終學年이 되었다는 것을 自覺하고
서, 進學하려는 學生은 受驗工夫 態勢로 들어 갔고, 進學
을 斷念한 學生들은 이 一年밖에 남지 않은 마지막 學園
生活을 吟味하고 있는 것이다.

료헤이의 집에, 男子의 이름을 假裝해서 미찌꼬의 짤
막한 便紙가 단 한번 到着한 적이 있었다. 繼續해서 操心
을 하라는 것과, 언젠가 천천히 만날 날을 즐거히 기다리
고 있다는 內容 이었다. 집안 여러분에게 發覺될 可能性
이 있기 때문에 仔細한 것은 쓰여 있지 않았다. 미찌꼬는
진짜로 교타로의 미움을 료헤이로부터 딴곳으로 돌리기
爲하여 다른 男子를 만들었을까.

료헤이의 마음속에는, 自身의 安全을 圖謀하기 爲해서
그것을 바라는 分子가 있다. 그것은 또한 미찌꼬의 료헤
이에 對한 愛情의 强度를 證明하는 것이기도 했다.

그러나 그것은 미찌꼬가 다른 男子와 情을 通해서만
이 可能한 일로서, 當然히 그렇게 되어서는 안 된다는 分
子도 있는 것이다.

보살핌을 받고 있는 男子는 하는 수 없다고 하지만, 미
찌꼬가 다른 情夫를 만든다는 것은, 生理的인 苦痛感을
불러 일으키는 것이다.

이런 두가지 생각 모두가 료헤이의 에고이즘에서 비롯된 것이다. 亦是 료헤이에 있어서의 미찌꼬는 正面의 存在가 아니고, 놀이 相對로서의 要素가 짙은 것이다.

요시꼬와 比較해 본다면 그것이 鮮明하게 나타나는 것이다.

學校에서 歸家中에 거의 하루 걸러서 료헤이는 요시꼬를 만나기 爲해서 사까다의 집을 찾았다.

大槪는 한 五分程度 그냥 선채로 이야기 할 뿐이다. 어느때는 사까다가 곁에 있었다던지, 어느날은 母親께서 같이 있었던지 했기 때문에 손만이라도 잡을 수가 없었다.

어떤때는 요시꼬의 態度를 차갑게 느낄때도 있어서, 그런때는 不安한 마음으로 驛으로 向하기도 했다.

유메가오와 손을 마주잡고 夜半逃走를 한 가와우찌의 行方은 아직도 알 수가 없다. 그로서 建築業 가와우찌組는 解散되었고, 兄님은 職業을 잃게 되었다.

료헤이들이 살고 있는 土地와 모델 하우스였던 집도 남의 손에 넘어가 버렸고, 비워달라는 督促을 받고 있다. 집주위에 쌓여있던 材木도 어디엔가로 실려가 버렸다.

한바(飯場)에 있던 男子들도 하나씩 둘씩 사라져 갔고, 한바는 아무도 없는 빈집이 되었다.

「都大體가 가와우찌氏는 어디로 숨어버린 것일까.」

「女子와 함께 逃亡한 것은 틀림없어. 오구라의 도미노에 女子가 있었는것 같아. 債權者가 겨우 그 집을 알아내어 달려가 보았는데, 이미 집은 다른 사람 손에 넘어가 버렸고, 女子도 없었다고 했어.」

「어떤 女子인데?」

兄嫂의 質問에 兄님은 고개를 흔든다.

「글쎄, 난 만난적이 없어서. 그는 무슨 일이 있어도, 내게는 一言半句도 말하지 않으니까.」

그건 그럴 수 밖에. 료헤이의 兄님은 빈틈 하나 없는 誠實한 사람이고, 더군다나 가와우찌의 夫人의 姨從오라버니이기도 하다. 自身의 女道樂을 말할 處地가 아닌 것이다.

親戚으로서 內幕을 알고 있는 사람은 료헤이 혼자 뿐이다. 아무도 유메가오가 어떤 사람이었는지도 모른다. 妓生이었을 것이라는 推測 뿐이다.

(오구라에 갔던 그날 유메가오의 實家를 알아두었더라면 좋았을텐데.)

천천히 알아볼려고 했었는데 후루가가 들어 닥치는 바람에 그럴 餘裕도 없었다. 그런데, 료헤이가 알았다 치더라도 어떻게 되어서 그것을 알게되었다고 말 할 처지도 못되었다.

하는 수 없이 兄님 夫婦는 오구라驛 近方에 작은 店鋪를 貰내어서 장사를 할 計劃을 세웠다.

(하여튼 뭔가를 하지 않으면 난 中退를 할 수 밖에 없게 되는구나.)

처음부터 大學進學은 諦念하고 있었다. 이렇게 高校 三學年으로 進學하게 된것만으로도 대단한 幸運 이었다. 事實은 中學校를 中退하고 就職이라도 해서 일을 했어야만 했다.

龍山中의 同級生이었던 한 사람으로부터 追憶을 되살리는듯한 葉書가 왔다.

亦是 그 同級生도 學校를 그만두고 就職을 한것 같았다.

(어찌되었던 간에, 一年도 채 남지 않은 高校는 卒業할 수 있겠지. 그리고 就職이다. 그때까지는 되도록이면 집안의 經濟事情에 對해서는 모른척 하기로 하자. 생각을 하더라도, 내가 高校를 다니고 있는 限, 어쩔 道理가 없는 것 아닌가. 난 다만 學校의 틈틈이 밭일을 도와주면 되는 것이다. 집을 비워달라고 督促이 있긴 하지만 이것도 어떻게 되겠지.)

이런 료헤이에게 오래간만에 요시꼬와 단둘이 있을

機會가 찾아 온 것은, 四月도 거의 끝날 무렵 이었다.

學校는 열 한 時에 授業이 끝났고, 先生님들은 南北合同會議를 열고 있었다.

생각지도 못했던 自由時間을 얻게된 료헤이는 곧바로 집으로 돌아가서 밭일을 도와야만 하는 것이 옳은 일이라고 생각하면서도, 사까다의 집으로 갔다. 玄關에서 료헤이를 맞이하는 요시꼬는,

「가쓰나리는?」

하고 얼른 묻는다.

「그 子息, 同志와 密談이 있다고 하면서, 사이가와(犀川)에 갔습니다. 어쩌면, 오늘밤은 늦을게라고 하면서요.」

갑자기 요시꼬의 얼굴이 환해졌다.

「나도 혼자에요. 어머니는 아까, 다가와(田川)쪽에 일 보려 가셨구요. 자, 올라오세요.」

료헤이는 아직 도시락을 먹지 않은채 이다. 요시꼬도 點心 前인것 같다.

요시꼬는 료헤이를 안으로 案內하고서는 그대로 부엌으로 갔다. 點心準備를 하면서 이야기를 걸어온다.

「移徙 갈 곳 定해졌나요?」

「아니, 아직 입니다.」

「마음이 가라 앉지 않겠네요.」

「亦是 兄님은 오구라에 店鋪를 빌려서, 무언가 장사를 할것 같아요.」

「그럼, 오구라쪽으로 가게 되나요?」

「아니요. 店鋪는 二層이 한칸 밖에 없고, 그곳에서 살 겁니다. 오구라에 가는 것은 兄님 一家 뿐으로 저와 父母는 只今의 집 近處에 빌릴 집을 物色 中에 있어요.」

「只今 살고 있는 집 近處가 아니면 않되나요?」

「밭도 빌려서 農事를 짓고 있고, 開墾한 땅도 제법 있으니까요.」

開墾地라고 말은 하지만, 都市計劃에 따라 道路가 豫定된 땅으로서 마을 所有로 되어 있다.

道路工事가 언제 始作될는지 모르기 때문에 그때까지만 使用하는 것이다.

「이봐요,」

요시꼬가 正色을 하고 료헤이에게 이야기를 걸어 온 것은 서로 마주 앉아서 食事를 始作하고서 얼마 되지 않아서 였다.

「먼저번에도 若干 이야기하다 말았지만, 卒業까지는 나머지 一年이죠? 自己, 여기 와 있으면 어때요? 가쓰나리도 좋아 할텐데.」

「아니, 그럴순 없어요. 사까다는 그렇다치고, 父母님들께 弊가 되어요.」

「괜찮아요. 그건 念慮마세요.」

「아니요, 그건 안 돼요.」

「가쓰나리가 父母님들께 넌지시 이야기를 꺼낸 적이 있어요. 萬一 自己가 오게 된다면 내 房을 트면 되구요.」

「아니요, 그건 안 됩니다.」

그런 弊를 끼쳐서는 안 된다. 그나마도, 료헤이는 밭을 開墾하지 않으면 안 되는 것이다. 그렇게 말을 하니까 요시꼬는,

「그렇지만 밭에 나가는 것은 土曜日일이나 日曜日 이겠죠? 土曜日에 집에 가면 相關 없잖아요?」

「아버지가 許諾하지 않을 겝니다.」

「그런데, 自己가 있으면 反對로 父母들의 뒷바라지만 받을 거 아닌가요.」

「그야 그렇지만.」

「하여튼 생각해 봐요. 우리집쪽은 걱정하지 말고요.」

「네에.」

「오늘은 몇 時까지 있을 수 있나요?」

「네 時頃 까지 입니다.」

時計는 只今 막 열 두 時를 가리키고 있다. 네 時間, 이

집에 두 사람만이 있을 수가 있다.

　近來에 드문 일이다.

　고개를 끄덕이는 요시꼬의 눈이 빛나게 반짝이고 있다.

♣

26

男女統合

一

 료헤이는 이미, 노리꼬와 關係했고 미찌꼬와도 모든 것을 交換했다.

 요시꼬를 마음속 깊이 사랑하고 있으면서도 어찌되다 보니 그렇게 되고 말았다.

 그렇기에 罪責感을 느끼고 있는 것이다. 요시꼬는 아무것도 모르고 있다.

 료헤이가 노리꼬에게 어느 程度 魅力을 느끼고 있다 손 치더라도 그건 어디까지나 마음 한구석에 지나지 않겠지, 하고 생각하고 있는 것이다.

 료헤이는 요시꼬를 속이고 있는 셈이 되는것이다.

 그런데도 료헤이는, 男子의 에고이즘으로, 自身의 요

시꼬에 對한 愛情에 變化가 없는 以上, 決定的으로 背信하고 있지는 않다고 結論을 내리고 있다.

食事가 끝나고, 두 사람은 요시꼬의 房으로 가서, 두 사람만이었을때에 언제나 하는것처럼 누가 먼저라기보다 서로를 끌어 안았다.

긴 입맞춤속에서, 료헤이는 自己 것을 꺼내고서, 요시꼬의 손을 끌어 그쪽으로 引導한다.

요시꼬는 입술을 떼고서 료헤이의 어깨위에 볼을 대고서 한번 료헤이를 쥐어보고서는, 그런다음 손을 깊숙히 뿌리에까지 넣었다. 안쪽에서부터 만져주고 있다.

료헤이의 손도 요시꼬의 사타구니로 들어가서 愛撫해 주면서 秘境에 到達한다.

고무끈을 내린다. 그곳은 이미 뜨거운 꿀물로 가득 넘쳐있다. 료헤이의 손을 기다리고 있었다는 것을 이것이 證明하고 있다.

료헤이의 손은 溪谷을 뚫고 들어간다.

(이 사람과 이러고 있을때엔 妙하게도 妨害꾼이 나타난단 말이야. 오늘은 그렇지 않을려나.)

료헤이가 번뜩 그렇게 생각하고 있을때, 違急한 발소리가 玄關쪽에서 들리더니, 玄關門이 세차게 열렸다.

「사까다氏, 사까다氏.」

反射的으로 요시꼬의 몸이 굳어져 왔다. 료헤이는 요시꼬에게서 손을 빼었다. 요시꼬는 反對로 료헤이를 꼭 쥐어온다.

「사까다氏, 큰일 났어요.」

료헤이가 알지 못하는 男子의 목소리다.

今方이라도 집안으로 뛰어 들어 올것 같은 語調다. 오늘도 亦是 妨害꾼이 나타났다.

요시꼬는 료헤이에게서 손을 떼었다.

료헤이는 꿋꿋하게 서 있는 自身을 끄집어 넣었고, 요시꼬도 옷매무새를 고치면서,

「네에.」

하고 對答을 한다. 료헤이에게 낮은 목소리로,

「近處에 사는 아저씨세요.」

하고 말하고선 玄關으로 달려간다.

「아, 아저씨 安寧하세요.」

「아, 요시꼬氏, 어머니께서는……..」

「일이 있어서 다가와쪽에 좀 가셨는데요. 무슨 일이신가요?」

「가쓰나리가 큰 傷處를 입었길래, 只今 病院에 데려다 놓고 오는 길이다. 때마침 내가, 짐을 지고 가던 中에 만났지 뭐냐.」

女子部員　401

「어머나!」

요시꼬가 소리친다.

「그럼, 傷處 程度는?」

「하여튼 피투성이로, 크게 다친 것 같다.」

「료헤이氏.」

요시꼬는 료헤이를 부른다.

료헤이도 玄關으로 나갔다.

作業服을 입은 中年의 男子가, 까맣게 탄 얼굴로 서 있다.

「어디를 當했던가요?」

「가슴팍이나 엉덩이쪽을 찔린것 같아.」

「病院은?」

「오모오까(重岡)病院이다.」

료헤이는 알겠다는듯이, 요시꼬의 팔을 끌었다.

「갑시다.」

「그래요.」

료헤이들이 病院으로 달려 갔을때, 사까다는 縫合手術을 받고 있는 中이었다.

날쌔게 움직이고 있는 看護師에게,

「傷處의 形便은 어떻습니까?」

하고 묻자, 看護師는 끄덕이었다.

「急所를 벗어 났어요. 多幸이었어요.」

한 時間程度 기다리다가, 두 사람은 面會를 許諾 받았다. 사까다는 寢臺에 얼굴이 새파래져서 반듯이 누워 있다가, 두 사람을 보자 얼굴을 찡그렸다.

「이번에도 또 當했다.」

언제나의 사까다와는 달리, 軟弱한 목소리 였다.

「實로, 넌 잘도 當하는구나.」

「음. 劍難의 相을 타고 났으니까.」

「아프냐?」

「아프기 始作하는구먼.」

「相對는?」

「모르겠어. 숲속에서, 覆面을 한 三人組가 덮쳐 왔단다. 그 子息들 短刀를 들고 있었다. 學校의 不良輩같기도 하고, 아닌것도 같아 보였다. 죽일 생각은 없었는것 같아. 가슴을 찌른것은 氣를 죽이려는 것이고, 다리만을 찔러 대더군.」

「혹시 記憶나는거 없니?」

「學校의 不良輩들이라면 나의 運動에 反感을 품고 있는 右翼쪽 패거리 일게고, 그렇지 않다면, 나스의 아버지가 시킨 것, 둘 中 하나 일거다.」

「公私를 不問코 넌, 노림을 받고 있으니까. 하여튼 죽지 않은 게 多幸이다. 輸血하지 않아도 괜찮데?」

「내가 생각한만큼 피는 흘리지 않은것 같아. 傷處를 싸매고 가만히 있었던게 多幸이었던것 같애.」

「그런데, 진짜 무서운 놈들이다.」

료헤이는 사까다가 意外로 元氣를 되찾은데 安心했다.

「겨우 얻어낸 午前授業으로서, 요시꼬氏와 단둘이서 오붓하게 있을 때란 말이야. 德分에 즐거움이 후딱 사라져 버렸단 말이다.」

「이젠 됐다. 두 사람 같이 돌아가 줘. 너희들이 있어 봤댔자 別 道理가 없으니까.」

「바보같은 소린. 그런데, 結局 入院하게 되겠지?」

「二,三日 程度 여기에 있어야만 하겠지. 개새끼들, 學生會를 結成시키려는 重要한 때인데.」

結局, 료헤이와 요시꼬는 이로부터 두 時間 程度 같이 있지않으면 안 되었다. 입으로는 큰소리를 치고는 있지만 사까다는 實은 쓸쓸해 하고 있는 것이다.

사까다가 말할 틈을 주지않고, 조용히 누워있게 하기 爲해서 료헤이와 요시꼬는 쉴새없이 이야기를 주거니 받거니 했다.

二

多幸스럽게도, 最初의 印象보다도 傷處가 가볍웠고, 사까다는 하룻밤 病院에서 머문 後에, 다음날 집으로 돌아왔다.

그러나 操心은 해야겠기에 暫時동안 學校를 쉬면서, 通院治療를 받았다.

그러는 사이에 五月이 되었고, 蔣介石은 中國 本土에서 完全히 쫓겨나, 臺灣(타이완)으로 避했다.

사까다가 오랜간만에 登校하자마자 입에 올린 話題는 中國問題였으나, 크라스의 모두는 그것보다도,

「都大體가 언제쯤 女高의 女學生들과 正式으로 對面하게 되는 것일까.」

에 關心이 더 크다. 只今 같아서는 모든 行事나 活動은 別個로 치고, 統合은 말 뿐이다.

어리둥절 해 있는 쪽은 學生들이 아니고 敎職員들로서, 開校以來의 一大 變化이기 때문에 어째야 좋을지 모르고 있는 것이다.

十日에는 臨時 休校로 하고, 南北兩校의 敎職員 合同 會議가 열렸다.

「이건 말이야, 先生들, 질질 끌어주었으면 좋겠는데.

우리들은 그때마다 午前授業을 하거나 休校를 하거나 할 테니까.」

이미 지난해부터, 實質的인 共學의 先驅的 役割을 하고 있는 가메다를 만나 보면, 비웃는 웃음을 흘리면서 先生들을 論評한다.

「어른들의 世界는 形式이나 傳統에 얽매어져서 새로운 것에는 形便이 없어. 내가 代身 해주고 싶은 心情이란 말이야.」

그런대로 狀況은 進展되어, 二十三日 正午를 若干 지나서, 北校의 女高生들이 三三 五五 료헤이들의 南校로 속속들이 集結했다.

료헤이들은 文藝部가 있는 記念館 二層에서, 몰려오는 少女들을 感想하고 있다.

女高生들이 그렇게 珍貴하게 보이는 것은 아니다. 언제나 같은 列車로 通學을 하고 있고, 길에서도 만난다.

그 女들이 이 傳統의 도요쓰 高校의 校門을 발걸음도 堂堂하게 걸어 들어오는 点이 新鮮하게 느껴지는 것이다.

수에마쓰가 歎息을 吐하면서 말한다.

「이 神聖한 女人禁制靈域에 結局 더러운(?) 女人들이 들어오고야 말았다. 時代를 탓 할 수밖에.」

이것은 男學生들의 心理的인 一面의 眞實이기도 했다.

다른쪽에서는 그 女들을 歡迎하는 무리들도 있다.

「글쎄, 이로서 學校도 若干은 재미있게 될것도 같은데.」

文藝部에서는 아직껏 北校의 文藝部에 아무런 連絡도 하지 않고 있다.

아마도 北校의 文藝部는 가메다의 文化會에 加入한 애들로 차 있음에 틀림없다. 어떤 애들인지가 궁금할 따름이다.

「여기서 이렇게 보고 있자니 도요쓰 高女에는 美人이라곤 없는것 같애. 이 子息도 저 子息도 반반한 얼굴을 한 子息은 한놈도 없어.」

모여든 少女들은 第一校舍앞에 모여 있고, 드디어 先生들의 引率下에 講堂으로 들어갔다.

風雅한 鍾이 울리고, 료헤이들은 敎室로 돌아왔다. 複道에 整列하여, 그 女들이 기다리고 있는 講堂으로 들어갔다.

兩校의 敎職員들의 紹介가 끝나자, 對面式을 하게 되었다.

男學生을 代表해서 人事狀을 읽게 된것은 료헤이들의 首席委員인 사또였다.

그에 對해서 女學生를 代表하여서는, 紺色 쉐라복을 입은 少女가 答辭를 했다.

료헤이들의 服裝도 가지各色이다. 검은色이 있는가하면 草綠色도 있고, 草綠色 中에도 허여끄럼한 것이 있는가하면 노란色을 띄는 것도 있다. 목깃을 세운것도 있고 접은 깃도 있다.

그러나 學生服임에는 틀림이 없고, 그렇게 一括的인 變化는 없다.

이에 反해서, 쇼오와(昭和) 二十四年 當時의 女高生의 服裝은, 實로 多彩롭다.

스커-트가 있고, 몸뻬가 있다. 스락크스도 있다. 쉐-타를 입은 학생이 있는가하면, 쉐-라服도 있다. 그리고, 紺色이나 검은色, 茶色이나 무늬色 等等, 色깔도 模樣도 千差萬別이다. 制服은 有名無實한 狀態다.

制服으로 指定된 紺色 스커-트에 쉐라-服은 다섯사람 中 한 사람 꼴이다. 이것은 經濟的으로 제법 餘裕있는 집의 딸들이다. 女學生들은 個性을 强調하기 爲한 個個人의 奢侈的인 服裝을 하고 있는 것이 아니다. 制服을 맞출 能力이 없기 때문에, 하는 수 없이 가지고 있는 천으로 대강대강 지어 입고 다니는 것이다. 머리모양만이 그 女들이 選擇한 唯一한 奢侈인 것이다.

少女의 카랑카랑한 목소리를 들으면서, 사까다가 료헤이에게 말했다.

「제법 勇氣있는 계집앤데. 사또도 堂堂하게 읽었지만 저 애도 못지않아. 목소리의 떨림도 없어. 그런데, 둘 다 內容은 別것이 없구만.」

式이 끝나고, 少女들은 들어올때와 마찬가지로, 몇몇씩 어울려 人事를 나누면서 돌아갔다.

「싱겁기 짝이없군.」

「그래봤자 授業도 없는데, 좀 놀다 가면 누가 뭐래나. 어울리다 가면 좋을텐데 말이야.」

「놀다 갈 마음이 별로 없을 걸. 아직까지는 남의 學校같을테니까. 마음이 놓이지 않을게야.」

亦是 授業은 只今까지와 같이 南北 兩校에서 했다. 放課後의 그룹活動은 合同으로 하고들 있다.

只今까지, 運動部나 文藝部에 加入해 있지 않은 生徒가 많이 있다.

「어이, 今年의 그룹活動의 豫算은 各部의 代表가 參席하는 公開會議에서 定해지는 것 같다.」

「그건 말이야, 部員數가 많은 쪽이 有利하다는 거다.」

이런 情報가 있었기에, 벼란간에 各部는 部員募集에 右往左往 했다.

文藝部도 各各의 部員이 서로 分擔하여 周圍의 同僚들을 끌어드리는데 熱中 했다. 女生徒와 接觸이라도 하려면 어느 部에라도 參加해야 하기 때문에, 當然한 일이지만 各部의 部員은 急速度로 불어났다. 文學作品등에 關心이 있거나 없거나는 나중 問題다

不過 네댓사람에 不過했던 文藝部가, 一擧에 二十余名으로 불어났다.

三

그 名簿를 이시이 先生님께 提出하는 한편, 統合式이 있은 數日後 료헤이는 무라세와 함께 처음으로 北校를 訪問했다.

北校의 文藝部 部長을 맡고 있는 先生님과 만났다. 안경을 걸고 있는 仔詳한 先生님 이셨다. 男子部員의 名簿를 건네면서 人事를 하는 료헤이들에게, 그 先生님은 名啣을 건네주었다. 가메다들의 文化會의 顧問도 兼하고 있는 구로세(黑瀨)라는 先生님이시다.

「자네들에 關해서는 이시이 先生한테서 仔細히 듣고 있다. 잠간 기다려주게. 只今, 우리쪽의 委員을 불러 올테니까.」

그렇게 말하고선 구로세는, 스스로 部員을 부르러 갔다.

「글쎄다, 어떤 애가 나타날는지 궁금한데.」

무라세는 장난꾼같은 얼굴을 하면서 그런대로 즐거운 模樣이다.

「期待는 禁物. 演劇部라면 몰라도, 文藝部에 美少女가 들어 올 理가 없어.」

구로세가 데리고 들어온 것은, 키가 작은 少女였다. 얼굴이 동그스럼하다. 紺色의 쉐-라服을 입고 있다. 코가 납작한 느낌이고,「へ」字로 입을 다물고 있었는데 알고 보니 普通때도 그렇게 하고 있다는 것을 알았다. 단발머리 少女이다. 눈이 작고, 키가 작은 주제에 사람을 내리보는 눈매를 하고 있다. 구로세는 그 少女를 료헤이들에게 紹介한다.

「와끼다 치쓰루꼬(脇田千鶴子)君이다. 二學年이지만, 三學年에는 部員이 없기 때문에.」

「네에, 三學年에는 部員이 없다는 말씀입니까?」

女高의 文藝部活動은 低調하다고 요시꼬에게서 들어 알고는 있었지만, 三學年에 部員이 없다는데는 그저 놀랄 뿐이다.

(只今부터 豫算따기 競爭戰이 熾烈한데도, 泰平스런

先生님이로군.)

「部員은 몇명이나 되는거지?」

료헤이는 直接 치쓰루꼬에게 물어보았다.

「四, 五名 程度ㅂ니다.」

「모두들, 미야꼬 文化會에 加入해 있겠지?」

「글쎄요, 잘 모르겠는데요.」

「빠른 時日內에 統合會를 하려는데, 언제쯤이 좋겠지?」

「돌아가서 여러분과 相議를 해 봐야 하는데…….」

「그럼, 네일까지 定해서 알려 줘. 네일 放課後, 우리들은 部室에 있을테니까, 決定되면 알리려 와 줘.」

「일부러 그곳까지 가야만 되나요?」

치쓰루꼬는 不滿스럽다는 얼굴이었고, 료헤이는 그 對答에 놀랐다.

「그렇다.」

료헤이는 部室의 位置를 그린 地圖를 準備 했었다. 이것을 치쓰루꼬에게 건네 주었다.

「몇일 後에 豫算會議가 열리게 될게야. 그때까지 態勢를 整備해 둘 必要가 있다. 最初의 會合은 될 수 있는한 빠른쪽이 좋아.」

치쓰루꼬는 興味없다는듯이 地圖를 보고 있다가, 그런

대로,

「알겠어요.」

하고 首肯을 한다.

료헤이와 무라세는 北校의 門을 나섰다.

「아이구 맙소사다.」

「豫想 밖이로구먼.」

하고 서로 쳐다 볼 뿐이다.

「얼굴은 그렇다치고, 그 態度가 뭐냐 말이다.」

「그런걸 보니까, 사이좋게 꾸려 나가기는 글른것 같아.」

「二學年인 주제에 건방져. 女學生에게는 上級生을 尊敬하는 美風은 없다는 겐가.」

南校로 돌아오는 료헤이들의 앞으로 女學生들이 걸어가고 있다. 運動部의 女學生들인것 같다. 演習이라는 共通된 일이 있는 運動部는 벌써부터 合同되어 있다.

가메다와 만났다.

「와끼다라는 애가 저쪽 文藝部의 보스인것 같은데, 어떤 애냐?」

「와끼다 치쓰루꼬? 헤에, 그 애 말인가요.」

가메다는 료헤이의 說得으로 今年부터는 文藝部에 들어와 있다. 어깨를 들먹거리면서,

「이거야 잘못되었는데. 그 애는 안 돼요. 機會를 봐서 쫓아내어 버려야 해요.」

「왜? 안 되는거지?」

「그 앤 말입니다, 不感症 입니다.」

「不感症?」

「그래요. 先輩님들을 만나서도 끄덕도 하지않죠? 그 애는 弁論部에나 들어갈 애에요. 그렇다고 人氣도 없구요. 어떻게 되어서 그런 애를 만나게 되었습니까? 한 사람, 좋은 애가 있어요. 구로세도 異常하네요. 왜 그 애를 만나게 하지 않았을까요?」

가메다는 고개를 갸웃거리며 不平한다.

「아니야. 알겠다.」

료헤이들은 가메다와 헤어져서 部室로 돌아왔다.

【靑春의 野望 第二部 上卷 終】
【第二部 下卷으로 繼續】

附 錄

재미있는 【漢字工夫】

♣ 아침에 찾아 온 少女

【搬】운반할 반 【錄】기록할 록 【契】계약할 계 【悖】거스를 패
【戚】겨레 척 　【憶】생각할 억 【猶】같을 유 　【踐】밝을 천
【稿】벼짚 고 　【盤】소반 반 　【屋】집 옥

♣ 箱子속의 아가씨

【邸】집 저 　　【樹】나무 수 　【層】층층대 층 【愚】어둘 우
【奮】떨칠 분 　【早】이를 조

♣ 不良輩 돌아오다

【笛】저 적 　　【眼】눈 안

♣ 숲속의 길

【姉】맏누이 자 【妹】아래누이 매【俳】광대 배 　【尾】꼬리 미

♣ 招　待

【歐】성 구 　　【爛】찰난할 난 【塔】탑 탑 　　【藝】재주 예

♣ 眞紅의 꽃

【柳】버들 유 　【淪】빠질 윤 　【谷】골 곡

♣ 浴室의 스릴
【剖】쪼갤 부　【斟】짐작할 짐　【眩】현황할 현

♣ 여름날의 저녁
【瀆】도랑 독　【徘】어정거릴 배【徊】배회할 회　【減】덜 감
【壽】목숨 수　【慮】생각 려　【膨】배부를 팽　【脹】창증 창

♣ 酒 宴
【樞】지두리 추【巷】거리 항　【評】평론할 평

♣ 첫 經驗
【噴】꾸짖을 분【引】이끌 인　【縮】쭈그러질 축【走】달아날 주
【麻】삼 마　　【虜】사로잡을 노【堤】막을 제

♣ 밤에 부는 바람
【叱】꾸짖을 질

♣ 新 學 期
【飯】밥 반　　【鮎】메기 점　【催】재촉할 최【頗】자못 파
【胞】태 포　　【似】같을 사　【屠】백장 도　【搜】찾을 수
【筋】힘줄 근　【嘉】아름다울 가【尙】오히려 상

男女統合　417

♣ 흐트러지는 마음
【桃】복숭아 도 【源】근원 원

♣ 노래 會
【筆】붓 필   【耕】밭갈 경   【描】그림 묘   【遊】놀 유
【戱】희롱할 희 【括】모을 괄   【鑑】거울 감
【捺】손으로누를 날

♣ 밤의 饗宴
【遍】두루 편 【沌】어둘 돈 【盞】잔 잔   【與】더불 여
【誹】흉볼 비 【謗】비방 방

♣ 飮酒의 敎訓
【繰】아청통견 조

♣ 暗夜의 行脚
【競】다툴 경 【淳】맑을 순 【勃】변색할 발

♣ 背 信
【辣】가혹할 날 【贈】줄 증   【擦】문지를 찰 【該】그 해

♣ **눈에는 눈을**
【姦】간사할 간 【訊】물을 신

♣ **再 會**
【渡】건늘 도 【債】빚질 채

♣ **陶醉 속으로**
【臭】썩을 취 【聊】원할 요 【憑】의지할 빙

♣ **官能의 바다**
【虔】공경할 건 【祈】빌 기 【禱】빌 도 【挿】꽂을 삽

♣ **마지막 學年**
【儒】선비 유 【揭】들 게 【飢】주릴 기 【餓】굶을 아
【徙】옮길 사

♣ **男女 通合**
【遑】급할 황 【縫】꿰맬 봉 【熾】불땔 치

판권
소유

靑春의 野望 · Ⅱ · 上

發行日 : 2015年 12月 07日

著 者 | 토미시마 다케오
譯 者 | 曹 信 鎬
發行人 | 曹 信 鎬
發行所 | 德逸 미디어

住所 | 서울시 영등포구 63로 40,
　　　라이프오피스텔 빌딩 1410호
電話 | (02) 786-4787/8
팩스 | (02) 786-4786

登錄 | 제 134-2033호(2005. 2. 15)

ISBN 978-89-89266-11-2(전2권)
ISBN 978-89-89266-12-9 (04830)

값 : 13,000원

* 이 出版物은 著作權法에의해 保護를 받는 著作物이므로 無斷 複製 할 수 없습니다.
* 잘못된 책은 卽時 바꿔 드립니다.